KB271533

EXCITING ORIENTAL FANTASY
유광현 新무협 판타지 소설

섬혼 閃魂

섬혼 3권

유광현 新무협 판타지 소설

초판 1쇄 찍은 날 § 2007년 12월 5일
초판 1쇄 펴낸 날 § 2007년 12월 14일

지은이 § 유광현
펴낸이 § 서경석

편집장 § 문혜영
편집책임 § 이재권
편집 § 조수희

펴낸곳 § 도서출판 청어람
등록번호 § 제1081-1-89호
등록일자 § 1999. 5. 31
어람번호 § 제2-1358호

주소 § 경기도 부천시 원미구 심곡1동 350-1 남성B/D 3F (우) 420-011
전화 § 032-656-4452 팩스 § 032-656-4453
http://cyworld.nate.com/bluebook_
E-mail § blue_book@hanmail.net

ⓒ 유광현, 2007

ISBN 978-89-251-1063-9 04810
ISBN 978-89-251-0995-4 (세트)

섬혼 閃魂

3

유광현 新무협 판타지 소설

EXCITING ORIENTAL FANTASY

절연(絶緣) - 내일을 기약하다

目次

第一章

1장. 혼몽절연단(昏懜絶緣丹)

1

낙석으로 가득 들어찬 연무장. 기정풍이 한숨을 푹푹 내쉬고 있는데 모용선이 다가왔다.

"또 무슨 일이냐?"

"선물을 주려구요."

기정풍은 모용선이 건넨 옷을 받으며 말했다.

"호오, 옷이 아니냐. 이걸 직접 만들었느냐? 늙은이들 간병하느라 시간도 없었을 텐데?"

"뭐, 헤헤, 그렇죠 뭐."

대충 얼버무리는 모용선을 뒤로하고 기정풍이 옷을 갈아입고 나오며 말했다.

"맞춤이구나. 그건 그렇고 순백색 아니, 은색에 가까운가?

쯧, 그렇지 않아도 살길이 보이지 않는 마당에… 이래서야 꼭 수의(壽衣) 같지 않으냐."

모용선은 연의가 만든 옷이라는 것을 끝까지 말하지 않았다.

"걱정 마세요. 그건 절대 수의가 되지는 않을 거니까요."

모용선이 빙글빙글 웃으며 말했다.

"나를 지나치게 믿는구나? 미안하지만 아직 진척이 없다. 허! 정말 빌어먹을 곳에서 뼈를 묻게 될지도 모르겠다."

"쥐구멍이라도 있으면 머리를 들이밀고 싶다고 하셨죠?"

"쯧, 어디 미친 쥐가 뚫어놓은 구멍이라도 있더냐?"

"왜 아니겠어요? 이미 연의 쥐는 그 구멍으로 빠져나갔답니다."

"연의가 빠져나갔다고? 언제? 그게 어디냐!"

다그쳐 묻는 기정풍의 안색은 더할 수 없이 어두웠다.

"사실이에요. 이미 반 시진 전에 동편에서 세 번째 석실 우리 할머……."

기정풍은 이미 사라지고 없었다.

모용선은 눈을 날카롭게 치뜨며 입술을 잘게 씹었다.

"저 노인네. 연의에게 마음이 있어."

모용선은 평소 남을 미워하지도 악한 일을 단 한 번도 하지 않았다. 평소의 그녀라면 옷을 전해주면서 자신이 아니라 연의가 만든 옷이라는 말을 했어야 했다.

하지만 끝내 그 말을 하지 않았고, 그것을 후회하지도 않았다.

무엇이 그녀를 이렇게 만들고 있을까. 왜 기정풍과 연의를 연관시키자 이토록 화가 났을까. 무엇 때문에 마음 깊은 곳이 격동하는가. 그녀는 변해가는 자신을 한번쯤 돌아봐야 했지만 그러지 않았다.

한편 한달음에 모용선이 일러준 석실에 도착한 기정풍은 반여정과 맞닥뜨렸다. 만으로 육십오 년, 햇수로는 육십육 년 만의 만남이었다.

지난 세월 하나는 지독히도 증오했고, 하나는 미치도록 미안해하며 아파했다.

하지만 우습게도 극적으로 만난 둘은 서로를 알아보지 못했다. 기정풍은 심적인 여유가 없었을 뿐 아니라 반여정이 너무 변해서, 반여정은 기정풍의 이목구비를 자세히 볼 수 있을 만한 시력이 없었기 때문에 알아보지 못했다.

기정풍은 석실에 들어서자마자 소리쳐 물었다.

"노인장, 여기 무슨 통로가 있지 않소?"

나무 의자에 앉아 있던 반여정은 반사적으로 자신의 침상을 가리켰다. 침대를 들추고 안으로 들어가려는 기정풍의 등 뒤로 반여정의 노회한 음성이 조용히 울렸다.

"자네가 바로 그 대단한 옷의 주인이었군. 그 아이가 그 옷을 만드느라 얼마나 정성을 쏟았는지 몰라. 암, 보통 정성으론 어림없지. 그 아이는 자네를 깊이 좋아하는 것이 분명하니, 결코 놓치지 말게."

대수롭게 생각하지 않고 받은 옷인데, 모용선이 그런 마음으로 만들었던가?

"그랬구려. 허! 난 바빠서 이만……."

기정풍은 반여정이 말을 마치자마자 급히 어둠 속에 몸을 던졌다. 기정풍이 떠난 후 반여정이 작게 중얼거렸다.

"얼마나 연모해야 머리털을 뽑아 옷을 삼을꼬?"

기정풍은 오랜만에 해뜨기 전의 찬 공기를 맘껏 들이마셨다. 하지만 싸늘한 밤공기에도 연의에 대한 걱정으로 답답한 가슴은 좀처럼 가라앉지 않았다.

어둠이 서서히 걷혀 푸르스름한 세상. 기정풍은 모용세가를 향해 한걸음에 수 장씩 쭉쭉 나아갔다.

일보마다 서늘함을 더하는 눈매, 꽉 다문 입술. 기정풍은 연의에게 혹은 백화문에게 티끌만 한 무슨 일이라도 생겼으면 쌍암문의 개미 새끼까지 짓이기리라 다짐했다.

좁으면 좁고, 넓으면 넓다 할 수 있는 방에서 불꽃 튀는 접전이 펼쳐졌다.

삼 인 중 천군 칠좌 신편 아르만은 절정의 끝을 밟고, 초절정에 한발 들여놓은 고수다.

반면 연의는 절대고수에 비할 정도로 비정상적으로 높다. 그럼에도 불구하고 실제 발휘할 수 있는 무공 수준은 갓 일류를 벗어난 상태. 내외의 심각한 불균형으로 가진바 힘의 열에 하나도 쓰지 못하는 처지였다.

마지막 일인. 대설은 연의의 방해로 지난날 십사 세 때 올랐던 절정의 중반에 이른 상태다. 일류에서 맴돌 때와 비교해 보면 하늘과 땅 차이다. 그러나 그 역시 아르만을 상대하기에는 부족했다.

연의와 대설은 각각, 용과 봉의 힘을 품었다. 그러나 용은 아직 여의주를 품지 못했고 봉은 날개를 펴지 못했다. 그들이 초절정고수를 이길 수 없는 것은 당연했다. 게다가 아르만의 채찍은 상대하기 까다로운 장병기(長兵器). 두 남녀를 궁지에 몰아넣기에 충분했다.

둘을 향해 빗발치듯 쉼없는 공격이 퍼부어졌다.

짜작, 찌익.

잠깐 스친 것뿐인데, 연의의 허름한 옷소매가 뭉텅 뜯겨 나갔다. 연의는 간담이 서늘했지만 침착하려 애썼다. 채찍을 눈으로 보고 피한다는 것은 불가능. 오로지 감각과 환마절영공의 묘용으로써 크나큰 위기를 모면했다.

백화검법은 본래 방어 위주의 초식. 초식이 거듭될수록 연의는 그 묘를 최대한 살려내기 시작했다.

티디딩, 팅.

채찍은 유연한 금속으로 만들어져 검과 부딪칠 때마다 불똥과 함께 요란한 금속성을 발했다. 차분히 온 신경을 집중해 협공한다면 이들의 잠재 능력으로 보아 가능성이 조금이라도 열릴 터인데 연의에게는 그럴 만한 여유가 없었다.

시간을 끌면 끌수록 불리하다. 배불뚝이 하나도 감당키 힘든데 언제 다른 자가 나타날지 모르니 조급할 수밖에.

"훙, 쥐새끼 같은 것들."

아르만이 콧김을 뿜으며 한층 강도를 높여 공격해 왔다. 채찍은 신묘하게도 감기나 싶으면 뻗어왔고, 지나갔나 싶으면 번개같이 돌아와 독아(毒牙)를 쩍 벌렸다.

잠시 조급증에 손발이 어지러워진 사이 머리를 세운 채찍 끝이 연의의 목을 찔러왔다.

쉬이익!

연의의 표정이 창백하게 질릴 때, 대설이 시기적절하게 도움의 손길을 내밀었다.

"가시오! 어서!"

대설이 전신으로 몰아치는 채찍을 힘겹게 상대하며 말했다.

"다, 당신은……."

"나에겐 든든한 배경이 있으니 상관치 말고 어서!"

"미안해요, 그럼."

잠시 망설이던 연의가 빠르게 뒷걸음쳐 채찍 사정권에서 벗어났다.

"도망을 쳐?"

휘이익!

내력 충만한 아르만의 휘파람이 세가 전체로 퍼져 나갔다.

쫘자작!

아르만은 이전까지와는 비교도 되지 않을 정도로 무시무시한 공격을 쏟아냈다. 연의와 나눠 막아도 힘겨웠던 공격인데 대설 혼자 막으려니 될 것이 아니다.

낭창이던 채찍이 갑자기 쇠기둥이라도 된 듯 곧게 펴져 대설의 왼팔을 관통했다. 대번에 대설은 안색이 새파래지고 식은땀을 줄줄 흘렸다.

"으음."

대설이 팔을 움켜쥐고 신음했다.

"아직 멀었다!"

이 타, 삼 타가 연달아 폭발하듯 몰아친다. 간신히 두어 번의 공격을 막아낸 대설의 눈에 절망이 어린다.

티디딩!

절망의 끝에서 건져 올린 건 떠난 줄 알았던 연의다. 대설은 다시 돌아와 채찍을 막아낸 연의에게 오히려 화를 냈다.

"떠나라고 하지 않았소!"

"이미 늦었어요."

"이런!"

대설이 탄식했다. 가히 멀지 않은 곳에서 쌍압문의 고수들이 쏘아져 오고 있었다. 그중 사 인 교자가 있은 걸로 보아 현자도 오고 있음이다. 시시각각 좁혀오는 그들을 초조한 눈으로 바라보던 대설.

잠시 갈등하던 대설은 갑자기 수도(手刀)로 연의의 뒷목을 내리쳤다. 전혀 생각 밖의 급습에 연의는 정신을 잃고 축 늘어졌다.

대설의 뜻밖의 행동에 아르만은 공격을 멈추며 물었다.

"제법 사내다운 척하더니 결국 동료를 팔아 한목숨 부지해 보시겠다? 하하, 노력은 가상타만 어림없다."

대설이 쓰러진 연의를 안으며 말했다.

"글쎄."

현자를 태운 교자가 빠르게 날아와 그들 앞에 내려서고, 출정 준비를 하던 천군들과 무인들이 속속 도착했다.

현자가 교자에서 내리며 대설을 일견한 후 아르만에게 물었다.

"아니, 신편 아르만님 아니십니까."

고개를 끄덕인 아르만은 인사를 하는 둥, 마는 둥 하고 대설을 가리키며 말했다.

"저 두 연놈이 예가 어디라고 감히 침입하여 작당하기에……."

아르만은 자신이 어떻게 여인을 쫓게 되었는지, 그 후 대설과 연의가 어떻게 자신에게 대항했는지 주절주절 늘어놓았다.

"외부인과 결탁을 하였다니! 대설, 이 일이 어찌 된 일이냐."

현자가 자못 엄중한 어조로 채근했다.

"주군, 침입자가 제 거처로 침입하였기로 사로잡아 놓았습니다."

현자는 그러면 그렇지 하는 표정으로 굳혔던 안색을 풀었다. 반면 아르만은 대설이 현자를 일러 주군이라 하자 얼떨떨한 표정을 지었다.

"주군이라니?"

"뭔가 오해가 있으셨군요. 저자는 제 심복입니다."

아르만이 얼굴을 일그러뜨리며 내설에게 호통쳤다.

"하면 네놈은 어찌하여 그 계집을 도와 본군에게 덤볐더냐?"

아르만의 말에 현자가 의심의 눈초리를 치떴다.

"아니, 네놈이 감히 천군 칠좌이신 아르만님께 검을 들었더냐!"

"그것이 아닙니다. 제 거처로 이 여인이 침입하기에 제압하려 하였사온데, 천군께서 다짜고짜 침입자뿐 아니라 저에게까지 막무가내로 살수를 날려 오시는 터라……."

대설의 이야기가 길어질수록 사람들은 의심의 눈초리를 거두었다. 대신 아르만의 경솔한 태도만이 부각되었다.

아르만은 대설이 미꾸라지같이 빠져나가자 분통이 터졌다.

"이런 쳐 죽일! 그렇다면 네놈은 어찌하여 위험을 무릅써 가면서까지 저년에게 뿌린 채찍을 막아섰더냐!"

"천군의 공력이 깃든 채찍은 단 한 대만 맞아도 죽습니다. 침입자의 정체와 목적도 제대로 파악하지 못했는데 어찌 죽도록 내버려 둘 수 있겠습니까."

대설의 타당한 설명에 현자는 이해했다는 듯 끄덕이며 아르만에게 말했다.

"오해에서 비롯된 일입니다. 출정 시각이 임박했으니 천군께서는 오해를 푸시지요."

그렇지 않아도 바쁘니 괜한 일로 난리 피우지 말라는 뜻이다.

아르만의 벌게진 안색을 보며 대설은 언뜻 조롱의 시선을 담았다. 마침 그 표정을 목격한 아르만은 게거품을 물었다.

"아니, 군사는 대체 누구의 말을 더 믿는 건가! 저 간교한 놈은 분명 외부의 첩자가……."

"허허! 아랫것들 앞에서 이 무슨 추태인가. 그만 하시게."

천군 사좌 성성군이 나서서 아르만의 팔을 붙잡아 이끌었다.

모두를 물린 현자는 뒷짐진 채 엉망이 된 대설의 처소를 둘러보며 말했다.

"대체 어찌 된 일이냐. 그 계집이 누구관데 몸을 던져 구했더냐."

현자의 음성에서 불쾌감을 읽은 대설은 피식 웃으며 답했다.

"이 여인은 백화문의 도사였소. 나붙은 방을 보고 온 것 같더군."

"백화문이라. 네가 일개 계집 하나의 목숨 때문에 위험을 무릅썼다?"

현자는 대설의 상처난 팔을 보며 의심을 거두지 않았다. 대설은 고개를 저으며 말했다.

"일개 계집이 아니라면?"

"계집에게 마음이 갔다던가."

"하하, 아리따운 현자께서 질투씩이나. 이거 몸 둘 바를 모르겠소이다.”

현자는 금창약(金瘡藥)을 꺼내 대설의 상처에 직접 발라주었다.

“진중해져야 할 때가 아니냐. 대체 네 녀석은……."

계집처럼 얼굴을 붉히고 따지고 드는 현자. 대설은 중간에 말을 막았다.

“깜짝 놀랄 만한 소식 하나 들려주지. 농마가 살아 있소.”

“뭐라고? 그게 정말이냐?”

“물론! 흐, 그보다 더 놀라운 것이 있소. 이 여인이 바로 농마라는 자와 동행하던 백화문도라면 믿겠소?”

대설은 현자가 연의를 죽이자고 할까 봐 선수를 쳤다. 그녀의 중요성을 인식시킨 것이다.

“뭐, 뭐라? 이 여자가 정녕!”

아니나 다를까, 현자가 놀란 토끼 눈을 떴다. 그때였다.

꽈과과광!

만근 폭약이 일제히 폭발한 것 같은 엄청난 괴성이 모용세가를 들었다 놓았다. 잠시 현자와 대설은 말없는 시선을 서로에게 보냈다.

“농마!”

“하하, 과연 그로군. 등장부터가 예사롭지 않아.”

대설이 마치 무슨 신난 일이 일어난 마냥 들떠 소리쳤다.

“이제 이 인질을 써먹어야 할 때인가?”

현자가 기절해 있는 연의를 내려보며 중얼거렸다. 한데 대설은 이번에도 고개를 저었다.

"아니, 가장 중요한 인질이니 아끼고 아꼈다가 마지막에."

"약은 놈."

현자가 대설을 밉지 않게 흘겼다.

"최강이 아닌 바에야 약지 않으면 살아남기 힘들지."

"말 한 번 잘했구나."

현자는 품속에서 투명한 약병을 꺼냈다. 새까만 몇 개의 환약 중 하나를 연의의 입에 가져갔다. 대설은 반사적으로 말리려다 실책을 깨닫고 손짓을 멈추며 물었다.

"그건 무슨……?"

"혼몽절연단(昏懜絕緣丹)이다. 결코 죽는 약은 아니니 그런 표정 지을 건 없다."

"혼몽절연단?"

혼몽절연, 꿈속에 인연이 끊긴다는 뜻이다. 대체 어떤 단약이기에 이런 이름이 붙었을까.

혼몽절연단은 도인들이 선단(仙丹)을 만들다가 뜻하지 않게 얻어진 약이다. 폭넓은 의미의 미약의 일종으로 도가에서 비밀리에 사용돼 온 단약이다.

이것을 복용하면 일각 안에 꿈을 꾼다. 그저 일반적인 꿈이 아니라 약간의 의식이 있는 혼몽(昏懜) 상태로 들어서게 된다. 물론 그 의식이란 것은 너무 미약해서 외부의 음성을 간신히 의식할 정도다. 하지만 그 미약한 의식이야말로 이 단약의 핵심이다.

"그러니까 약을 먹여 꿈을 제어한단 말이오?"

"제어라……. 그렇게 말할 수도 있겠구나. 하지만 진정한 의미의 제어는 아니다. 혼몽 속을 헤매는 자를 시전자가 원하는 꿈을 꾸도록 만드는 것뿐이니."

그러니까 일종의 최면인 셈인데, 특별한 공부 없이도 시전이 가능하고 당하는 자는 비밀을 유출한 사실을 모르니 어느 최면술보다 월등히 탁월한 효과다.

"그렇군. 혼몽은 알겠는데 절연은 무엇이오?"

현자는 부서진 창밖으로 흙먼지 피어오르는 곳을 한번 바라본 후 설명했다.

"이 단약을 복용하는 자는 꿈속에 나온 모든 것을 잊게 된다. 그것이 사람이든 무공이든."

처음 이 단약을 만든 도사는 자신과 경쟁하고 있던 도인에게 이것을 먹였다. 그리고 혼몽 중에 연단 비법을 토설토록 만들었다. 자파의 비밀을 발설한 도인은 혼몽에서 깨어난 후에 자신에게 무슨 일이 있었는지 완전히 기억을 잃어버렸다.

자신이 도사라는 것만 기억할 뿐, 꿈속에 나온 사람도 자신이 연단술을 익혔다는 것도 기억하지 못했다.

결코 말하기 싫은 것을 억지로 발설하도록 만들자니, 복용자가 극심한 심적 타격을 입는 것은 당연한 일. 내면의 기억이 강제로 뒤섞여 끝내는 꿈속의 기억을 상실하는 것이다.

"그래서 절연(絶緣)인가? 극악한 단약이군. 어쨌든 모든 기억을 잃는 것은 아니라니 그나마 다행이오."

"모든 것이 될 수도 일부가 될 수도 있다. 만약 오랫동안 꿈을 꿔 살아온 삶을 반추하게 된다면 모든 기억을 잃게 되겠지. 하지만 네가 재빨리 꿈을 원하는 방향으로 이끈다면 농마에 대한 기억만 사라지게 될 것이다."

"쯧, 이래저래 기억 중의 하나는 반드시 잃는다는 말이구려."

현자는 대설의 질문에 고개를 저었다.

"반드시 그렇지는 않다. 독에는 해약이 존재하기 마련이지. 이것을 꿈을 꾸기 시작한 후 이각이 지나기 전에 먹이면 어지간해서는 기억을 잃지 않을 것이다."

현자는 해약이라며 콩알만 한 단환을 내밀었다. 대설은 단약을 받아 들며 쓰게 웃었다.

"어째서 해약을 주시오?"

"인질이 제정신이 아니라면 가치가 상당히 떨어지지 않겠느냐."

"하하! 그렇다면 이 해약이 절연을 막는 유일한 열쇠군? 하지만 적에게 비밀을 토설한 것을 기억한다면 오히려 기억을 잃은 것만 못하지 않소?"

"네 말대로다. 본인의 의지가 아니라 해도 자신이 입을 열므로 인해 소중한 누군가가 해악을 입는다면 다시는 얼굴을 들지 못할 테지."

"이래저래 절연이라는 말이군. 한 가지 궁금한 것이 있소."

"뭐냐. 시간이 없다."

"왜, 사로잡은 백화문도에게 시험하지 않았지?"

"이미 했다. 하지만 그들은 농마를 알지 못했다. 아마 다른 이름으로 불렸겠지."

농마라는 별호는 기정풍이 한 마을에서 부린 난동으로 인해 얻게 된 것일 뿐. 실제로 이들은 기정풍의 이름도 별호도 알지 못했다. 이름을 알아야 뭘 물어봐도 물어볼 것이 아닌가.

쫘광, 우당탕!

굉음이 연달아 울렸다. 간혹 찢어지는 듯한 비명이 굉음을 비집고 들렸다. 농마의 엽기행이 본격적으로 시작되고 있는 모양이었다.

현자는 대설과 혼절해 있는 연의를 번갈아 바라보며 말했다.

"단약을 먹였으니 곧 헛소리를 할 게다. 늦지 않게 농마에 대해 물어 꿈을 그에게로 이끌어라. 한 번으로 안 되면 두 번, 세 번 반복하면 된다. 반드시 알아내라. 출신, 이름, 성별, 나이, 배후. 그에 대한 것이라면 어떤 것이라도 좋다."

"아, 그야 뭐. 별로 어려운 일도 아니잖소? 주군께서는 농마를 맞으러 가보시오."

현자가 일어서 나가려 할 때였다.

"잠깐!"

대설이 현자를 소리쳐 불렀다.

"달리 잊은 거라도 있느냐?"

"남은 것이 있으면 혼몽절연단을 하나 더 주시면 안 되겠소? 해약은 필요없소."

2

숨기지 않는 파괴 본능, 거침없는 질주. 그리고 망설임 없는 살인.

무엇이 그를 이렇게 만들었는가. 기정풍은 높이 사 장, 폭 삼 장짜리 모용세가의 정문을 일격에 산산조각 낸 것을 시작으로 분노한 천신마냥 모용세가를 휘저었다.

우당탕!

수백 년 된 전각은 커다란 바람구멍이 생겨 폭삭 주저앉았다.

꽈지직!

애써 가꿔온 조경수도 허리가 작신 부러져 기우뚱 쓰러졌다.

"크악, 켁!"

사람들이 시뻘건 선혈을 뿜으며 장난감처럼 날아간다. 단 일인에 의해 아비규환의 지옥도가 펼쳐지고 있었다.

처음 뭣도 모르고 달려들던 광, 인, 천 삼대의 대원들은 코끼리 뒷다리를 문 개미마냥 맥없이 이리저리 날아갔다. 다섯이 덤비면 다섯이 날아갔고, 열이 덤비면 열이 짓이겨졌다. 순식간에 수십 명이 언제 어떻게 당했는지조차 모르고 죽어나갔다.

광살대주 일영은 일격에 걸레가 되어 날아가는 대원을 보며 소리쳤다.

"그만! 물러서라!"

기정풍이 나타나고 일영의 외침이 있기까지 반다경. 그 짧은 순간 사십이 넘게 죽고, 쓰러진 집과 나무에 휩쓸려 그 이상이 부상당했다. 그들로서는 도무지 어찌해 볼 수 없는 괴물의 출현이었다.

좀처럼 보기 힘든 몰인정한 손속. 기정풍은 문답이 무용하다는 듯 입을 다물고 닥치는 대로 죽이고 부쉈다. 쌍압문 삼대의 무인들이 우르르 물러서는 와중에도 양 떼에 뛰어든 승냥이처럼 한바탕 휘저었다.

쌍압문에게 만은 조금의 자비도 베풀지 않으리라는 다짐대로 저절로 운기되는 팔정도마저 완전히 죽였다.

인살대주 추룡이 그런 기정풍을 보며 진저리쳤다.

"저, 저놈은 대체 뭔가?"

광살대주 일영마저 혼이 쏙 빠진 얼굴로 말했다.

"세상에나 저런 무식한 놈이 있으리라고는……."

일반 대원들 사이에서 광포한 성지를 마음대로 분출하던 기정풍. 그는 주위의 생명을 모조리 지운 후 귓전을 간지럽게 하는 두 대주에게 눈을 눌렸다.

"허억!"

"헙!"

기정풍의 눈동자와 마주친 순간 거미줄에 걸린 작은 곤충처럼 굳어져 버렸다. 잠시 그들에게 시선을 보냈던 기정풍은 다시 그들 뒤쪽으로 눈길을 돌렸다.

챙, 챙!

두 대주는 기정풍이 잠시 시선을 옮긴 사이 정신을 수습하고 검을 뽑았다. 그와 동시에 기정풍은 땅을 박찼다.

기정풍이 도약하기 위해 약간 움찔하는 순간, 두 대주는 전력으로 검을 내쳤다. 하지만 그들의 검은 일초식의 반도 펼치기 전에 중도에서 멈춰 섰다.

스슷, 퍼펑!

바람 흐르는 소리와 둔탁한 두 번의 타격음. 기정풍은 말 그대로 바람처럼 둘 사이를 스미듯 빠져나갔다. 남겨진 두 대주는 그 짧은 순간 몸에서 혼이 빠져나갔다.

쿵, 쿵!

단 일 합에 두 대주의 영육을 분리시킨 기정풍은 자신이 만든 시산혈해를 돌아보지 않았다. 돌아보지 않았기에 망설임도 후회도 없었다. 연의에 의한 소란으로 몰려갔던 자들은 아직 보이지 않았다.

하지만 연무장에서 출격을 대기하고 있던 자들은 광살, 인살 두 대주 등이 떠나고도 소동이 잦아들지 않자 심상치 않음을 깨닫고 정문 쪽으로 속속 달려오고 있었다.

가장 앞서 달려오는 자는 가히 섬전 같은 신법을 발휘해 쏘

아져 오고 있었다. 비도술(飛刀術)과 신법으로 천군 오십좌의
일석을 차지하고 있는 비영천군(飛影天君) 만타릉이다.

기정풍은 비영천군의 몰골을 보고 대번에 상대의 절기를 짐
작할 수 있었다.

둘 간의 거리가 처음 오십 장에서 순간 이십 장이 되고 십
장이 되었을 때, 비영천군이 삿대질과 함께 버럭 소리쳤다.

"웬 놈이냐!"

스팟!

자연스러운 호통 동작에 서늘한 뭔가가 곧장 날아왔다. 채
어둠이 거치지 않은 허공에 교묘히 숨어 날아오는 쇳조각.

"비수?"

기정풍은 가슴으로 파고드는 그것에 공력을 잔뜩 돋워 맨손
으로 받아냈다. 차가운 한기를 발하는 쇳조각은 손잡이는 없
고 날만 있다. 두께가 종잇장처럼 얇을 뿐 아니라 중간 중간
작은 구멍이 뚫려 있고 광택도 전혀 없다.

상대의 청각과 시력을 무용지물로 만드는 비수. 여간 공들
인 살인 도구가 아니다.

기정풍이 얼굴을 찌푸리며 비수를 살피는 사이 비영천군은
십 장 거리를 유지한 채 그의 주위를 빙빙 돌았다.

스슷, 슷.

파리 날갯짓보다도 조용한 떨림. 전신으로 파고드는 으스스
한 한기.

기정풍은 비영천군이 연거푸 날린 두 개, 세 개, 급기야 쉴

틈 없이 쏟아지는 비수를 모조리 받아냈다. 팔정권 제육초 명계문경을 응용한 깔끔한 금나수였다.

비영천군은 마른침을 꿀꺽 삼켰다. 한두 개까지는 놀라웠지만 그러려니 했다. 한데 오십 개의 혈접을 동시에 날리는 혈접공망(血蝶恐亡)이라는 최후 절초마저 똑같은 방식으로 막아내자 믿을 수가 없었다.

"혀, 혈접비(血蝶匕)를… 네, 네놈은 누구냐!"

"혈접비라… 물론 피를 머금어야 혈접이겠지. 잠시 기다려라. 피를 먹여주마."

기정풍은 처음으로 움직임을 멈췄다. 비영천군에게 하는 소린지, 혈접비를 두고 하는 소린지 모르는 말로 중얼거렸다.

"너, 너는…….""

"입을 다무는 게 좋을 텐데 말이야. 좀 더 오래 살고 싶다면."

기정풍은 말없이 혈접비를 쓰다듬으며 나머지 쌍압문도들이 모이기를 기다렸다. 하나하나 쳐 죽이는 것도 알고 보니 피곤한 일이다. 이제 적에게서 쓸 만한 살인 무기를 얻었으니 써먹어 볼 참이다.

이윽고 천군들이 앞서 닿았고, 뒤로 천군들과 천살대주 대원들을 이끌고 속속 도착했다.

도착한 자들은 너나 할 것 없이 기정풍이 만든 작품을 보며 혀를 내둘렀다. 아름드리 나무가 뿌리째 뽑혔는가 하면, 수백 년 된 전각이 폭삭 주저앉았다. 영락없이 광풍이 휩쓸린 듯한 흔적에 눈을 떼지 못했다.

천군들은 힘이야 둘째 치더라도 그 무식함에 치를 떨었다.

광활한 초원과 사막지대에서 대부분의 시절을 보낸 그들조차 모용세가의 건물에서 예술미를 느꼈다. 본래 중원을 노리기 위한 쌍압문의 거점으로 활용할 마음도 있었지만, 그런 연유가 있었기에 단 한 채도 손상시키지 않았었다.

나무 또한 수령이 높을 뿐 아니라, 좀처럼 구하기 힘든 것들이니 모용세가를 점거한 동안 단 한 그루도 훼손하지 않았다.

적사가 가늘게 혀를 차며 기늘게 떨고 있는 비영천군에게 물었다.

"쯧, 벌써 정리되었군. 대체 어떤 무식한 놈들이었기에?"

비영천군은 자신 옆으로 믿음직한 동료들이 다가오자, 참았던 숨을 내쉬며 말했다.

"놈은 죽지도 도망치지도 않았소."

적사 등은 비영천군의 지적에도 계속 기정풍의 뒤만 살폈다. 지하에서 빠져나오느라 흙먼지를 뒤집어쓴 기정풍의 옷은 언뜻 쌍압문 삼대 대원들의 복장과 구별이 되지 않았다. 게다가 설마 갓 약관을 넘었을 만한 자가, 그것도 단신으로 이런 일을 해냈으리라 생각지 못했다.

"아직 남은 놈이 있는 게로군. 뭐 하고 있느냐! 어서 흩어져서 놈들을 찾지 않고!"

적사가 삼대의 대원들을 직접 통솔해 기정풍을 지나쳐 무너진 건물 뒤편을 향해 뛰어나갔다.

"쯧, 얼빠진 놈. 시체를 보고 굳다니. 네놈도 그러고 있지 말고 속히 한 놈이라도 찾아내라."

적사가 기정풍 옆을 스쳐 지나며 한 말이었다.

비영천군은 하얗게 질려서 소리쳤다. 아니, 소리치려 했다.

"놈이 바로……."

오랜만에 걸음을 뗀 한 걸음.

기정풍은 어느 결에 비영천군의 옆에 나타나 어깨에 손을 올렸다.

"말해도 좋아. 하지만 아직은 아니야. 파리 떼가 아직 덜 도착했거든."

기정풍의 기세에 짓눌린 비영천군은 입도 뻥긋하지 못했다.

그러는 동안 오십… 백… 이백 명, 두 패로 흩어져 있던 쌍압문도들 대부분이 도착했다.

"감히 흑룡왕이 계신 성전에서 어떤 찢어죽일 놈들이 개지랄을 떨었느냐!"

뒤늦게 도착한 아르만이 콧김을 뿜었다. 얼마 전 대설에게 황당한 꼴을 겪은 그는 '제발 한 놈만 걸려라' 하는 눈빛이었다.

기정풍은 이쯤이면 얼추 모였다 싶어 식은땀에 젖은 비영천군에게 말했다.

"생에 마지막이니 아주 힘껏 소리쳐라. 기왕이면 흑룡왕이 들을 수 있게."

비영천군은 입술을 덜덜 떨며 이러지도 저러지도 못했다.

소리치지 않으면 죽는다. 그렇다고 소리치자니 살려줄 것 같
지도 않았다.

빠드득!

"크윽!"

비영천군은 신음을 씹어 삼켰다.

잠시 망설임의 대가로 앙상한 어깨뼈가 으스러졌다. 기정풍
이 가볍게 얹었던 어깨에 약간의 힘을 쓴 결과였다.

"살고 싶다 이거냐? 네놈은 맨 마지막이다. 있는 힘껏 소리
치고, 그동안 도망쳐라."

"으윽, 여기, 여기다! 이놈이 바로 침입자다!"

비영천군이 고래고래 소리치자 흩어졌던 시선들이 일제히
둘을 향했다. 기정풍은 어깨에 올렸던 팔을 치워주었다. 족쇄
에서 벗어난 비영천군은 밖이 아니라 오히려 모용세가 안쪽으
로 쏘아져 갔다.

"그래, 흑룡왕을 불러오너라."

기정풍은 그럴 줄 알았다는 듯 비웃었다. 그리고 갈무리했
던 기운을 일거에 개방했다.

단지 '그만 깨어 일어나라'는 약간의 의지. 그 의지는 작은
물방울이 되어 단심기의 바다에 잔잔한 파문을 만들었다. 그
리고 파문은 파도가 되고, 파도는 곧 해일이 되었다. 비대하다
할 정도로 큰 단전에 웅크렸던 단심기가 거세게 요동쳤다.

스스스스!

막대한 기세가 미풍을 타고 모두에게 덮쳐들었다. 회루찬

등 초절정 이상의 무공을 가진 자들이 가장 먼저 기세에 반응
했다.

"이, 이건?"

"뭐냐!"

다음으로 절정 이상의 무위를 가진 천군들은 등골이 오싹한
한기를 느끼고, 저마다 무기를 틀어쥐었다.

해가 산 위로 얼굴을 들어냈다. 그와 함께 칙칙한 색의 오십
오 개의 혈접이 천천히 떠올랐다. 삼 장쯤 떴을까? 사람들의
경악 어린 시선을 모으고 있던 혈접들은 꿈틀하는가 싶더니
각기 다른 방향으로 쏘아졌다.

섬혼 구십일기 섬광탄의 변형이다. 굳이 이름 붙이자면 무
수다섬광탄(無手多閃光彈)이라 할 수 있겠다.

쉬쉬쉭!

"피, 피해라!"

회루찬의 고함은 이미 늦어도 한참 늦은바가 있었다.

"큭!"

"커헉!"

챙, 채쟁!

정확히 열다섯 번의 금속성 뒤에 딱 그만큼의 비명이 뒤따
랐다.

"크헉!"

혈접을 막아낸 자는 천군들 중 몇몇뿐. 일반 삼 대의 대원들
은 손도 써보지 못하고 급소를 내주고 말았다.

대원들은 제각각 특색있는 비명을 토하며 짚단처럼 허물어졌다. 정확히 오십오 인. 혈접의 수와 일치했다. 천군들이 쳐낸 혈접조차 헛되이 날아가지 않았다. 어이없게도 그것들 모두 대원들의 몸에 틀어박혔다.

단순히 우연이라 치부하기에는 가슴 쓰린 결과다.

"이런 빌어먹을 놈! 적혈조(赤血爪)로 갈가리 찢어 죽이지 않으면 사람이 아니다!"

성성군 회루찬이 악에 받쳐 소리쳤다. 긴팔을 자랑인 양 내놓고 다니던 그인데 두 손엔 어느새 기다란 붉은색 혈조가 끼어져 있었다.

회루찬이 적혈조를 더욱 붉게 물들이며 달려올 때, 기정풍은 뭐가 불만인지 고개를 저었다.

"아직은 아니다."

기정풍은 소리치며 열 손가락을 한껏 벌려 끌어당기는 시늉을 했다.

스스슷―

"어헉!"

분노에 차 달려오던 회루찬과 신편 아르만. 그들은 헛바람을 집어삼키며 약속이라도 한 듯 그 자리에 멈췄다.

대원들이 몸에 깊숙이 틀어박혔던 혈접들이 떠오르고 있었다.

"수십 개의 물건을 한 번에! 마, 말도 안 돼!"

아르만이 눈을 쏟아낼 듯 크게 뜨며 소리쳤다.

손에 쥐어진 것을 떠올리는 것도 물론 경악할 무위다. 하지만 각기 멀리 떨어진 것들을 그리한다는 것은 그것보다 열 배는 힘든 일이다.

하나, 둘… 각기 심장이며 명치며, 급소에 틀어박혔던 그것들이 뼈를 가르고 살을 비집고 튀어나와 다시 공중으로 날아올랐다. 순식간에 오십오 개의 혈접이 모두 떠올랐다.

"떨어져 있는 수십 개의 물건을 일시에 끌어당겨… 모, 모두 기로써 제어하고 있다는 뜻인가."

회루찬이 넋 빠진 사람마냥 중얼거렸다. 그러더니 피에 젖은 혈접을 바라보며 한기를 느꼈는지 부르르 떨었다.

이번에야말로 진짜 혈접이다. 빛도 색도 없던 그것들은 혈접이라는 제 이름답게 양껏 피를 머금고 있었다.

대원들은 절망 어린 시선으로 주춤 물러섰다. 천군들도 물러서고 싶은 마음이야 굴뚝같을 터. 하지만 그들은 입을 굳게 다문 채 자신들의 무기를 곧추세웠다.

그리고 이어진 기정풍의 손짓.

츠츠츳—

굉장한 속도에 혈접은 머금었던 피를 공중에 뿌렸다. 피를 벗자 광택 없던 그것들은 은은한 빛을 품었다. 기의 빛. 검기다. 먼저와는 달리 혈접들은 더욱 막강한 기세를 안고 다른 생명을 꺼뜨리기 위해 치달았다.

채쟁, 챙!

고작 대여섯 번의 금속성. 막아내는 소리가 현저히 줄어들

었다. 하지만 비명 소리는 여전히 쉰다섯 번으로 혈접의 숫자
와 일치했다.

쿵, 쿵.

짚단처럼 무너지는 대원들. 그리고 절정 언저리에 머물러
있던 십여 천군들마저 차가운 땅에 코를 박았다.

그런 일이 두어 번 더 일어난 후, 땅에 서 있는 자는 회루찬
을 포함 네 명이 전부였다. 기정풍이 세가에 난입하고 고작 반
각, 비영천군을 풀어주고 일다경 만이었다.

또다시 오십오 개의 혈접이 공중에 떠올랐다. 그 모습을 바
라보던 회루찬은 맥없이 중얼거렸다.

"단순한 내력으로 능공섭물(凌空攝物)을 펼친 것이 아니었
다. 저것은 허접한 비도술(飛刀術)이 아니라 어기비도(馭氣飛
刀)!"

적사는 이제껏 자신들이 잘나서 막아낸 줄 알았다. 한데, 회
루찬의 말을 듣고 보니 그게 아니다. 놈이 딱 막을 정도의 힘
만을 내보인 것이 아닌가.

"쭉정이에 섞여 있던 네 개의 알곡이라?"

기정풍의 혼잣말에 적사가 공포를 밀어내고 버럭 소리쳤다.

"미친놈아! 우리를 왜 진작 죽이지 않았느냐!"

기정풍은 적사의 헐렁한 한쪽 팔을 보며 말했다.

"네놈들은 제법 한가락 하는 놈들이니 흑룡왕에게 총애를
받고 있겠지?"

"그게 무슨 말이냐!"

"네놈들은 이 어르신의 인질이다."

기정풍은 이들이 예뻐서 살려둔 것이 아니다. 그는 연의가 붙잡혀 있을 것을 우려해, 이들의 목숨을 붙여놓은 것이다.

"왕께 대적하기 겁나 우리를 이용할 모양인데 어림없다."

적사가 얼굴을 붉히며 소리쳤다. 그는 자못 분에 겨운 듯 소매를 펄럭이며 기정풍에게 두어 걸음 다가섰다.

마침 적사 쪽에서 기정풍 쪽으로 한줄기 바람이 불어왔다.

"그거야 두고 보면……."

말하던 기정풍은 코를 파고드는 아릿한 향에 입을 다물었다. 그러고 보니 입 안도 진흙을 씹은 듯 텁텁했다. 입맛을 쩝쩝 다시자 알싸한 맛과 더불어 익숙한 맛이 느껴졌다. 아삭한 씹는 맛이 없을 뿐 유황곡의 독충을 생각게 하는 맛이다.

"크하하!"

기정풍이 인상을 쓰며 입맛을 다시는 것을 본 적사는 갑자기 앙천대소했다.

"적사, 적의 무위가 저와 같다 한들 어찌, 정신을 놓는단 말인가!"

하늘을 우러러 미친 듯이 웃던 그는 회루찬이 제지하고서야 간신히 웃음을 멈췄다.

적사가 득의만면한 얼굴로 말했다.

"성성군, 난 미치지 않았소. 놈은 이미 죽은 자와 진배없게 되었단 말이오."

"대체 그게 무슨 소리요?"

아르만이 바짝 다가오며 물었다.

"놈은 이미 본군의 극독에 중독되었소이다."

적사의 의기양양한 말에 나머지 천군들은 기정풍의 면면을 빠르게 훑었다. 과연 기정풍은 떫은 감 씹은 사람처럼 표정을 일그러뜨리고 있었다.

천군들의 얼굴이 갑자기 화사해져 갈 때쯤이었다.

"녀석은 중독되지 않았소! 저것들을 보란 말이오!"

회루찬은 아직도 공중에 떠 있는 혈접들을 손가락질했다. 혈접들을 바라본 천군들의 안색이 다시 시커멓게 죽어갔다.

"절대 그럴 리가 없소. 놈은 한숨만 들이켜도 죽음을 면치 못하는 극독을 적어도 세 가지 이상 흡입했소. 막대한 진력으로 버티고 있을 뿐 사실 놈은 손가락 하나……."

기정풍이 적사의 말을 중도에 끊었다.

"독이라… 향수에 젖게 하는군."

말까지 아무렇지 않게 하자, 적사는 눈이 휘둥그레져서 품속을 뒤졌다. 곧 작은 가죽 주머니 서너 개를 꺼냈다.

"독이, 내 독이 말을 듣지 않다니."

적사는 넋 빠진 사람처럼 중얼거리며 꺼내놓은 주머니 중 하나에 코를 박고 짧게 숨을 들이마셨다.

"쿨럭!"

아니나 다를까, 어찌나 독성이 강한지 적사는 곧장 얼굴이 붉어지고, 혀가 굳어졌다. 깜짝 놀란 그는 유리병에서 까만 알약 하나를 꺼내 털고 나서야 한숨을 푹 쉬었다.

"분명, 아무 이상이… 어어?"

적사는 늘어놓았던 가죽 주머니들이 기정풍을 향해 둥실 떠가자, 기겁해서 손을 휘저었다. 하지만 여지없이 주머니들은 기정풍 손 안에 쥐어졌다. 보물들을 잃은 적사는 얼떨떨한 표정을 지었고, 나머지 천군들은 기정풍이 독을 풀까 전전긍긍했다.

"이게 그렇게 독하냐?"

기정풍은 갸웃하더니 적사가 그랬던 것처럼 가죽 주머니에 코를 들이대고 독향(毒香)을 맡았다. 아무리 생각해도 독곡에서 식량으로 썼던 벌레들의 향과 비슷했다. 혹시 그놈들을 갈아놓은 것이 아닌가 생각될 정도였다.

"하하, 제법 고소하구나."

기정풍이 입맛을 다시며 하는 말에 천군들은 할 말을 잃었다. 그리고 기정풍의 다음 행동에 그들은 자신들의 눈을 의심했다.

"쩝, 쩝, 역시 그거군."

기정풍은 그렇잖아도 공복이라 허기가졌는데, 잘됐다 싶어 독가루를 몽땅 먹어치웠다.

천군들은 기정풍이 네 번째 가죽 주머니까지 탈탈 털어먹는 것을 생생히 지켜보았다.

세 천군의 시선이 적사에게 향했다. 대체 이 상황이 뭔지 설명을 해보라는 뜻이다.

적사는 본래 잘못이 없다. 아니, 하나 있다면 독을 식량 삼아 먹어온 기정풍을 만난 것이랄까. 하여튼 적사는 그 덕에 입이 열 개라도 할 말이 없다. 실은 할 말이 없는 것이 아니라, 그런 정신조차 없었다.

그런 적사의 심정은 헤아리지 못하고 눈치 없는 아르만이 기어이 한마디 했다.

"저게 독은 독이요?"

"……."

"혹시 콩가루 아니오?"

가슴을 후비는 한마디에 적사가 한숨을 쉬며 고개를 푹 숙였다.

"독의 분진을 한번 들이마신 것만으로도 황소 한 마리가 능히 죽는 것이오. 믿을 수 있겠소? 아니, 나조차 믿기지 않는 것을… 허! 어찌하여! 내 평생 독만을 연구해 온 것이 부끄럽구나."

적사가 눈시울마저 붉힐 때, 회루찬이 감격에 겨워 소리쳤다.

"그분께서 오고 계시오!"

아닌 게 아니라 기정풍은 벌써부터 낌새를 인지하고 한쪽을 바라보고 있었다. 흑마를 타고 달려오는 자에게 시선을 주고 있었다.

"주군!"

천군들은 덩치 큰 친구에게 맞은 아이가 아비를 본 듯 달려나가려 했다.

"어딜!"

슈슈슉—

기정풍이 손짓하자 공중에 떠 있던 혈접 중 네 개가 일제히 천군들의 몸에 들어가 박혔다. 막고 자시고 할 것도 없는 엄청난 속도다. 그만한 힘과 속도에도 혈접이 관통하지 않고 몸에 박혀 있는 것이 신기할 따름이다.

"으음."

신음을 토한 네 명의 천군은 달려나가려는 자세 그대로 뻣뻣하게 굳었다. 혈접으로 인해 마혈을 제압당했음인데, 어떻게 찔린 건지 피 한 방울 나지 않으니 그게 오히려 소름 돋는다.

이히힝, 푸후우우.

바람처럼 달려온 흑운이 거친 투레질 소리와 함께 우뚝 멈췄다. 곧바로 말에 비해 별로 뒤지지 않는 속도로 교자 위에 앉은 현자를 포함해 다섯 명이 도착했다. 흑룡왕의 폐관에 호위를 섰던 상위 세 천군과 비영천군이었다.

비영천군이 기정풍을 손가락질하며 소리쳤다.

"저놈입니다. 저놈이… 허억!"

비영천군은 공중에 둥실 떠 있는 자신의 혈접들을 보며 헛바람을 집어삼켰다. 흑룡왕 곁에 늘어선 세 천군들도 별반 다르지 않았다.

흑룡왕의 시선은 처참히 나뒹구는 시신들을 향해 있었다. 정확히는 시신들 중 자색 무복을 입은 천군들을 보고 있었다.

좀처럼 감정의 기복이 없으며, 가진 바 무위를 쉽사리 내보이지 않는 철혈의 사나이 흑룡왕. 그런 그임을 감안하면 지금 심정이 어떠하리라는 것을 능히 짐작할 만했다.

붉게 충혈된 흑룡왕의 눈이 혈접에 닿았다. 잠시 일렁이나 싶더니 천천히 시선을 내려 기정풍을 동공에 한가득 담았다.

그리고 일어나는 막대한 살기.

"너는 누구냐?"

흑룡왕은 전신에서 뽑아 올린 투기(鬪氣)를 조정해 기정풍에게 집중적으로 쏘아보냈다.

투툭, 툭, 휘이이잉—

그저 무형(無形)이 아니다. 얼어붙어 땅에 뿌리박혔던 주먹만 한 자갈들이 툭툭 불거져 나오고, 때 아닌 광풍이 사방에서 몰아쳤다. 주인의 마음을 알아차린 명마(名馬) 흑운도 투레질을 연발하며 발굽을 들어 연신 땅을 찍어댔다.

"등장 한번 요란하구나."

흑룡왕의 기세를 슬쩍 흘려보낸 기정풍은 흑룡왕을 일견(一見)하고는 끝이다. 대신 줄곧 팔짱을 낀 채 흑운만 쓸어보고 있었다. 그 눈길이 어찌나 탐욕스럽던지 짐승인 흑운조차 부르르 떨 정도였다.

第二章

흑룡왕의 여의주 멸강청로

1

　현자가 혼몽절연단을 먹이고 간지 일각. 잠자는 자금성의 공주 같던 연의에게 서서히 변화가 찾아왔다. 몸을 몇 번 뒤척이더니, 입술을 벌려 무슨 말인가를 하려 했다.

　다른 꿈을 오래 꿔봐야 득이 될 것이 없다. 대설은 얼른 농마에 대한 꿈을 꾸게 할 요량으로 연의에게 말을 걸었다.

　"소저, 노, 농마를 아시오?"

　잠든 연의는 얼굴을 찌푸리더니 애절한 목소리로 누군가를 불렀다.

　"아, 사형……."

　"소저, 사형이라니? 농마를 모르시오?"

　연의는 그렇지 않아도 한창 기정풍 때문에 서러운 참이다.

잠꼬대하듯 부정확한 발음으로 입을 열기 시작했다.

"알아. 그는 내 사형… 사형, 잘못했어요. 내가 잘못했어
요."

금세 애잔하게 부르더니 눈물을 그렁그렁 매단다.

사형이라니! 여인만의 문파인 백화문이거늘, 이 여인은 대
체 농마와 무슨 사이인가. 대설은 연의가 꿈속에서마저 농마
를 애타게 찾자 기분이 썩 좋지 않았다.

"그는 대체 어떤 사람이오?"

시작부터 기분이 나빠진 대설은 심드렁한 투로 묻기 시작했
다.

"사형, 그는 내 사형."

"당신은 백화문의 도사잖소? 사저라면 모를까 어찌 사형이
있을 수 있소."

"그는 내 사형이야."

말소리가 제법 또렷해진 것은 강한 부정의 뜻이리라. 이래
서야 답이 없다.

"설마, 그도 백화문도요?"

"아니, 그분은, 그분은……."

연의는 혼몽절연단의 약 기운에 대항하며 농마에 대해 좀처
럼 말하려 하지 않았다. 기정풍의 정체를 말한 것 때문에 기정
풍과의 사이가 틀어졌다. 평소 그것을 자책하고 있던 그녀인
지라 꿈일 망정 기정풍의 정체에 대해서는 말을 아꼈다.

좀 전만해도 농마의 난입으로 소란스럽던 세가는 고요가 찾

아들었다. 대설은 농마가 이미 제압되었으리라 예상했다. 농마가 죽었다면 모르지만 사로잡혔을 경우 연의에게 굳이 농마에 대해 알아낼 필요는 없었다.

하지만 대설은 멈추지 않았다. 이제부터는 현자의 분부로서가 아니라, 그의 의지였다.

"그의 사문은 어디고, 이름은 무엇이며 나이는 몇이오?"

연의의 이마에서 악전고투를 치르는 사람마냥 땀이 송골송골 솟아 나왔다.

"그, 그분은 단심문의 문주. 유황곡의 기인. 정풍 사형……."

이각이 점점 가까워오고 있다. 한데 알아낸 것이라곤 듣도 보도 못한 단심문이라는 곳의 문주라는 것과 이름이 정풍이라는 것뿐.

쓰게 웃은 대설은 마지막으로 한 가지를 물었다.

"그대는 혹시 그대의 사형을 연모(戀慕)하고 있는 것이오?"

왜 이딴 것을 물었을까. 대설은 금방 후회했지만 이미 쏟아 낸 물이다.

남녀 간의 은밀한 이야기라, 둘 중 하나가 맨 정신이었다면 결코 묻지 못할 말이다. 물음을 던진 대설은 그 어느 대답보다 긴장하며 연의의 입술에 시선을 고정했다.

"나, 나는 사형을… 좋아해."

좋아한다니? 이보다 애매한 말이 또 있을까? 마른침을 꿀꺽 삼킨 대설은 시각을 얼추 계산하고 빠르게 물었다.

“이성 간의 감정을 묻는 것이오. 그대는 그대의 사형을 간절히 그리워하고 사랑하시오?”

연의는 대설의 물음에 망설였다. 평소 현실에서도 생각지 못한 질문임이 분명했다. 이각이 곧 다가오는지라 초조한 심정으로 기다리는데 연의가 뒤척였다.

“이런, 이게 무슨!”

대설은 연의의 머리를 보며 경악을 금치 못했다. 썼던 수건이 풀어지며, 연의의 머리가 고스란히 드러났다. 정말이지 끔찍했다.

희고 짧은 머리는 그렇다 치더라도, 칼로 그은 것 같은 상처들은 뭐란 말인가. 언뜻 살펴도 잘해야 열흘쯤 지난 것들부터 최근에 생긴 것들이다. 열흘이라면 연의가 백화문을 나와 농마와 동행한 시간들이다.

차라리 몸에 난 검상이면 모를까 이런 상처라니! 결코 적에게 당한 흔적이라 볼 수는 없다. 자해도 아닐 것이다.

대설은 뭔가 느껴지는 것이 있어 흠칫 떨었다.

“농마! 설마 그가?”

인간이 어찌 이리도 끔찍한 짓을 저지를 수 있단 말인가. 무의식에서마저 그토록 농마에 대해 말하기를 꺼려 했던 것이 이제야 이해가 된다. 공포에 세뇌된 탓이 아닌가 말이다.

“사형이… 보고 싶어. 나는 사형을……”

연의가 고민 끝에 자신의 마음을 말하려 할 때 대설이 소리쳐 말을 끊었다.

"누가 당신의 머리를 이렇게 만든 것이오? 대체 누구 때문
에 이런 고통을 겪어야 했소?"

"난 사형, 사형… 옷을… 어흐흑."

연의는 머리털을 잘라내 베를 짜 옷을 만들었다. 하지만 애
써 만든 옷을 전해주러 갔을 때 기정풍은 모용선과 너무도 다
정했다. 연의는 꿈속에서도 어찌나 서럽던지, 울음을 참지 못
했다.

꿈속일진데 어찌도 이리 가슴 아프게 우는 걸까. 역시 그랬
다. 농마, 그놈은 절대고수이기 이전에 변태 자식이었다.

'난 사, 사형… 옷을…….' 뒤의 말은 연의의 흐느낌에 묻혔
지만 너무도 뻔했다.

옷을 벗기고, 그다음은… 성적 학대와 폭행. 너무도 끔찍해
고개를 저어 생각을 털어냈다. 이 여린 아가씨를 두고 차마 사
람으로서는 하지 못할 짓거리를 자행하지 않았는가 말이다.

"으음."

대설은 더 이상 생각하기도 싫어 눈을 감으며 침음했다.

"이런 빌어먹을 놈 같으니라고!"

대설은 걷잡을 수 없는 분노에 치를 떨었다. 차라리 놈을 사
모한다는 말을 들었다면 실망은 했겠지만 이토록 화가 나지는
않았을 것이다.

"사, 사형……."

연의는 두 팔을 허우적거리며 기정풍을 불렀다. 연의의 본
심은 기정풍을 애타게 찾는 것이었다. 하지만 이미 깊이 오해

한 대설의 눈에는 농마에게 제발 다가오지 말라고 비는 것처럼 보였다.

"이제 이각의 시간이 흘렀소. 하지만 난 당신에게 이 약을 먹이지 않을 작정이오. 그대의 지난 기억은 차라리 지옥이었구려. 깨끗이 지우고 새로이 시작하는 편이 좋겠소."

2

양측의 긴장감이 더할 수 없을 만큼 팽팽해졌다. 기정풍의 기세에 눌려, 십 년 넘게 전장을 종횡무진(縱橫無盡) 누빈 흑운마저 눈을 내리깔았다.

"이름이 뭐냐?"

눈빛으로 마중지왕(馬中之王)을 굴복시킨 기정풍이 이름을 물었다.

"이분은 흑룡왕이시다. 네놈은 이분의 본명을 알 자격……."

기정풍은 팔을 저어 현자의 말을 끊었다.

"계집, 누가 놈의 이름을 알자고 했나? 저 말 이름을 물은 것이야."

"흥, 흑운이다. 먼저 뒤에 있는 그분들을 풀어주는 것이 어떠냐."

기정풍은 흑운에게서 시선을 떼며 입을 열었다.

"계집이라… 오호라 흑룡왕이 애처가였다? 마누라는 괜찮군."

이건 또 무슨 소린가. 현자는 여인이라는 오해는 많이 받아봤어도 양부(養父)의 처라는 오해는 처음이라 안색이 시뻘겋게 변하고 말았다.

"미친놈! 뚫린 입이라고 마음대로……."

"아닌가? 뭐, 아니면 말고."

속을 박박 긁고 아니면 말란다.

"우선 그분들을 풀어주어라."

현자는 기정풍이 고이 잡아놓은 천군들을 가리켰다. 그는 흑룡왕이 농마를 쉽사리 공격하지 못하는 이유가 뒤에 꼼짝 않고 있는 네 명의 천군 때문이라 짐작했다.

다들 멀쩡한 듯 보이지만 눈동자만 데굴데굴 굴리는 것으로 보아 제압된 것이 분명하니 싸움이 일어나면 휘말려 목숨을 부지하기 쉽지 않을 터. 몇 남지 않은 천군들인데, 그들마저 죽게 할 수는 없었다.

"역시, 이놈들은 뭔가 다르군. 인질을 잘 골랐단 말씀이야. 네놈들이 하도 부하 알기를 쉬어터진 죽 마냥 취급하기에 내심 걱정했는데 말이다."

"그래서 어쩌겠다는 거냐."

"아마 반 시진 전에 이곳을 방문한 사람이 있을 거야. 그렇지?"

“백화문의 반반한 계집을 말하는 것이냐? 그 계집은 이미 우리 손안에 있다.”

기정풍은 일단 무사한 것이 확인되자 한결 밝아진 안색으로 끄덕이며 답했다.

“그 아이를 풀어주면 이놈들도 풀어주마.”

“그 아이 하나로 될까? 너는 시중에 걸린 벽보를 보지 못했느냐?”

기정풍과 현자의 하는 양을 지켜보던 흑룡왕은 흑운에서 내려 검을 뽑아 들었다.

“현자는 그만 물러서라.”

현자는 흑룡왕의 꽉 다물린 입술을 보고 자신의 짐작이 틀렸음을 깨달았다. 흑룡왕이 농마를 공격하지 않은 것은 천군들 때문이 아니었다. 그렇다면 이유는 한 가지, 농마에게 있을 것이다.

‘승패를 점칠 수 없을 정도로 이자가 그토록 고수란 말인가?’

믿기지는 않았지만 그럴수록 농마의 약점을 파고들어야 한다고 생각했다. 무리수를 둘 것이 아니라, 백화문을 철저히 이용해야 했다.

“하오나 천군들을 구하셔야…….”

천군일좌 번천분도(磻川分刀) 탑리영은 현자의 말을 끊으며 소리쳤다.

“초원의 전사가 어찌 적의 인질로서 목숨을 구걸하리오.”

"저들은 손가락 하나라도 움직일 힘이 있었다면 진즉 스스로 목숨을 끊었을 것입니다."

천군이좌 합마포(蛤魔砲) 찰합이 너무도 당연하다는 듯 말했다.

앞뒤 꽉 막힌 자들. 현자는 안면을 일그러뜨리며 답답한 마음을 숨기지 않았다.

"농마, 너는 누구이기에 번번이 본왕이 이끄는 쌍압문의 행보를 방해했느냐!"

흑룡왕의 음성은 한자한자 짓누르는 기운이 있어 이야기를 듣는 입장에서는 음공에 다름 아니었다. 물론 그것도 상대 나름, 기정풍은 살짝 안색을 찡그릴 뿐 태연한 자세로 말을 받았다.

"농마? 쯧, 이놈이나 저놈이나."

기정풍의 빈정거림에 격분한 천군일좌 탑리영이 박도를 매섭게 털었다.

"건방진! 묻는 말에 대답이나 하라!"

대뜸 하얀빛이 잠시 번뜩였다. 곧 요란한 소리와 함께 탑리영의 석 자 앞에서부터 땅거죽이 쩍 갈라지기 시작했다. 공격이 땅을 향했기 때문이 아니라, 엄청난 경기에 의한 결과다.

번천분도 최후절초 거도폭참(巨刀爆斬).

일순간 털어낸 것으로는 믿기 어려운 무지막지한 공격이다.

콰콰콰!

보이지 않는 거대한 도기(刀氣). 하지만 보이지 않는다고 느끼지 못하는 것은 아니다. 도기가 땅을 뒤엎으며 순식간에 기정풍의 코앞까지 치달았다.

"음흉한 놈."

기정풍은 비웃으며 손가락 하나를 까딱였다. 허공을 수놓고 있던 혈접 중 하나가 쏜살같이 떨어져 내려 도세(刀勢)와 정면으로 마주했다.

푸스스스.

펄펄 끓는 솥에 찬물 끼얹는 소리와 함께 막대한 도기가 씻은 듯 사라졌다. 혈접 또한 미세한 쇳가루가 되어 흔적도 없이 사라졌다.

천군 중 제일이라는 탑리영이 가볍게 내치는 척하며 실은 전력을 다해 뿌린 일격. 기정풍은 그것을 보기 좋게 혈접 하나로 막아선 것이다.

"으음!"

탑리영이 침음하자 흙먼지 떨어져 내리는 속에서 기정풍이 담담히 말했다.

"쥐새끼가 머리를 굴린다 한들 대호(大虎)가 쓰러지랴."

기정풍은 가슴을 펴고 당당히 말했지만 속으론 걱정이 태산 같았다. 기껏 생각해서 제법 센 자들로만 넷을 잡아놓았건만, 초원의 전사 운운하며 부하들 목숨을 파리 목숨처럼 얘기하지 않는가.

하지만 기정풍도 놈들처럼 연의를 죽게 내버려 둘 수는 없었다. 고심하고 있는데 흑룡왕이 수하에게 노한 기색을 숨기지 않았다.

"쓸데없는 짓! 놈은 어차피 본왕의 검하(劍下)에 이슬로 사라질 것."

고민의 기색을 지우지 못하고 있던 기정풍은 문득 흑룡왕을 보며 생각했다.

'저놈을 인질로 잡는다면?

흑룡왕은 신중한 자세로 장검을 뽑아 들며 말했다.

"놈마여! 무기를 들어라."

기정풍은 한층 밝아진 낯빛으로 혈접들을 바라보며 말했다.

"그렇지 않아도 무기를 너무 많이 들고 있어서 걱정이다."

"저따위 쇠 쪼가리들 따위로 본왕을 상대할 수 있으리라 보느냐."

"물론, 상대할 뿐 아니라 사로잡을 생각이다. 목. 숨. 만 붙여서."

기정풍이 손가락을 꺾으며 자신감을 내비쳤다.

"물러서라. 내 이자에게 하늘 위에 하늘이 있음을 보여주리라."

스르릉—

차라리 장중하기까지 한 검명. 대초원의 신 흑룡왕의 사부가 하사한 명검 묵룡(墨龍)은 스스로 울어 자신의 존재를 세상에 일렸다. 용이 멋들어지게 똬리 튼 검갑을 천천히 빗어난 묵룡검은 폭 두 치 반, 길이 넉 자. 보통 검보다 검신의 길이와 폭이 넉넉했다.

봉천의 한 장사꾼이 말하길 흑룡왕은 창으로 일선과 일백여 합을 겨루었으나, 검을 든 후 단숨에 승부를 결정지었다 했다. 기정풍은 그 말이 결코 와전되거나 부풀려진 소문이 아님을 단박에 알 수 있었다.

명검에 어울리는 무인(武人). 흑룡왕은 어느새 또 다른 경지를 보여주고 있었다.

"좋아 보이는군."

기정풍의 시선은 흑룡왕의 눈을 벗어나 묵룡에게 닿아 있었다. 대체 흑룡왕의 무위가 좋다는 것인가, 검이 탐난다는 뜻인가.

묵룡의 검끝이 혈접이 떠 있는 하늘을 향했다. 그리고 두어 차례 가볍게 떨었다.

스슷, 파츠츳.

검첨이 잠시 일렁였을 뿐, 별다른 기의 파동도 없이 십여 개의 혈접이 새까만 먼지가 되어 지워졌다.

"허!"

천지가 개벽해도 놀랄 것 같지 않던 기정풍조차 눈썹을 꿈틀했다.

"멸검(滅劍)이다. 감당할 수 있겠느냐."

멸천성검(滅天星劍).

멸검, 천검, 성검. 삼검(三劍)이 하나가 되어 무적이라 불리기에 합당한 검법. 이제는 이름조차 잊어진 절대삼검. 그중 멸검이 흑룡왕의 손에서 되살아났다.

그것은 분명 온전한 멸, 천, 성, 삼검이 조합된 멸천성검은 아니었다. 하지만 흑룡왕이 펼쳐낸 멸검은 그것만으로도 능히 새로운 전설이 되기에 부끄러움이 없었다.

아니, 중원 팔대고수 중 하나인 일선검자를 꺾은 것만으로도 흑룡왕은 이미 전설의 계보에 이름을 올렸다고 할 수 있었다.

"모용극, 그의 한 팔을 자른 것이 바로 이것이었구나."

"자른 것이 아니다."

흑룡왕이 묵룡을 떨친 순간 다시 십여 개의 혈접이 없어졌다. 흑룡왕의 뜻을 알아차린 기정풍은 무겁게 끄덕였다.

"그렇군. 자른 것이 아니라 숫제 없애 버렸군. 지우듯이 말이야."

기정풍은 마법 같은 흑룡왕의 검법의 원리를 머릿속으로 그려보았다. 혈접을 향해 두 번 시험을 보인 정도의 경지라면 멸검을 피할 수 있을 것도 같았다.

"네놈도 지워주마. 깨끗이."

"얼마든지!"

츠츳!

혈접을 향했던 공격과는 또 다르다. 아니, 배는 빠르다.

기정풍은 재빨리 혈접 하나를 불러 막으려 했다. 하지만 흑룡왕의 멸검은 한발 늦게 도달한 혈접 끝을 갈아내고 곧장 왼쪽 가슴에 작렬했다.

"크음."

기정풍은 심장이 멎는 충격에 가슴을 부여잡고 주춤 물러섰다. 주인의 명을 기다리며 한가로이 떠 있던 혈접들이 힘을 잃고 후두둑 떨어져 내렸다.

섬(閃)을 쪼개고, 또 쪼갠 찰나의 시간. 짐작을 웃도는 것이라 하나 천하에 기정풍조차 제때에 반응하지 못했다.

"후우욱. 멸검이 아니라 탄검(彈劍)이구나!"

기정풍의 짐작대로였다. 갑자기 강철로 만들어진 혈접이 가루가 된 것은 사술(邪術)이 아니었다. 멸검의 정체는 쾌요, 그 엄청난 속도의 근원은 탄이었다.

흑룡왕은 멸검을 정면으로 맞고도 말하는 기정풍을 보며 놀랐다. 또한 단 세 번 펼친 멸검을 보고 멸검의 비밀을 알아챈 것을 보며 다시 한 번 놀랐다.

멸검을 시전하기 전 흑룡왕의 내부는 거대한 폭풍이 몰아친다. 폭풍은 진기가 경맥을 운행할 때 엄청난 회전을 일으켜 만들어지는 것으로 이것이야말로 탄의 비결이다.

그러니까 엄청난 기운을 팔에 응집시켜 검첨을 통해 일시에 쏘아내는 것이다. 이때 팔과 검은 대포의 포신(砲身) 역할을 하게 되니, 묵룡의 길이가 여느 검보다 길었던 것이다.

"안목(眼目)도 인내심도 어느 것 하나 부족함이 없구나. 하지만 이미 가슴에 구멍이 뚫린 바에야."

흑룡왕은 기정풍의 심장의 일부가 바스러졌으리라 확신하는 듯했다.

"뚫렸다고? 너의 검은 빠르다. 하지만 강함이 부족하구나."

강하지 않다? 기정풍의 말은 틀렸다.

섬의 극을 맛본 그조차 눈으로 쫓지 못할 빠름은 그 자체로 충분히 강했다. 다만 연의의 혼이 들어간 옷과 환골탈태한 기정풍의 단단한 육신이 공격을 능히 견딘 것일 뿐.

"죽음의 문턱에 이르러서까지 허풍을……."

기정풍이 가슴을 가렸던 손을 내렸다. 멸검을 맞기 이전과 다른 점이 없었다.

흑룡왕은 표정에 조소(嘲笑) 대신 경악을 담아냈다.

"반탄(反彈)? 칠성의 멸검을……."

흑룡왕은 반탄이라 말하고는 이내 고개를 저었다. 기를 튕겨내는 어떤 기척도 느끼지 못했던 것이다. 그렇다면 고스란히 맞받고도 멀쩡하다는 것인데, 이것을 어찌 설명할 것인가.

'이번에야말로 어찌 된 영문인지 봐야겠다.'

흑룡왕은 공력을 가일층(加一層) 끌어올렸다. 회기잔혈공(廻氣殘血功)이 십성에 육박하자 단전으로부터 시작된 폭풍이 더욱 거대해졌다. 잠시 후 진기의 요동으로 양팔의 힘줄이 눈에 띄게 부풀어 올랐다. 그리고 좁은 통로를 미친 듯이 질주한 기운들은 순식간에 손가락 끝을 타고 검으로 흘러들었다.

우웅!

묵룡은 특유의 울음과 함께 검끝에 호두만 한 파란 구슬을 매달았다. 콩알만 하던 그것은 순간 크기를 늘려 호두 알만큼 커졌다. 금방이라도 폭발할 기세를 보이는 구슬의 정체.

"강기!"

멀찍이 떨어져서 둘의 대결을 바라보던 번천분도 탑리영의
경악성이다.

시종일관 기정풍의 낯에 걸려 있던 여유로움은 자취를 감췄
다. 강기라면 이미 여러 차례 상대해 본 경험이 있는 그인데
어찌 이리 놀라는 것인가.

"밀도가 높다."

기정풍의 중얼거림에 흑룡왕이 답했다.

"멸검의 정수(精髓), 멸강청로(滅罡靑路)다."

멸강청로, 푸른 이슬은 기를 응집시킨 강기를 다시 한 번 응
집시킨 강기였다. 검강은 대개 검을 싸고도는 이글거리는 불
꽃 모양이다. 흑룡왕은 그것을 완벽한 구형(求刑)으로 뭉뚱그
려 놓은 것이다.

한층 수준 높은 강기. 새로운 기예(技藝)다.

기정풍은 파란 구체를 보자마자 모든 상황을 꿰뚫었다. 이
번 공격은 무섭다. 감히 소홀히 할 수 없을 만큼! 단숨에 내려
진 결론이다.

기정풍은 멸강청로를 자못 심각하게 주시하며 무게중심을
낮췄다. 또한 발끝으로 땅을 딛고 서며, 눈을 더욱 가늘게 떴
다.

'피한다. 그도 아니면……'

스팟!

그사이 강기의 구슬이 코앞에 이르렀다. 구슬이 터지기 일
보직전 기정풍이 몸을 뒤틀며 구슬 끝에 무언가를 가져다 댔

다. 그리고 뭐가 뭔지 분간할 틈도 없이 폭발했다.

꽈과광!

폭발의 여파로 언 땅이 깎여 나가고 마혈을 제압당했던 천군들은 속절없이 나동그라졌다.

"……."

기정풍은 언제라도 튀어나갈 것 같은 자세였음에도 그 자리에 뿌리 내린 듯 서 있었다. 그는 과연 강기를 어떻게 물리친 것인가.

모두가 어리벙벙하게 서 있을 때 흑룡왕이 해답을 내놓았다.

"소, 손가락 하나로……!"

흑룡왕은 불신의 눈빛으로 소리친 말이었다.

기정풍은 단 한 걸음도 피하지도 물러서지도 않았다. 그는 광풍이 몰아치는 속에서 우수(右手)를 내밀고 검지만을 뻗은 자세로 서 있었다. 한 뼘 정도 자란 머리를 흩날리면서.

다른 자들은 모르되 흑룡왕은 보았다. 강기의 구슬이 적중하려는 순간 기정풍의 손가락 끝에 걸린 또 다른 강기를.

섬혼 제일기 일지천공.

기정풍은 흑룡왕이 그랬던 것처럼 일지천공의 구결에 따라 손가락 끝에 기를 모았다. 이미 멸강청로가 코앞으로 닥쳐든 순간이니만큼 무모한 짓이었다. 하지만 결국 그는 강기의 응집에 성공했다.

밀도를 높이려면 틀에 넣고 강한 힘으로 다지면 된다. 기정풍은 강기 또한 다르지 않을 거라 생각했다. 그는 검지를 내밀며 끝을 기로 둘러쳤다. 그 상태로 단심기를 무작정 밀어 넣었다. 입구를 막고 막대한 진기를 밀어 넣자 고밀도 강기가 만들어졌다.

환골탈태로 인해 피륙이 상상을 절할 정도로 강해지지 않았다면 어림없었을 터. 보통 사람 같았으면 손가락은 기를 밀어 넣은 즉시 폭발하듯 터져 나갔을 일이다.

결국 흑룡왕이 쏜 멸강청로와 기정풍의 손가락 끝에 걸린 강기 구슬이 정면으로 맞닥뜨렸다.

콰콰콰!

작은 두 개의 구슬은 엄청난 폭음과 광풍을 만들어냈다. 하지만 이는 빈 깡통이 요란한 이치에 불과할 뿐. 정작 부딪치는 순간 대부분의 힘은 소멸되었다. 그것은 광풍에 휘말려 날아간 네 명의 천군이 무사한 것만 보아도 알 수 있는 일이다.

흑룡왕은 믿을 수 없었다. 어찌 멸강청로를 사람의 손가락에 담아낼 수 있단 말인가. 곤오철조차 견디지 못해 만년한철로 만들어진 신검(神劍) 묵룡을 하사받고 나서야 성공했던 것이거늘.

그는 믿기지 않는 표정으로 멸강청로를 거듭 쏘아냈다.

쿠쿵, 꽈광!

흑룡왕은 여전히 손가락 끝으로 청로를 만들어내는 기정풍을 보며 이를 악물었다.

"상식 밖의 인간이라. 쌍압문의 운을 이 한 수에 시험하리라."

묵룡을 두 손으로 틀어쥔 흑룡왕은 가슴 넓이로 다리를 벌리고 기를 폭발시켰다.

우웅, 스스스—

멸강청로 십이성의 경지가 막을 열었다. 이름하여 청로라 불리는 파란 강기의 이슬. 이제 그것은 이슬이라 칭하기에 민망할 만큼 덩치를 불려갔다. 청로가 아이 주먹만큼 커졌을 때 심상치 않음을 느낀 기정풍도 단심기를 불러냈다.

'으음?

손끝에서부터 시작된 아련한 통증. 무시하고 기를 밀어 넣자 손가락 전체가 욱신거렸다. 고작 갓난아이 주먹만 해졌을 뿐인데 순탄히 진행되던 강기 응집 작업에 제동이 걸렸다.

아무리 환골탈태한 몸이라 해도 한계가 없을 수는 없는 법. 오른손 전체가 쩌릿쩌릿 저렸다. 몸이 한계에 임박했음을 경고하고 있었다.

흑룡왕을 살펴보니 묵룡 끝에 이미 어른 주먹보다 큰 청로가 걸려 있었다. 배 이상 차이난다. 막을 수 없는 것은 불문가지. 지난번의 경험으로 볼 때 피한다는 것 역시 불가능한 일이다.

난생처음으로 뛰어난 병기가 절실해진 순간이다.

'어쩔 수 없다. 피할 수밖에!'

흑룡왕은 이미 십이성 전력을 다해 만들어낼 수 있는 최대한의 멸강청로를 만들었다. 그 상태를 유지하는 것만으로도 목이 바짝바짝 마르고 진이 빠지는 일이다.

하지만 그는 기정풍이 과연 어떤 것을 보여줄지 기다렸다. 그러나 시간이 지나도 기정풍의 손끝에 맺힌 강기는 자신의 반도 안 되는 크기에서 멈춰 커질 기미가 없었다.

"언제까지 기다려야 하는가."

기정풍이 통증을 이기다 못해 진기를 풀어버렸다. 그나마 있던 강기마저 훈풍에 눈 녹듯 사라지고 말았다.

"훗, 역시 따라하는 것은 체질이 아닌가?"

기정풍은 난감한 심정을 숨기고 별것 아니라는 듯 웃었다.

"인간의 육체로 그만큼 한 것도 믿기지 않는 일. 하지만 자신에게 맞는 무기 하나 제대로 겸비하지 못한 것은 네놈의 실수다. 자만의 끝은 죽음뿐."

흑룡왕은 기정풍을 비웃었다. 조소의 끝에 어른 주먹 두 개를 합친 것만큼 키워놓은 멸강청로를 날렸다.

츠스슷—

중간 거리 생략. 시작점과 종점만 존재하는 빠르기. 기정풍의 동체 시력으로도 청로가 언제 어떻게 이동한 건지 쫓을 수 없었다.

'아! 이전보다 더한 빠르기! 이것은 피할 수 없다.'

기정풍은 전보다 배나 빨라진 멸검에 치를 떨었다. 환마절영공으로 피할 수 있을지도 모른다고 생각했었다. 어리석었다. 역시 십 할 확신이 없는 계획은 무계획과 다름없었다.

눈앞에 솟아난 강기 덩어리! 멸강청로 속 새까맣게 일어나는 파멸의 기운이 시리게 박혀들었다.

이제 어떻게 해야 하는가. 과연 무엇이 최선의 선택인가. 고심의 끝에 살인을 위해 꼭꼭 싸매놓았던 팔정도가 스륵 풀려나왔다.

정념.

시간을 백으로 쪼갠 듯 느리게 흐른다. 아니, 시간은 쪼개지지 않았다. 뇌가 평소의 백 배의 속도로 연산 작용을 시작한 것일 뿐.

마냥 느리게 느껴지는 시간 속에서 일어날 일들을 미리 구성했다.

청로가 폭발한다. 그리고 몸을 날린다. 그랬다가는 이미 늦는다.

반대로 먼저 몸을 날린다. 채 일 장을 벗어나기 전 청로가 폭발한다. 이것도 아니다.

몸을 날린다 해도 일 장 거리는 여전히 치명적인 거리다. 저 정도의 멸강청로라면 폭발의 충격만으로도 심장이 멎어버릴 것이다. 만약 환마절영공을 극성으로 익혔다면 어땠을까? 아마 폭발 반경에서 벗어날 수 있을지도 모를 일이다.

하지만 환마절영공은 이제 구성을 넘어선 경지. 극성은 머나먼 훗일이다.

결국 피하지 못하니 막아서야 한다는 결론에 이르렀다. 하지만 어떻게?

자만했다. 하다못해 혈접이라도 들고 강기를 만들었다면 이렇지는 않았을 것이다.

‘아! 자만했구나. 저것을 피하려면 몸이 차라리 빛이 되어
야……’

어이없는 상념의 낚시 바늘 끝에 빛바랜 사부의 유언이 걸
려 나왔다.

“섬혼백십칠기는 혼을 빛으로 만드는 백열일곱 가지 기록이
니……”

빛! 빛이다. 단심기의 끝이 묵철마저 녹을 열기라면, 섬혼기
의 끝은 빛이다.

환마절영공은 여전히 부족하지만 섬혼기라면 이야기가 다
르다. 단심기와 함께 대성한지 오래지 않은가 말이다. 역시 되
든 안 되든 가장 믿음직한 것은 섬혼기다.

빛만큼이나 빠른 것은 역시 생각인가? 긴 생각에서 단숨에
헤엄쳐 나온 기정풍은 현실로 빨려들 듯 내팽개쳐졌다.

스으읏!

진저리치게 만들었던 그 청로가 코앞 반 자 앞에 둥실 떠 있
었다.

무수한 상념을 거쳤건만 도저히 육안으로 쫓을 수 없었던
청로는 단지 한 치 전진해 있었다. 이제 망설임을 버리고 전력
으로 섬혼기를 펼쳐야 할 때.

기정풍은 눈을 부릅떴다. 그리고 육십오 년 유황곡 생활이
결코 헛되지 않았음을 증명하기 시작했다.

스슷―

제일기 일지천공.

이전과 투로가 다르다. 일지는 다지(多指)로 변해 열 손가락을 편 상태였고, 하늘을 찔러야 할 천공은 청로를 잡는 전포(前捕)가 되었다.

전광석화와 같이 펼쳐진 변식(變式). 공격 초식이 방어 초식으로 둔갑하는 순간이다.

일기뿐만이 아니다. 이기, 삼기…….

섬혼기 백십칠초 중 본래 방어가 목적이었던 초식은 틀에 맞게 약간만 변형해 청로를 감쌌다. 공격 초는 날카로움을 털어내 완벽한 부드러움이 실렸다. 극강(極剛)과 극쾌(極快)로 대변되는 섬혼기가 마침내 극유(極柔)마저 품게 되었다.

그것만으로도 섬혼기는 상당한 수준의 방어초로 거듭 태어났다.

목숨이 걸린 극한의 상황. 순전히 방어를 목적으로 한 응용 섬혼백십칠기.

이름하여 섬혼무극방(閃魂無極防).

기정풍을 보의(寶衣) 연혼과 함께 공격뿐 아니라 수비에서도 최고의 반열에 올려놓은 무공. 다듬어지지 않은 섬혼무극방이 이때 처음 세상에 선보였다.

츠춧, 츠스슷―

기정풍은 백십칠초를 모조리 방어 초식으로 바꾸며 손, 발, 어깨, 무릎, 심지어는 머리까지. 말 그대로 전신을 동원해 청로를 감싸 돌았다. 경악할 일은 그의 몸 어느 한군데도 청로와 직접적인 접촉은 없다는 것.

몸 어디가 되었든 단 반 치 차이로 청로 반 치 앞에서 멈췄다.

두 손으로 품고, 가슴으로 품고 어깨로 다독인다. 그 동작들이 하나같이 번갯불에 못지않다.

두 발은 십이성 대성한 환마절영보의 오의가 담긴다. 두 가지 절대무공의 완벽한 조화. 무지막지한 속도로 청로를 싸고 돌아도 꼬이거나 넘어짐이 없는 것도 이 때문이다.

천변만화하는 기정풍의 몸에 가려져 팔방 어디에서도 청로가 보이지 않았다. 아니, 숫제 기정풍의 몸이 큰 공으로 보였다.

흑룡왕은 기정풍이 대체 무슨 짓을 하고 있는지 알 수 없었다. 하지만 분명한 점은 청로가 더 이상 앞으로 전진하고 있지 않다는 것. 또한 실제로 청로는 농마의 몸과 접촉하지 않고 있다는 것.

청로가 터지는 원리는 두 가지다. 대상자와의 접촉 시에 발생하는 미세한 충격이 하나요, 시전자의 의지에 의한 것이 그 둘이다.

무슨 수로 청로를 멈춰 세웠는지, 어떻게 닿지 않고 있는 건지 알 수는 없으나 그렇다고 터뜨릴 방법이 없는 것도 아니다.

시전자 즉, 흑룡왕 본인의 강렬한 의지, 그거면 되었다.

“그대로 부숴주마!”

회. 기. 잔. 혈. 공.

폭(暴)!

드드득!

기정풍은 청로를 공중에 띄워 폭발을 막고 있었다. 차라리 무모하달 수 있던 짓이 성공하자 속으로 환호를 질렀다. 이제 시간을 벌었으니 구슬을 제어해 멀리 날려 버리든지 깎아서 소멸시키든지 해야 했다.

그런데 흑룡왕의 외침 직후, 그렇지 않아도 청로 안쪽에 일던 폭풍이 한층 거세졌다.

꽈드드득!

급기야 소름 돋는 소리와 함께 구슬 표면에 실금이 생기기 시작했다. 머리털이 쭈뼛 곤두섰다. 시전자가 임의 조정이 가능했던가?

산 넘어 산이다. 쏘아보낸 것으로 그냥 끝이 아니었다. 기정풍이 의식의 끈으로 오십오 개에 달하는 혈접을 띄워 조정했듯, 흑룡왕도 청로에 한 가닥 의식을 남겨둔 것이 분명했다.

이것은 여의주(如意珠)다, 뜻대로 조정해 상대를 터뜨려 죽이는.

기정풍은 이를 악물었다. 옷이 타는 것을 두려워할 때가 아니다. 설사 영혼이 불탄다 해도 이제야말로 단심기와 섭혼기 모두 십이성 전력을 다할 때다.

'이 구슬이 네놈 뜻대로 하는 여의주라면, 나는 몸 전체를 의지 아래 둘 수 있다.'

기정풍은 스스로에게 강한 믿음을 북돋우며 소리쳤다.

"솜털 하나까지도!"

화르륵!

기정풍의 손에서 새파란 불꽃이 뭉클 솟았다. 옷에 가려져 있지 않은 노출된 부위는 모조리 푸른색으로 물들었다.

파스스스.

잔뜩 압축되어 있던 증기가 좁은 구멍으로 분출한다.

청로의 균열 사이로 파멸의 기운이 사나운 소리와 함께 빠져나오려 했다. 청로 위에 덮이는 두 손. 강기마저 녹이는 열기가 구멍을 메웠다.

한 겹, 두 겹… 거미는 포획한 먹이를 거미줄로 칭칭 감는다. 기정풍은 균열뿐 아니라 멸강청로 전체를 강력한 열양강기(熱陽罡氣)로 빈틈없이 감쌌다.

한편 흑룡왕은 청로를 터뜨리기 위해 온갖 힘을 기울였다. 청로와 연결된 의식을 통해 막대한 뇌력을 쏟아 부었으나, 헛수고. 흑룡왕은 가슴이 철렁 내려앉았다.

청로와의 감응이 끊겼다. 청로는 그의 몸에서 뽑아냈음에도 마음대로 할 수 있는 범주를 벗어났다. 여의주가 타인의 손에 넘어갔으니 곧 타의주(他意珠)가 될 것이다.

어이없는 패배. 아니, 아직 아니다.

'놈은 아직도 멸강청로를 제어하기 바쁘다. 청로를 제 것으로 만들어 버리기 전에 하나 더 만들어 쏜다!'

명쾌한 결론을 내린 흑룡왕은 곧 실행에 옮겼다.

회기잔혈공 회(廻)!

다시 한 번 단전에 막강한 회전이 일었다. 전력을 기울여 남은 진기를 회류기에 실어 끌어올렸다. 힘들다. 무리다. 하지만 흑룡왕은 전신 혈맥이 아우성치고 기운이 쭉 빠졌지만 개의치 않았다.

휘청.

단전이 순간 무의 상태로 돌입하자, 공허한 느낌과 함께 다리가 휘청 흔들렸다. 다음은 없다. 기필코 이번에 끝낸다.

결국 무리를 거듭한 끝에 이진만 못했지만 족히 어른 주먹만 한 새로운 청로를 만들었다.

"치가 떨리도록 놀랍다. 하나, 여기서 끝. 가라!"

기진한 흑룡왕은 검끝을 털어내고는 풀썩 주저앉았다.

기정풍은 눈으로 보지는 못했지만 흑룡왕이 무슨 짓을 하고 있는지 느낄 수 있었다. 다행히 청로를 붙잡아 완벽치는 않지만 어느 정도는 제어할 수 있는 상태.

흑룡왕이 청로를 쏘아보낸 즉시 기정풍도 두 팔을 내뻗었다.

육십이기 섬전쌍수.

사람 머리만큼 커진 기정풍의 대청로(大靑露)와 흑룡왕의 주먹만 한 소청로(小靑露). 처음과 나중만 있는 것 같았던 두 기운이 정확히 기정풍과 흑룡왕 중간에서 부딪쳤다. 역시 공간 이동 따위는 없었던 것이다.

푸시식!

대청로와 부딪친 소청로는 즉시 부서졌다. 하지만 기의 폭풍대신 흩어지려던 기운들은 모조리 대청로에 빨려들었다. 소청로와의 충돌로 인해 대청로의 속도가 줄어들고 방향이 약간 틀어졌다.

덩치를 불린 대청로는 속도가 한층 줄었으나, 가일층 무서운 위력을 품고 흑룡왕을 덮쳤다.

第三章
어긋난 인연

1

마침내 연의가 깨어났다.

대설은 연의의 맑은 눈에서 자신의 결정이 옳았음을 확신했다.

'몹쓸 놈. 이렇게 여린 여인에게 그런 상처를 주다니.'

"안녕히 주무셨소?"

아롱아롱 영롱한 이슬 같은 연의의 눈동자에 작은 파문이 일었다. 파문은 즉시 거친 파도가 되었다. 파도의 정체는 백화문도의 근심이 빚어낸 초조함이었다.

연의는 자신을 내려다보는 사내가 누군지 알고 있었다. 모용세가로 잠입해서 만난 첫 번째 사람이 아니던가.

"어, 어떻게 된 거죠? 당신도 나도 모두 무사하군요?"

"그러게 내 뭐랬소. 난 든든한 뒷배가 있다고 하지 않았소."

"그보다 얼른 백화문 식구들을 구해야겠어요."

대설이 고개를 저었다.

"아직은 때가 아니오. 지금은 농마가 침입해 난동을 피우고 있으니……."

대설은 연의가 어떤 반응을 보이나 보려고 입을 다물었다. 연의는 고개를 갸웃할 뿐 별다른 동요가 없었다.

"농마? 농사마귀? 참 특이한 별호네요."

역시 이 여인은 농마란 놈을 깡그리 잊어버렸다. 내심 만족한 대설은 농마에 대해 새로운 감정을 심어줄 필요성을 느꼈다.

"놈은 그저 특이하기만 한 놈이 아니오. 숫제 미친놈일 뿐만 아니라 예쁜 여자만 보면 환장하는 변태 색마요."

대설이 강한 어조로 농마의 위험성에 대해 경고했다.

"저런! 끔찍하군요."

연의가 부르르 떨었다. 대설은 여린 참새 같은 연의를 꼭 보호해 줘야겠다는 사명감에 젖어들었다.

"끔찍하고말고. 놈은 가공할 고수요. 한데도 젊은 모습이라 하니, 필경 흡정신공을 익힌 늙은이거나, 정교한 인피면구(人皮面具)를 쓴 자일 가능성이 크오."

"사람의 얼굴 가죽으로 만든다는 그 탈 말인가요?"

"그렇소. 그러니 만큼 결코 외모에 혹하지 말고 혹여 놈이 당신을 보면 아는 척하며 치근댈지도 모르니 조심하시오."

“그런 자는 강호도의와 아녀자들의 안녕을 위해서라도 반드시 단칼에 베어야 해요!”

대설이 손사래 치며 말렸다.

“말도 마시오. 내 직접 보지는 못했으나, 결코 쉬이 어찌할 수 있는 상대가 아니오.”

“그자가 그렇게 강한가요?”

대설이 망설임 없이 끄덕이며 말했다.

“강하오. 쌍압문 전체가 놈 하나 때문에 근심할 만큼.”

‘놈이 오죽 무서운 놈이면 그대 백화문도들을 잡아 인질로 쓸 생각을 했겠소?’

속으로 되뇐 대설은 고개를 설레설레 저었다.

“이상하군요. 전 백화문을 떠나 이곳으로 오면서 적지 않은 경험을 했는데 왜 그런 사람에 대해 듣지 못했을까요?”

연의는 백화문에서 모용세가까지 여로(旅路)를 천천히 되짚었다. 한데 어찌 된 일인가? 어떤 장면은 선명하다가도 다른 어떤 것은 안개가 짙게 낀 것처럼 모호했다.

분명 누군가와 동행한 것 같은데, 그 사람은 어두운 안개 저편에 있었다. 얼굴도 목소리도 아무것도 기억나지 않았다. 떠올리려 애쓸수록 답답함이 가중될 뿐만 아니라 머리가 깨질 듯 아파왔다.

깜짝 놀란 연의는 쌍압문의 화군과 지살대가 쳐들어온 시점까지 기억을 들렸다.

모용세가에서 구원을 온 것까지는 무리없이 진행되었다. 한데 그들을 어떻게 막았는지 이후의 일이 캄캄했다.

"왜 그러시오? 무슨 다른 고민이라도 있소?"

"기억이 잘 나지 않아요. 두 달 전의 기억부터 그래요. 마치 이곳에 오는 길에 내 옆에 누군가가 있었던 것 같은데 누군지 모르겠어요."

대설은 아차 싶었다.

"아까 쓰러지면서 머리를 부딪쳐서 그런 것 아니오? 무리하면 좋지 않으니 억지로 기억을 돌리지 마시오."

대설은 연의가 더 이상 기억을 반추(反芻)하지 못하도록 못 박았다.

"그런 걸까요?"

연의가 고개를 끄덕이는 것을 본 내심 한숨을 내쉬며 말했다.

"곧 농마를 정리한 쌍압문은 대부분 새로운 적을 맞이하기 위해 나갈 거요. 백화문의 도사들을 구하는 것은 그때가 최적기요."

"그렇군요. 당신이 이렇게 좋은 사람인 줄도 모르고 오해했으니……."

"그런 것은 아무래도 좋소. 그보다 심각한 일이 있소."

대설의 심각한 표정에 연의가 마른침을 꿀꺽 삼켰다.

"또 뭐죠?"

"참으로 불행한 일이오. 아직 아리따운 그대의 이름을 모르고 있다는 것은."

잔뜩 긴장해 있던 연의는 피식 웃었다.

"당신은 참 재미있는 사람이군요? 전 연의예요. 백화문을 지켜야 할 사명을 받은 사람이죠. 당신은요?"

대설은 너털웃음을 터뜨리며 손을 내밀었다.

"역시 도명조차 아름답구려. 대설이오. 좀 늦었지만 만나서 반갑소."

악수를 청하는 대설에게 망설이던 연의가 손을 천천히 내밀었다. 두 손이 맞닿을 찰나.

우르릉! 콰콰광!

대설의 어줍지 않은 작업을 경고라도 하는 것일까. 벼락 십여 개가 한꺼번에 내리꽂는 듯한 굉음이 세가 전체를 떨어 울렸다.

연의는 내밀었던 손을 거두고 귀를 틀어막았다. 대설도 놀라기는 매한가지였으나 놀람보다 아쉬움이 더 컸다.

"이런 어마어마한 폭발음이라니. 이건 대체 무슨 소리죠?"

아쉬움을 털어낸 대설은 폭발성이 들린 곳을 바라보았다.

"설마 그가 아직도 살아 있는 것인가?"

믿기 힘들었지만, 농마가 아직 제압당하지 않은 듯했다. 방금 세가를 휩쓸고 간 충격은 가히 경천동지라 할 만했다. 아무리 괴물들이라 해도 아까 그 공격을 주고받았다면 흑룡왕이든 농마든 둘 중 하나는 무사하지 못할 것이다.

만약 농마가 이겼다면 놈은 필시 연의를 찾을 것이다. 반대로 흑룡왕이 제압당했다면 현자는 연의를 인질로 쓰려할 것이다.

'이곳을 빠져나가야겠어.'

"아직 농마란 자가 쌍압문과 접전을 벌이고 있나 봐요. 이틈에 백화문 식구들을 찾아보는 것이 좋겠어요."

연의가 벌떡 일어섰다. 대설은 멀어지는 연의의 뒷모습을 보자니 그렇게 허전할 수가 없었다. 문득 밑도 끝도 없는 소유욕이 치솟았다.

'아, 이 여인이 나만의 것이었으면. 차라리 백화문의 기억조차 지워 버릴 것을.'

그리고 뒤이어 잔인한 생각이 스르르 떠올랐다.

'귀찮은 백화문도들은 모조리 죽어버렸으면 좋겠군. 아니, 죽여 버릴까?'

대설의 눈에 핏빛 살기가 번뜩 스쳤다. 가만히 있는데도 그의 심장은 평소보다 족히 세네 배는 빨리 뛰고 있었다.

나가려던 연의는 우두커니 앉아 있는 대설을 불렀다.

"거기 계속 계실 건가요?"

그 소리에 말도 안 되는 살의에 젖어 있던 대설은 퍼뜩 정신을 차렸다.

'내가 무슨 생각을 하고 있었던 거지?'

마치 누군가 귓가에 속삭인 것 같아 사방을 둘러보았지만 연의 외에는 아무도 없었다.

청로는 때마침 기운이 풀려 주저앉은 흑룡왕의 머리를 아슬아슬하게 비껴 지나갔다. 청로를 날린 기정풍은 청로의 폭발력에 혀를 내둘렀다.

흑룡왕은 청로와 전혀 닿지 않았다. 그럼에도 그는 낯빛이 하얗게 죽어서는 붉은 피를 연이어 토했다. 그뿐 아니다.

고작 머리통만 한 청로는 제 몸보다 수천, 수만 배가 넘는 세가의 전각을 통째로 집어삼켰다. 그것도 모자라 직접적으로 대청기가 지난 자리는 폭 이 장, 길이가 이십 장이 넘게 파헤쳐졌다. 물만 채워 넣으면 소운하(小運河)라 해도 믿을 정도였다.

귀청을 찢어내는 굉음 후. 폭풍이 가라앉자 고개를 땅에 처박고 있던 현자가 벌떡 일어나 소리쳤다.

"주군을 보호하세요!"

신으로 여겼던, 아니, 신의 제자로 여겼던 주군이 패했다. 천군들은 흑룡왕 본인보다 더 큰 정신적 충격을 받았다. 하지만 그들은 현자의 고함을 듣자마자 정신을 차렸다.

세 천군은 번개같이 튀어나가 넋을 잃은 흑룡왕을 가로막고 나섰다. 기정풍을 향해 고개를 돌린 그들은 이구동성으로 소리쳤다.

"적청귀(赤青鬼)!"

섬혼기를 펼치는 동안은 너무 빨라 확인할 수 없었던 기정풍의 신색. 기정풍의 모습은 정말이지 특이했다.

순백색이던 옷은 놀랍게도 재가 되지 않고 새빨갛게 물들었나. 반면 얼굴과 손 등 옷에 가려지지 않은 부분은 겁화의 일렁임으로 짙은 청색이었다.

청룡과 주작이 인간의 모습으로 현세(現世) 했음인가. 그의 모습은 사람이 아닌 것 같았다. 청색과 적색의 오묘한 만남은 흑룡왕을 격퇴시킨 것을 빼고도 상대에게 두려움을 안겨주기에 충분했다.

놀라기는 기정풍도 마찬가지. 십이성 전력을 다할 때면 으레 옷이 불타곤 했다. 응당 그래야 정상이건만 그는 여전히 옷을 입고 있었다.

"불에 타지 않았어! 이것은……?"

지하에서 빠져나오기 전 만났던 노파의 말이 떠올랐다.

"자네가 바로 그 대단한 옷의 주인이었군. 그 아이가 그 옷을 만드느라 얼마나 정성을 쏟았는지 몰라. 암, 보통 정성으론 어림없지."

단 한 가지 약점마저도 사라졌다.

'처음 멸검을 심장 부위에 맞고도 멀쩡했던 것도 이 때문이었던가? 모용선. 그 아이가 나를 그토록 생각하고 있었을 줄이야.'

견문이 짧은 기정풍으로서는 옷의 재질이 무엇인지 알 수 없었다. 하지만 수만금을 주고도 구하기 힘든 것임은 짐작하고도 남았다.

기정풍은 성한 것이 거의 없는 전각들을 보며 애석한 표정을 지었다. 시원스레 바라보던 조금 전과는 완전히 대조적이다.

"이럴 줄 알았으면 봐가면서 부술 것을 그랬구나. 쯧, 놈의 청로인지, 뭔지만 아니었어도."

기정풍이 공력을 풀어버리자 옷은 다시 본래의 백색을 되찾았다.

번천분도 탑리영은 기정풍이 생각에 잠겨 있는 틈에 흑룡왕을 흔들었다.

"주군, 이러실 때가 아닙니다. 속히 기운을 차리십시오."

상념을 끝낸 기정풍이 말했다.

"보아하니 넋이 나간 것 같은데 기운보다 정신을 먼저 차려야 할 것 같구나."

"초원의 무인은 죽을지언정 욕을 당하지 않는다!"

기정풍은 분노 가득한 탑리영의 말에 입꼬리를 치켜 올렸다.

"네놈들은 걸핏하면 초원의 무인을 찾는구나. 과연 네놈이 말하는 초원의 무사는 무엇이냐. 수하들 목숨을 대하기를 파리 목숨 이상으로 여기지 않는 자들이냐?"

기정풍의 호통에 탑리영은 지지 않고 받아쳤다.

"그들은 부하이기 전에 더러운 한족일 뿐!"

어찌 됨됨이에 앞서 민족만으로 미추(美醜)를 논한단 말인가. 기정풍은 탑리영의 주둥이에서 뒷간의 냄새가 풍겨오는 듯한 느낌을 받았다. 기정풍은 솟아나는 분노에 발맞춰 단심기를 끌어올렸다. 시었던 옷이 다시 붉게 달아올랐다.

"잠시 잊었구나. 진즉 죽어 마땅한 놈들이라는 것을."

기정풍은 흑룡왕을 둘러싸고 있던 천군들을 향해 우수를 내밀었다. 순간 광풍에 휘말려 이리저리 나뒹굴고 있던 회루찬 등 사천군의 몸이 움찔했다.

"크아악!"

사천군이 동시에 소름 돋는 비명을 토했다. 곧바로 그들 몸의 한곳이 터져 나가며 피분수를 뿜었다. 뿜어진 피는 고열에 의해 곧 뿌연 증기가 되어 흩어졌으나, 직선으로 비행하는 네 개의 작은 그림자가 있었다.

푸쉭, 슈아악!

"큭!"

다시 네 차례 비명이 동시에 터지고, 고목 쓰러지는 소리가 세 차례 울렸다.

쿵! 쿵! 쿵!

천군일좌 탑리영을 비롯한 세 천군은 나란히 미간에 구멍이 뚫려 절명했다. 그들의 미간을 꿰뚫은 그림자는 천군들의 몸에 파고들어 마혈을 제압했던 혈접비였다.

"이 악마 같은 놈!"

비영천군은 언제 죽을지 모른다는 공포와 싸우다 결국 발악하며 달려들었다. 하지만 이미 혈접들을 모두 빼앗긴 데다, 이성이라고는 찾아볼 수 없는 공격이 무슨 위협이 되랴.

"네놈은 흑룡왕을 데려온 공로가 있으니 단숨에 죽여주마."

츠스슷—

기정풍의 검지에 깨알만 한 청기가 어리나 싶더니 곧 감쪽

같이 사라졌다.

"크악!"

쿵!

물 찬 제비처럼 쏘아져 오던 비영천군은 살 맞은 외기러기처럼 왼쪽 가슴을 쥔 채 떨어져 내렸다. 비영(飛影)이 낙영(落影)이 되는 순간이다.

비명은 다섯, 쓰러진 자는 넷. 나머지 하나는?

"으윽! 백화문도의 목숨이 내 손에 있다는 걸 잊었느냐!"

현자가 악에 받쳐 소리쳤다. 그는 왼쪽 얼굴을 싸잡고 있었는데, 턱 아래로 뜨거운 피가 줄줄 흘러내리고 있었다. 그런 그의 발아래 큼직한 살점이 하나 떨어져 있었다.

"불쌍한 계집 같아 일단 귀 하나로 끝냈다. 그러니……."

"미친놈! 감히 너 따위가 본인을 불쌍히 여겨?"

"불쌍하지 않고? 얼굴은 제법 반반하나 가슴이 떡판이니 어찌 정인(情人)에게 참사랑을 받아보았겠는가."

기정풍은 애석하다는 듯 고개를 저으며 진한 동정의 시선을 보냈다.

"이, 이……!"

현자의 기가 막혀 말문이 막혔다.

그사이 기정풍은 부하들의 주검 속에서 피를 토하고 있는 흑룡왕을 바라보았다.

스윽.

기정풍이 손을 뻗자 한껏 벌린 손아귀로 흑룡왕이 맥없이

딸려왔다. 곧 기정풍에게 목을 틀어 잡힌 흑룡왕은 숨 넘어가
는 소리와 함께 입을 열었다.

"크윽! 날, 죽여……."

퀭한 눈, 잃어버린 정기.

흑룡왕은 더 이상 무적의 힘을 뿜어대던 자가 아니었다. 눈
빛도 기세도 모두 죽었다. 설령 이 자리를 벗어나도 무인의 길
을 다시 걷기란 힘들 것이다.

"그분을 놓아라!"

전리품으로 묵룡검을 챙긴 기정풍은 본격적인 거래를 시작
했다.

"이놈의 목숨과 맞바꾸자. 그녀는 어디 있느냐."

기정풍의 서슬 퍼런 물음에도 현자는 흑룡왕에게서 눈을 떼
지 못했다. 이건 차라리 악몽이었다. 진짜 그 여인을 인질로
쓰게 될 줄이야.

현자는 기정풍을 대설의 거처로 이끌었다. 있는 것이라고는
싸늘한 공기뿐, 대설과 백화문의 젊은 도사는 어디에도 없었
다.

대설은 세가 어딘가로 숨었을까?

아니!

'그는 떠났구나. 가장 중요한 인질을 잡고서.'

현자는 대설이 떠났다는 것을 단박에 알아챘다. 영악한 놈
이었으니 지금까지 남아 있는 것이 이상했다. 북방으로 언제
고 떠나라 한 것이 바로 어제였으니 원망도 할 수 없었다.

"계집, 나와 더불어 장난을 쳐보겠다는 것이냐!"

기정풍은 흑룡왕의 멱살을 더욱 세게 들고 흔들었다. 정풍의 손아귀에서 간신히 목숨을 유지할 만큼의 공기만 허락받고 있던 흑룡왕은 더욱 파랗게 질려갔다.

"그분을 해치지 마라!"

현자는 깜짝 놀란 척 연기했다. 기정풍에게 흑룡왕이 자신에게 매우 중요한 사람이라는 것을 인식시켜야 했다.

그에게 있어 기정풍의 손에 패하는 순간 흑룡왕의 목숨은 더 이상 중요한 것이 아니었다. 하지만 속마음을 들켜서는 곤란했다. 흑룡왕을 별로 중요하게 여기지 않는 것이 탈로 났다가는 인질은 흑룡왕이 아닌 그 자신이 될 테니까.

"오호라 지아비를 끔찍이 생각하는 마누라라 이거냐?"

"그분은 내 아버지시다!"

"살색이 다른데?"

기정풍이 갸웃하자, 현자는 얼른 둘러댔다. 양자라는 관계보다 친 혈육이 더욱 놈을 안심시킬 것이다.

"어머니가 한족이다."

"그럴 수도 있겠군. 그렇다면 더더욱 인질을 잘 잡았구나."

현자는 전신을 억누르는 기정풍의 기세에 입술을 악물었다.

'반드시 살아남겠다. 살아남아서 갈기갈기 찢어주겠다.'

현자의 눈에서 사람을 죽이고도 남을 살기가 스쳤다. 유형에 가까운 살기. 내력 하나 없는 자에게서는 나올 수 없는 것이었다.

기정풍은 현자가 발한 살기에 움찔 놀랐다. 여타의 그것과
는 종류를 달리하는 참으로 더러운 살기다.

"요망한 것!"

기정풍이 현자의 손목을 틀어쥐고 진기를 흘렸다. 설마 착
각이었단 말인가? 현자의 몸속에는 진기가 누볐던 흔적도 단
한 줌의 내력도 없었다.

현자는 단심기가 몸을 훑고 지나자 극통이 찾아들었지만 비
명을 삼켰다. 악문 입술이 터져 피가 줄줄 흘러도 끝까지 견뎌
냈다.

'살 수 있다. 나에게는 아직 네놈을 위협할 수단이 있다!'

"그녀가 있는 곳은?"

기정풍은 현자를 사정없이 내팽개치며 물었다.

"으흑, 지금으로서는 나도 모른다."

"하하! 모른다? 결국 세가 어딘가에 있겠지."

죽이고 천천히 찾아보겠다는 것일까? 내력 충만한 기정풍의
손이 치켜 올라갔다.

"넌 나를 죽이지 못해!"

"오늘만 해도 수백을 죽인 나다. 계집이라고 목숨을 취하지
못할 것 같으냐?"

"호호홋!"

기정풍의 기세가 한층 살인적으로 변하자 현자는 미친 듯이
웃어댔다. 기정풍은 이것이 정말 돌아버린 것이 아닐까 의심
이 들 때쯤 현자가 웃음을 뚝 그쳤다. 그리고는 잔인한 음성으

로 도명을 열거했다.

"자미, 수검, 연수, 연화……."

기정풍은 예기치 않은 이름들을 듣자 깜짝 놀라 소리쳤다.

"네가 그녀들의 도호를 어찌 아느냐!"

"알다 뿐이냐? 난 그녀들의 생사여탈권을 쥐고 있다. 내 몸에 손대지 않는 것이 좋을걸?"

기정풍은 백화문도들이 모용세가로 향했던 것을 문득 깨달았다. 그녀들은 늦게 출발했지만 장춘에서 소비한 시간과 지하에서 많은 날을 보냈으니 도착할 시기가 되고도 남는다.

"그녀들 중 누구 하나라도 손을 댔다간 내 필히 네년을 갈아 마시리라!"

기정풍이 이를 갈며 살기를 떨치자 현자는 등골이 서늘했다. 이미 사로잡기 전에 반을 죽였지 않은가. 농마가 알면 과연 자신을 살려둘까?

현자의 고개가 절로 저어졌다. 아닐 것이다. 그 말을 꺼내는 순간 명이 다할 것이다.

"그, 그녀들은 모두 무사하다. 하지만 날 어찌하는 순간, 그녀들의 목숨은 없다."

현자의 말에 기정풍의 흑룡왕을 다그쳤다.

"네놈도 알겠지? 어디냐. 여차하면 목을 꺾어버릴 수 있음이야!"

기정풍이 흑룡왕의 목에 힘을 싣자, 현자가 기정풍 다리에 매달렸다.

"제발, 그분에게 고통을 주지 마라! 차라리 날 죽여라! 그분은 모른다! 모른단 말이다."

눈물 콧물 범벅된 얼굴로 아비를 놓아 달라 애원한다. 하나같이 음흉한 짓거리였지만 그저 겉보기로는 세상에 둘도 없는 효녀다. 현자의 내심을 알 리 없는 기정풍은 한결 누그러진 음성으로 물었다.

"어디냐?"

"어흐흑, 태원(太原) 자은사(慈恩寺) 법당 지하."

사실 백화문도들은 모용세가의 후원 깊숙한 곳에 감금되어 있었다. 하면 현자는 왜 금방 들통날 거짓말을 했을까?

"틀림없느냐?"

"아비의 목숨이 걸렸는데 어찌 거짓을 말할까."

생각해 보니 현자의 말이 맞다. 세상에 패륜아가 아닌바에야 어찌 아비의 목숨을 가지고 시험을 하랴. 기정풍은 현자에게 지리를 물어 자은사의 정확한 위치를 파악했다.

"좋다. 그곳이 어딘지 다녀오도록 하지. 하지만 만약이란 것이 있으니⋯⋯."

기정풍의 손이 스치자 현자의 다리가 나무젓가락처럼 힘없이 뚝 부러져 나갔다.

"아악!"

현자가 사지를 부들부들 떨며 찢어지는 비명을 토했다. 기정풍은 아랑곳 않고 반대편 다리도 작신 분질렀다.

"으아악!"

"걸어서 도망치지는 못하겠지. 쯧, 아니야. 혹여 기어서 도
망칠지도 모르지."

기정풍은 고개를 젓더니 현자의 양쪽 팔뚝마저 못쓰게 만들
었다.

현자는 태어나 처음 당해보는 고통에 눈을 까뒤집고 바들바
들 떨었다.

"이것은 아무것도 아니다. 만약 네 말이 거짓이라면, 다녀와
서 너의 살과 뼈를 갈라내고 힘줄을 하나하나 뜯어낼 것이다.
물론 네 아비의 목숨도 끝이다."

기정풍은 소름끼치는 경고를 하고 땅을 박찼다. 여전히 그
의 한 손엔 흑룡왕의 목이 잡혀 있었다.

기정풍이 단 두 세 번 도약으로 시야에서 사라지자, 현자가
중얼거렸다.

"크으윽! 천군 오십좌 본래는 오십일좌라던가? 욕망은 하늘
을 찌르나 겁이 앞을 가려 흑룡왕의 그늘에 숨은 자가 있다고
들었지."

"……."

"그대가 흑룡왕의 수신호위(守身護衛)를 자처한 것은 충성
심의 아니라, 오히려 흑룡왕 주위가 가장 안전했기 때문."

"머리만 쓸 줄 아는 허섭스레기! 내게 무슨 말을 하고 싶으
냐."

지하 십팔층 음부에서 울려 나오듯 서늘한 음성이 시체들
사이를 노닐었다.

“만약 혼자서 도망칠 생각을 하고 있다면 크게 손해 보는 것이오.”

“……?”

“내게 멸검의 비급이 있소. 그대를 더 이상 비겁하지도 숨지도 않게 만들 수 있는 그것이!”

부스럭.

주위에 숨 쉬는 자는 하나도 없었다. 한데, 현자의 입에서 멸검이라는 말이 떨어지자 거짓말처럼 사람 그림자가 생겼다.

탐욕과 살기 가득한 시선을 느낀 현자가 말을 이었다.

“흐흐. 크윽! 날 죽이고 비급을 취하시겠다?”

그림자는 현자의 비웃음에 주춤 멈췄다.

“가져가라. 아마 머리를 떼가야겠지. 모든 것은 이 머릿속에 있으니 말이야.”

현자는 피를 꾸역꾸역 토해내며 미친 듯이 웃어댔다.

잠시 후 작은 인영이 사지가 축 늘어진 사람을 안고 세가를 벗어났다. 기정풍이 사라진 반대 방향으로 쏘아진 인영은 가공할 경공술을 유감없이 발휘하고 있었다. 경공만 따졌을 때 기정풍의 그것에 비해 별로 뒤지지 않을 정도였다.

2

한편 사십 리 길을 단숨에 주파한 기정풍은 담을 넘어 자은
사 경내로 들어섰다. 마침 마당을 쓸고 있던 늙은 중이 기정풍
을 발견하고 합장했다.

"아미타불, 시주 무슨 일이시온지는 모르나 그분은 죽어가
고 있소."

늙은 중은 낯빛이 새까맣게 죽은 흑룡왕을 가리켰다.

"땡중! 그대가 상관할 바 아니다. 백화문도들은 어디 있느
냐?"

"백화문이라… 길림 구태의 백화문을 말하시는 게요?"

"늙은이 음흉 떨 것 없다! 법당 지하에 있다는 것을 내 이미
알고 온 사실!"

"무엄하다! 여도사를 절에서 찾다니. 게다가 자미사의 법당
에는 지하 같은 것은 없다! 대체 억지를 쓰는 저의가 무엇인가!"

노상 온화할 것 같던 중은 절이 떠나가라 호통쳤다.

기정풍은 백화문도들의 안위를 근심하는 마음에 심적으로
안정치 못한 상태였다. 한데, 늙은 중의 호통에 진실로 분노한
마음이 담겨 있었다.

마음을 다스리고 자세히 보니 노승(老僧)은 늙었으나 눈에
백태가 없고, 전혀 세속에 찌든 기가 없었다. 이름하여 머리만
깎은 땡중이 아니라 진짜 부처의 길을 좇는 중이었다.

기정풍이 노승의 면면을 새로이 보고 있을 때 그의 난입조
차 알지 못했던 중들은 방금 전 노승의 호통을 듣고 죽봉(竹棒)
을 하나씩 챙겨 들고 몰려들었다.

기정풍은 곧 중들에게 둥글게 에워싸였으나 전혀 신경 쓰지 않았다.

'허어. 그렇다면 정말 그녀들이 이곳에 없는 것인가?

"이곳은 쌍압문과 전혀 연관이 없는 곳인가?"

쌍압문이라는 말이 나오자, 그렇지 않아도 적대감을 들어내던 중들은 더욱 얼굴색이 변했다. 두려움이나 놀람이 아니라 경계심과 분노의 표출이다.

기정풍은 대답은 듣지 못했으나, 이들의 태도에서 충분히 쌍압문과 전혀 무관하다는 답을 얻었다.

"그렇군. 여기는 없는 거군. 큭, 그 계집 결국 뼈와 살을 발라내야 정신을 차리겠다는 건가."

결국 그 계집이 감히 거짓을 말한 것인가? 제 아비의 목숨을 걸고서?

기정풍은 살기를 줄기줄기 발산했다. 결코 일반 무인은 감당치 못할 기세에 중들은 우르르 물러섰다.

"아미타불, 어찌 이런 자가……! 혹 그대가 흑룡왕인가?"

노승은 더없이 침울한 안색으로 물었다.

모용세가의 절대고수 나아가 요녕의 자랑. 일선을 물리친 자. 굴복하는 이에게는 무자비한 죽음을 내리는 자. 흑룡왕 세 글자는 자은사의 중들을 공포로 몰아넣었다.

"딸자식 하나도 제대로 키우지 못한 자가 어찌 왕이란 호칭을 쓸 수 있겠는가."

기정풍이 들고 있던 흑룡왕을 거칠게 패대기치며 말했다.

흑룡왕은 신음 대신 자조의 미소를 지었다. 그는 이미 모용세가에서부터 양자인 현자에게 버림받았다는 것을 알고 있었다. 돌아가면 이미 사라지고 없을 거라는 것도.

여진. 싸움으로 인한 것이라면 죽음조차 명예로 여기는 민족이다. 죽는 건 하나도 두려운 것이 아니었으나, 믿었던 양자로부터의 배신은 참기 힘든 아픔이었다.

"크윽, 백화문의 도사들은 모용세가에……."

흑룡왕은 한마디를 남기고 마지막 힘을 짜내 혀를 물었다.

"쿨럭!"

억센 기침에 혀가 뭉텅 잘려 쏟아졌다. 그렇지 않아도 극심한 내상을 입어 치료조차 못하고 있던 그는 검붉은 피를 쏟아내며 조용히 숨을 거두었다.

그의 쓸쓸한 죽음 앞에 슬퍼하는 자는 아무도 없었다. 절대고수의 마지막치고는 참으로 초라한 죽임이었다.

"스님, 부탁을 하나 해야겠소이다. 이자를 화장해 주시오."

시종일관 무례했던 기정풍의 달라진 말투에 노승이 답했다.

"죽은 자를 장하는 것이야 어려울 것이 어디 있겠는가. 하지만 누군지는 알아야 하지 않겠는가."

"이자는 쌍압문의 주인 흑룡왕이오."

"뭐라! 그대가 아니라 죽은 자가 흑룡왕이라고?"

노승은 기정풍이 흑룡왕일지도 모른다고 생각했었다. 한데, 죽어 자빠진 자가 흑룡왕이란다. 새삼 죽은 자를 살펴보니 피에 물들었으나 입고 있는 옷이 곤룡포다.

물론 그것만으로 시체가 흑룡왕이라 단정 지을 수는 없었다. 하지만 노승은 왠지 청년의 말이 사실이라는 생각이 강하게 들었다.

흑룡왕은 대체 중원 팔대고수인 일선을 쓰러뜨린 무신(武神)이다. 그런 자의 목을 잡고 나타난 이 청년은 누구인가.

"사람들이 일컫기를 중들은 악인도 원수도 끝내는 용서한다고 들었소. 이미 죽은 자이니 그 유해를 더럽히지 않았으면 하오."

"하지만 쌍압문이 가만있지 않을 텐데?"

기정풍이 단호히 고개를 저어 안심시켰다.

"더 이상 쌍압문이라는 문파는 세상에 없소."

더욱 놀라운 말이었지만 노승의 안색은 평온을 되찾았다. 처음 노승은 흑룡왕이 기정풍에 의해 죽은 것으로 알고 경악했었다. 한데 쌍압문까지 사라졌다고 하자 생각을 달리했다. 흑룡왕도 그렇지만 모용세가를 거꾸러뜨린 쌍압문이라면 결코 일인의 힘으로는 불가했다.

노승은 기정풍 뒤에 거대한 세력이 있으리라 짐작했다. 쌍압문을 소리 소문 없이 잠재울 수 있는 세력이라면 머리 아프게 고민할 필요도 없었다.

"자네는 정도맹(正道盟)에서 왔나?"

정도맹. 중원의 구파일방과 세가 등을 총망라한 정파의 집합체를 말함이다.

"정도맹이라… 별호에 마(魔)가 붙었으니 그렇지는 않을 거요."

기정풍은 마치 남의 애기하듯 대답하고는 자은사를 떠났다.

"대체 저자는 누구입니까?"

노승은 젊은 중들의 물음에 이렇게 답했다.

"별호에 마가 있다지 않느냐. 마도맹이겠지. 그나저나 마도맹에 큰 인물이 났구나. 머잖아 오대신마가 아니라 육대신마가 되겠어."

노승은 자신만의 착각에 빠져 기정풍이 사라진 곳에서 한동안 눈을 떼지 못했다.

기정풍은 세가를 향하며 마음을 독하게 먹었다. 쌍압문도란 이유만으로 죽을 이유가 충분한데, 아비의 목숨이 걸린 일에 거짓을 말했다.

"이참에 사람의 뼈가 몇 개고 힘줄의 길이가 얼마인지 알아보리라!"

세가에 도착해 보니 지하에 있던 모용세가 사람들이 올라와 있었다. 도착한지 얼마 안 된 모양, 즐비하게 널린 시체들과 구할은 부서진 전각들을 보며 넋 나간 모습들을 하고 있었다.

기정풍은 수십 명의 머리 위를 훨훨 날아 넘어 현자가 있던 곳에 우뚝 섰다.

탐구심이 불타는 기정풍의 마음을 비웃기라도 하듯 현자는 없었다. 걷지도 기지도 못하게 만들어놓고 다녀오는 길인데 대체 어디로 갔단 말인가.

"여기에 있던 사지가 부러진 계집을 보지 못했느냐?"

모용수는 기정풍의 싸늘한 음성에 움찔 놀라 물러섰다. 그는 일전 얻어터졌던 눈이 아직 붓기가 가라앉지 않은 상태였다.

"어, 없었소."

"없었다? 신중히 생각하고 대답해야 할 게야! 네놈 때문에 생고생한 것을 생각하면……."

기정풍은 여러 면에서 모용수가 마음에 들지 않았다. 실상 모용세가와의 악연은 당사자인 모용극이 종복을 자처하면서 끝났다고 봐야 했다. 하지만 모용수는 새로운 악연을 만들었다.

그가 유일한 통로를 폭파한 덕에 고생한 것이 얼마던가. 게다가 땅속에서 십여 일을 허비한 덕에 백화문도가 쌍압문에 사로잡혔고, 연의는 종적조차 묘연하다.

"아, 아무리 생각해 봐도 보, 본 기억이 없소. 서, 선아 혹시 너는 보지 못했느냐?"

모용수는 더는 기정풍의 살벌한 시선을 받기 어려워 질녀에게 관심을 돌렸다.

모용선이 어깨를 으쓱하며 양손을 펴 보였다.

"아뇨. 제가 가장 먼저 올라왔는데 이곳은 처음부터 시체뿐이었어요."

기정풍은 모용수를 대할 때와는 백팔십도 다르게 짓누르는 살기를 거두고 물었다.

"그것이 사실이냐?"

"틀림없어요. 시체들 중에도 여자라고는 없었어요."

아직 남아 있는 쌍압문도가 있었던가? 기정풍은 천륜마저 배반한 계집을 반드시 죽여야 속이 시원할 것 같았다. 하지만 이미 도망치고 없으니 어쩔 도리가 없었다. 또한 하찮은 계집 보다 더 중요한 일이 남아 있었으니.

"세가에 백화문도들이 있다. 있을 만한 곳은 빼놓지 말고 뒤 져라."

깜짝 놀란 모용선은 세가의 종복들을 동원해 무너진 건물 잔해를 치우랴, 소리쳐 부르랴, 바삐 움직였다.

기정풍은 제발 무너진 건물에는 없길 바라며, 구석부터 찾 아나갔다. 그러기를 얼마쯤.

기정풍은 반쯤 기울어진 작은 건물에서 인기척을 잡아냈다.

하나, 둘, 셋… 인기척이 계속 늘어났다. 지난날 백화문에서 빈민들이 지하에서 올라올 때와 비슷한 상황이었다.

익숙한 기운들. 틀림없는 백화문도다. 기정풍은 안도의 한 숨을 몰아쉬며 나오기를 기다렸다.

흰 그림자가 언뜻 스쳤다. 기다림 끝에 밖으로 얼굴을 내민 자.

"……?"

어이없게도 나타난 자는 눈이 번쩍 뜨일 정도로 잘생긴 사 내였다. 쌍금부가 수놓아진 무복을 입었으니 생각할 것도 없 는 쌍압문도다.

기정풍은 손을 번쩍 치켜들었다. 그의 손은 단숨에 어마어마한 공력이 실렸다.

나타난 사내는 대설이었다. 그는 분명 아무런 기척도 느끼지 못했는데, 나오자마자 엄청난 기세를 내뿜는 청년이 자신을 공격하려 하자 깜짝 놀랐다.

막기 위해 진기를 모으려 했으나, 이미 늦었음을 피부로 느꼈다. 기정풍의 무자비한 손이 허공을 가를 때, 뒤따르던 연의가 불쑥 얼굴을 내밀었다.

"아악, 안 돼요!"

연의의 찢어지는 비명이 아니라도 기정풍의 손은 이미 멈춰 있었다. 연의를 발견하는 순간 모든 동작을 정지한 것이다.

"살아… 있었구나."

아련한 눈, 느릿한 말투.

기쁨, 안도, 평온, 꾸짖음. 단 한마디뿐이었지만 만 가지 감정이 녹아들어 있었다. 하지만 연의의 태도는 기정풍의 마음을 싸늘히 얼려 버렸다.

"대설, 괜찮은가요? 다치지 않았어요?"

연의는 오랜만에 만난 기정풍을 잠시 일견한 후, 다시는 거들떠보지도 않았다. 대신 대설에게 바짝 붙어서 어디 다치지 않았느냐며 진심 어린 걱정을 나타냈다.

연의에게 있어 대설은 자신과 식구들을 구해준 은인이었고, 기정풍은 이미 기억에서 깡그리 사라진 존재였던 것이다.

"아, 난 괜찮소."

대설은 어색하게 웃으며 기정풍에게서 눈을 떼지 않았다.

“네놈은 누구냐?”

얼음 굴에 떨어져도 이보다 떨리지는 않으리라. 기정풍의 눈빛을 받은 대설은 내장 기관까지 얼어붙는 듯한 한기를 느꼈다.

눈빛만으로 절정고수의 투지를 꺾는 자. 대설은 앞에 있는 젊은 사람이 현자가 그토록 경계하던 농마임을 짐작할 수 있었다. 그가 상상해 왔던 변태 농마의 모습은 아니었지만 겉만으로는 사람을 알 수 없는 법. 그는 주눅든 모습을 보이지 않으려 이를 악물었다.

“으음, 난 장백검문의 일대제자 대설이오. 당신이 바로 농마겠구려.”

“농마라… 하! 네놈이 정녕 죽고 싶은 모양이구나!”

눈뿐 아니라 기정풍의 몸 전체에서 폭풍 같은 기세가 피어올랐다. 그렇지 않아도 연의가 놈에게 달라붙어 친한 척할 때부터 끓어오르던 살기다. 반반한 상판과 기름처럼 번지르르한 언변으로 어떻게 연의를 꼬여냈는지는 모르겠으나, 더 이상 참을 이유가 없었다.

“그만! 그를 괴롭히지 말아요! 무공만 세면 다인가요? 농마를 농마라 부르지 그럼 농부라 부를까요? 흥! 살인마에 변태인 당신이 선량한 농부 소리가 가당키나 해요?”

연의는 대설이 위협당하자 당차게 소리치며 앞으로 나섰다.

기가 차도 이보다 더 찰 수 있으랴? 기정풍은 하도 어이가 없어 말문이 막혔다.

"너, 바, 방금 내게 뭐라고 했느냐."

연의는 기정풍의 물음을 무시했다. 대신 마침 달려오고 있는 모용선에게 말했다.

"사저, 식구들은 너무 오래 갇혀 있어 몸들이 좋지 않아요. 특히 장문께서 위중하시니 어서 의원을 불러주세요."

모용선은 하인에게 일러 속히 의원을 불러오도록 시켰다. 그녀는 하인을 보내고 물었다.

"그런데 연의 너 대체 이분에게 왜 그러는 거야?"

"사저, 그럼 내가 어떻게 해야 하는데요? 난 저런 사람 몰라요."

모른다. 연의의 한마디가 비수가 되어 기정풍의 심장에 꽂혔다.

"못된 것! 너는 어찌 정풍 대협에게 그 같은 불경(不敬)한 언사를 내뱉는단 말이냐!"

대설과 연의 뒤로 수검이 나오며 배은망덕한 제자를 나무랐다.

그녀는 사로잡힌 이래 열흘이 넘도록 쌍압문이 제공하는 것은 물 한 모금도 마시지 않았다. 덕분에 말이 아니게 초췌한 상태였지만 제자에 대한 꾸중을 참지 않았다.

"사부님! 대협이라니요? 이자는 젊은 얼굴로 추악함을 감추고 있는 색마예요. 얼굴은 이래도 사실은 늙으나 늙은 할아버지란 말예요!"

연의는 발까지 동동 구르며 속고 있는 사부를 깨우쳐 주려
애썼다.

"크하하! 하하하!"

연의의 말이 끝나자마자 기정풍의 입에서 광소(狂笑)가 터
져 나왔다. 한(恨)이 서리서리 맺힌 그의 웃음은 듣는 자로 하
여금 절로 소름 돋게 했다. 웃음에 점차 내력이 실리면서 땅에
있던 작은 돌이 튀어 오르고, 절반쯤 기울었던 전각들이 폭삭
주저앉았다.

기정풍은 좀처럼 멈출 것 같지 않던 웃음을 한순간에 거짓
말처럼 그쳤다. 대신 웃음이 빠져나간 빈자리에 질식할 것 같
은 살기를 채워 넣었다.

절대자의 분노.

막대한 내력을 품고 있는 연의조차 휘청댈 만큼 거해한 힘
이 해일처럼 밀려들었다. 기정풍의 뇌리를 지배한 것은 연의
나 대설에 대한 살의가 아닌, 바보 같은 자신에 대한 분노요,
자괴감이었다.

"너는 나를… 그렇게 생각하고 있었구나."

기정풍의 음성은 소중한 것을 잃은 쓸쓸함이 가득했다. 평
소의 연의였다면 달랐겠지만 이미 대설에게서 농마의 음흉함
과 흉폭함을 들은 터라 반감만 생길 뿐이었다.

"흥, 본색을 드러내는군. 날 언제 봤다고 그따위 수작이지?"

위협을 느낀 연의는 목청껏 소리치며 검을 뽑아 들었다

"흥분을 가라앉히시오. 어찌 힘없는 아녀자를 상대로 무공

을 쓰려 하시는 게요!"

대설은 연의 옆에 바짝 붙어 서서 거들었다.

연의와 대설은 나란히 서서 검을 겨누며 기정풍을 파렴치한
으로 몰아갔다.

기정풍은 텅 빈 가슴으로 찬바람이 횅하니 불어왔다. 그 찬
바람은 지독히도 차가워서 기정풍의 마음을 꽁꽁 얼리기에 부
족함이 없었다.

이쯤 되니 수검도 의아해질 지경이다. 기정풍 대하기를 마
치 징그러운 독사 대하듯 하지 않는가. 연의로 말할 것 같으면
아직 어려서 철이 없지만 결코 경우 없는 짓을 할 아이는 아니
다. 한데 그런 아이가 저런 태도라니.

이런저런 생각들이 머리를 스친다. 둘 사이에 무슨 중대한
일이 있었던 것만은 틀림없는데, 상황이 상황인지라 연의에게
대놓고 물어볼 수도 없다.

어쨌든 최악의 사태만은 일단 막고 볼일.

"저, 정풍 도우 제발 멈추시오! 안에 자미 장문께서 계십니
다."

기정풍은 한순간 개방했던 기운을 다시 불러들였다. 수검의
외침 때문이 아니었다. 들것에 실려 나오는 자미 때문이었다.

자미는 그사이 언제 죽어도 이상하지 않을 만큼 악화되어
있었다. 자미는 때마침 도착한 의원의 치료를 받기 위해 조용
한 곳으로 옮겨졌다.

대설은 백화문도들이 줄줄이 나오는 틈에 연의를 잡아끌었

다. 농마와 오래 같이 있어봐야 좋을 것이 없었다.

"문주의 병세는 어느 정도요?"

"노환과 반이 넘는 문도를 잃은 충격으로 병세가 깊어지셨습니다."

수검의 목메인 말에 기정풍은 눈을 크게 떴다. 그렇지 않아도 육십 명이 넘어야 할 백화문도들이 고작 서른 명 내외밖에 보이지 않아 이상히 여기던 터다.

"반? 반이라니!"

쌍압문에게 사로잡힐 당시 죽었다는 말을 들은 기정풍은 눈을 감고 탄식했다.

"하! 결국 지켜주겠다는 약조를 지키지 못한 것이 된 것인가."

그래서 연의가 자신에게 그렇게 독한 말을 했던 것일까? 식구들을 지켜주지 못해서? 연의에 대한 서운함과 분노가 눈 녹듯 사라진다. 눈을 돌려 연의를 찾았으나, 문도들을 따라갔는지 어디에도 보이지 않았다.

"수검, 문주가 깨어나면 안부 전해주시오. 그녀의 얼굴을 마주 볼 면목조차 없구려."

"무슨 말씀을 그리하십니까. 아무도 정풍 도우를 원망치 않습니다."

수검은 괴로워하는 기정풍을 보며 손을 내저었다.

기정풍은 씁쓸한 웃음을 지으며 하늘을 올려다보았다. 오늘처럼 길게 느껴진 하루도 없었다. 연의가 그리 나온 이유를 알았으니, 그나마 위안이 된다.

하지만 연의를 다시 볼 마음은 생기지 않았다.

"지키지 못할 약조는 애초에 하지 말았어야 했소. 참으로 면목없소이다."

허리를 접은 기정풍은 돌아서서 모용선에게 말했다.

"이번 일을 빌어 내 너를 달리 보았다."

"예에? 무, 무슨……."

"한 벌의 옷일지나, 나에게는 금탑(金塔)보다도 더 귀중한 것이었다."

모용선은 내심 깜짝 놀랐다. 그저 연의에게서 받은 옷을 넘겨주었는데, 그 옷에 어떤 중한 것이라도 들어 있었던가?

"벼, 별것 아닙니다. 크게 신경 쓰지 마세요."

어찌 천잠사조차 견디지 못한 화기(火氣)를 너끈히 견딘 옷이 별것 아니랴. 모용선의 겸양(謙讓)에 모처럼 기정풍의 얼굴이 풀어졌다.

"앞으로 모용세가에 위난이 닥친다면 나를 찾아라. 반드시 한 번쯤은 내 목숨을 걸고 도와주리라."

절대고수의 약속이니 이보다 더 든든할 수 있을까.

"말씀만 들어도 든든합니다."

그때 기정풍의 곁으로 특이한 용모의 사내가 날아 내렸다.

칠 척 장신에 등에는 고풍스런 장검을 졌다. 머리에 대(竹)를 얇게 쪼개어 엮어 만든 커다란 죽립(竹笠)을 쓰고 있어 얼굴은 파악하기 힘들었으나, 바람에 흩날리는 새하얀 수염과 텅 빈 소매로 꽤나 나이든 외팔 검객임을 짐작케 했다.

노검객(老劍客)을 바라보는 모용선의 시선이 파르르 떨렸다.

"주군, 떠나시려는지요."

기정풍은 노검객의 물음에 끄덕였다.

연의와의 인연도 끝났다. 쌍압문도 사라졌으니 더 있을 이유가 없었다. 백화문도가 들어간 전각을 잠시 주시하던 기정풍은 몸을 돌렸다.

그의 시선에 세가의 하인들에 둘리싸인 흑마가 보였다. 하인들은 기합까지 질러가며 고삐를 잡아끌고 말 궁둥이를 밀었지만 놈은 요지부동이었다. 주인을 잃어버린 말, 흑운이었다.

"흑룡왕의 말이군요."

기정풍은 노검객의 말에 조용히 끄덕였다. 말을 가만히 지켜보던 노검객이 평을 내렸다.

"일찍이 본 적이 없을 정도로 훌륭한 말입니다. 잡티 하나 섞이지 않고, 내재된 힘이 가히 폭발적이군요. 크기도 일반 말의 반이 더 크니 필시 내몽고의……."

기정풍이 고개를 저으며 말을 잘랐다.

"의로운 말이군."

말을 일컬을 때 보통 종자가 좋다고 얘기한다. 그도 아니면 힘이 좋다거나, 갈기가 멋지다고 얘기한다. 한데, 기정풍은 말을 두고 의(義)를 논했다.

"……?"

"짐승이라고는 생각할 수 없는 오만한 눈을 가진 놈이었네. 한데 그 눈빛이 죽었어. 제 주인이 죽은 줄 아는 게야."

노검객은 이제야 이해가 된다는 듯 끄덕였다.

"주인의 죽음을 비통해하는 말이라니. 명마를 넘어 영물이라 불려도 손색없는 놈이군요."

"그렇지. 그러니 살려보게."

노검객은 기정풍의 살리라는 의미가 눈빛을 다시 본래대로 만들라는 뜻임을 알아들었다.

"앞서십시오. 놈을 끌고 따르겠습니다."

먼저 기정풍이 몸을 날리고 그 뒤를 노검객이 따르려는데 모용수가 소매를 잡아끌었다.

"아버님."

"그만! 누가 네 아비냐!"

노검객으로 분한 노인은 모용극이었다. 모용극은 세가에 누가 될까 두려워 모용수가 아비라 부르는 것을 낮게 꾸짖었다. 그가 누군가의 종복이 된 것은 모용세가 입장에서는 세상에 알려져서 좋을 것이 없었다.

"아무리 그리하셔도 어찌 천륜을……."

"흐음, 이 아비가 살아온 삶은 부끄럽기 그지없는 것이었다. 세가의 일원이 될 자격이 없느니. 승천이를 도와 가문을 일으켜라. 또한 이곳을 떠나는 순간, 나는 한 사람의 노복인 동시에 무면객이다. 더 이상 세가 사람이 아니니 잊어라."

모용극은 모용수 등 그의 존재를 알고 있는 몇몇의 안타까

운 눈빛을 뒤로했다. 그리고 그때까지 흑운을 상대로 안간힘
을 쓰고 있는 하인들을 헤치고 흑운 앞에 섰다.

"반항해 봐야 소용없느니."

모용극은 장정 대여섯 명이 달려들어도 꿈쩍 않던 흑운을
한 팔로 번쩍 들고 달려갔다.

"허억!"

"저, 저!"

경악 가득한 사람들의 탄성만이 세가를 등지는 모용극을 배
웅했다.

第四章
야심(野心)

1

모용극과 농마 기정풍이 모용세가를 떠난 지 며칠 후.

백화문의 자미 문주가 기어이 세상을 뜨고 말았다. 또한 지하 석실에 있던 반여정 마저 지하에서 죽음을 맞이했다. 살만큼, 아니, 평균 이상의 수명을 누리고 죽은 두 사람이었지만 결코 호상(好喪)이라 할 수 없는 죽음이었다.

모용세가는 열악한 환경에서도 자미와 반여정의 장래를 합동으로 치르고자 했다. 하지만 그들의 뜻과는 달리 백화문의 남은 도사들은 하나같이 고개를 가로저었다.

"모용세가의 뜻은 마음으로 받겠습니다. 하지만 그것은 떠나신 분께서도 원치 않으시는 일이기에 따를 수 없음을 이해해 주십시오."

수검은 완곡한 말로 거절했다. 그녀는 거절한 것뿐만 아니라 자미의 유해를 개벽산에 안치시키겠노라며 당장 떠날 뜻을 내비쳤다.

"그것은 정녕 아니 될 말씀이외다. 도사님들은 다들 몸이 좋지 않으신 데다가 날도 풀리지 않아 쌀쌀합니다. 먼 길을 가시다가는 필시 병을 얻을 것입니다."

별다른 즉위식도 없이 가주로 취임한 모용승천은 극구 만류했다.

"아닙니다. 어차피 도행(道行)은 고행(苦行)인 것을요. 그 또한 마음만 감사히 받겠습니다."

이리 나오니 모용승천도 더 이상 잡을 수가 없었다. 그렇게 백화문은 모용세가를 뒤로하고 길을 나섰다. 자미는 화장(火葬)해 한 줌 재로 화해 수검의 두 손에 들렸다.

연의를 멀리까지 배웅 나온 모용승천은 수검 등과 마지막 인사를 나눴다. 그 모습을 보며 연의는 모용선의 손을 꼭 잡고 말했다.

"사저 우리는 이제 헤어지면 언제 또 볼 수 있을까요?"

모용선은 연의의 얽은 손을 매만지며 위로했다.

"언제는? 내가 종종 놀러 갈게."

"그래요. 꼭 놀러 와요. 기다릴 테니."

"근데 연의야. 전부터 궁금했는데, 저기 저 잘생긴 남자는 누구야?"

모용선이 가리킨 사내는 백화문도를 따라나선 대설이었다.

"장백검문의 일대제자였대요. 지금은 다 죽고 혼자 남았지만."

"그렇구나. 너와 무척 친한 것 같던데."

연의의 얼굴이 확연하게 붉어졌다. 둘이 오가는 눈빛이 보통이 아니라 여겼는데 정말 무슨 사이라도 되는 모양이었다.

모용선은 그 모습에 묘한 안도감과 함께 마음의 짐이 벗겨지는 것을 느꼈다.

배웅 나간 모용세가 사람들과 헤어진 백화문의 여인들은 늦은 저녁이 되어서야 객잔에 투숙했다. 사내인 터라 홀로 방을 잡은 대설은 일렁이는 촛불을 바라보며 생각에 잠겼다. 궁리에 궁리를 거듭하던 그는 머리를 쥐어뜯었다.

"휴, 빌어먹을! 거추장스러운 것들이군."

대설은 괜스레 짜증을 부렸다. 평소 진중한 그와는 많이 다른 모습이었다.

"으드득! 저것들만 아니면 연의 소저와 달콤한 시간을 보낼 수 있을 텐데."

대설이 짜증내는 원인은 백화문도들 때문이었다. 그는 그녀들이 자신과 연의와의 사이에 방해물이라고 생각했다. 물론 터무니없는 생각이었지만 대설은 백화문도들이 죽이고 싶도록 미웠다.

대설은 요 근래 괜히 성질이 났다. 시도 때도 없이 화가 치밀었다. 정확히 말하자면 절정 경지를 회복한 그날부터였다.

그동안 발전이 없어 애먹었던 무공도 하루가 다르게 발전하고 있었다. 그동안 읽어만 왔지 깨닫지 못했던 무공 이론들. 그것들은 기특하게도 잠시의 고민만 하면 깊은 오의까지 머리에 쏙쏙 들어와 박혔다.

하지만 그것도 잠시. 연의를 떠올릴라치면 그 총명함은 어디로 사라져 버렸다. 아무리 머리를 쥐어짜도 헛수고. 연의의 아리따운 얼굴만 아른거릴 뿐 다른 생각은 천리만리 멀어졌다.

해결책은 둘 중 하나다. 연의를 잊든지 아니면 가지든지.

잊는다는 것은 꿈에도 생각하기 싫은 일이었다. 그러니 가지는 것뿐인데…….

“그녀를 저 마녀들로부터 떼어놓아야겠어.”

하지만 어떻게? 무슨 좋은 수가 없을까? 대설은 다시 고민을 거듭했다. 뇌 한구석에 잔인한 생각이 슬며시 똬리를 틀었다.

피를 보고 싶었다. 당장에 검을 들고 쳐들어가 하나하나 목을 치고 싶었다. 대설의 칠흑 같던 눈동자가 차츰 붉게 충혈되었다. 아니, 단순하게 충혈되었다고 설명하기는 부족하리만치 붉게 물들었다. 그의 눈동자가 순전히 홍색으로 물들기 직전.

똑, 똑.

문 두드리는 소리가 들려왔다.

움찔.

잔인한 생각에 깊이 물들어 있던 대설은 퍼뜩 정신이 들었다. 붉은 눈이 순식간에 정상적인 빛으로 바뀌었다. 자신이 그런 섬뜩한 생각을 했다는 사실이 믿어지지 않았다.

"내, 내가 왜 이러지?"

똑, 똑.

"손님, 필요하신 것이 있으시거든……."

객잔의 사환이었다.

"됐다. 됐으니 물러가거라."

사환을 물린 대설은 밤새도록 헝클어진 생각을 정리하려 애썼다.

다시 삼 일이 흘렀다.

백화문도들의 몸이 다들 좋지 않아 가는 길이 더디기만 했다. 하지만 꾸준함에는 버텨낼 장사가 없는 법. 일행은 쉬지 않고 전진한 덕에 요녕을 벗어나 길림성에 들어섰다.

백화문도들은 백화문이 가까워질수록 힘을 냈다. 반면 대설은 여정의 끝이 가까워질수록 속이 까맣게 타 들어갔다. 백화문에 도착해 버리면 연의와의 만남도 끝이다. 며칠이야 이 핑계, 저 핑계로 백화문에 머물 수 있겠지만 그게 다다.

아픈 곳도 없고, 그렇다고 지친 것도 아닌데 대설은 일행의 뒤로 처졌다. 이상히 여긴 연의가 다가와 물었다.

"대설, 무슨 고민 있나요?"

"아니오. 내가 무슨 고민이 있겠소. 쌍압문도 지상에서 사라진 마당인데."

"그래요? 그럼 다행이고요. 혹시나 어디 아픈 건 아니죠?"

그렇지 않아두 예뻐 죽겠는데, 알뜰살뜰 챙겨주니 더욱 애틋한 감정이 치솟았다. 대설은 남몰래 이를 악물었다.

'반드시 내 것으로 만들고 말리라.'

그날 밤, 객잔에 든 대설은 벼랑 끝에 다다른 심정으로 고민했다. 내일이면 개벽산에 닿는다. 무슨 수를 써서라도 연의를 중간에서 빼돌려야 했다.

"멀리 가 혼인해서 살자고 하면 그녀가 응할까?"

중얼거렸던 대설은 금세 고개를 가로저었다. 자신은 백화문의 칼이라고 입버릇처럼 말하는 연의다. 평생 백화문을 위해 살겠다는 여인이 그를 따를 리 만무했다.

아니, 백 번 양보해서 연의가 따른다고 쳐도 문제였다.

"난 북쪽으로 가야 해. 반드시 흑룡왕의 사부를 만나야 한다."

문제는 이것이었다. 대설은 반드시 가져야 할 소유물로 생각했지 그녀를 위해 살겠다거나 그녀만 있으면 된다는 지고지순한 사랑은 없었다. 기정풍처럼 땅이나 파서 먹고살고 싶은 생각은 더더욱 없었다.

그는 연의도 가지고 싶었지만 흑룡왕의 사부를 만나 절세신공도 얻고 싶었다.

"그를 만나더라도 연의에게 그가 흑룡왕의 사부라는 것을 알리지 않으면?"

대설은 자신에게 물음을 던지고 다시 고개를 가로저었다.

"속인다고 해도 그녀는 절대 여진족이 있는 북쪽으로는 가려 하지는 않을 것이다."

설사 백화문도 전체가 참변을 당해도 마찬가지다. 그녀는 오갈 데 없는 처지가 된다 해도 여진족의 틈에서 살려고 하지 않을 것이다.

뭔가 획기적인 방법이 없을까?

"빌어먹을! 애초에 농마뿐 아니라 백화문의 기억마저 지워 버리는 건데."

대설은 농마의 기억만 지운 것을 크게 후회했다. 문득 그의 머릿속을 섬전처럼 가르는 생각!

"헉! 혼. 몽. 절. 연. 단! 한 개가 더 있다!"

침상에서 벌떡 일어난 대설은 재빨리 품속을 뒤졌다. 역시 있었다. 그의 손끝에 손톱만 한 작은 단환이 잡혔다. 그의 고민을 말끔히 해결해 줄 틀림없는 혼몽절연단이었다.

이제 남은 것은 한 가지뿐이다. 어떻게든 이것을 연의에게 먹이는 것. 일단 조용한 곳에서 복용시키기만 하면 빌어먹을 기억들을 깨끗이 지워내는 것은 일도 아니었다. 그날 큰 고민 하나를 해결한 대설은 오랜만에 단잠을 잘 수 있었다.

"오늘은 표정이 밝군요? 간밤에 좋은 일이라도 있었나요?"

연의의 물음에 대설은 미소 지으며 말했다.

"아주 좋은 일이 있었소. 하하, 아주 좋은 일이지."

연의는 고개를 갸웃하며 물었다.

"무슨 일이죠?"

"훗, 지금은 좀 그렇고, 내 있다가 자세히 얘기해 주리다."

"그럼, 그러세요. 어쨌든 좋은 일이라니 다행이에요."

연의는 고개를 살짝 숙이고 먼저 앞으로 걸어나갔다. 대설은 연의의 등을 보며 입꼬리를 치켜 올렸다. 비열한 미소 같기도 했고, 어찌 보면 득의만면한 표정 같기도 했다.

때마침 무심코 뒤를 돌아본 수검은 대설의 미소를 보았다. 평소 정인군자인 대설의 모습과는 상당히 동떨어진 웃음이었다. 수검은 의아한 생각이 들어 눈을 크게 뜨고 다시 보았다.

하지만 수검이 단 한 번 눈을 깜빡인 순간, 대설은 어느새 무표정한 얼굴로 돌아가 있었다.

'내가 잘못 보았나?'

수검은 속으로 중얼거렸다. 하지만 왠지 맑은 물밑에 더러운 앙금을 본 것처럼 영 개운치 않았다.

백화문도들은 백화문에 도착하자마자 조사전에 자미의 위패를 모셨고, 뼛가루는 개벽산 중턱에 안치했다. 그리고 남은 반나절은 백화문 안팎을 깨끗이 쓸고 닦았다.

대설은 백화문도의 일을 거들면서 연의에게 단약을 복용시킬 기회를 엿봤다. 지성이면 감천이라 했던가? 드디어 연의와 단 둘이 있을 기회가 찾아왔다.

"이곳은 백두산에 비하면 작고도 작은 산이오. 하나, 백두의 압도적인 기상과는 달리 참으로 수수한 매력이 있구려."

"그런가요? 백두산은 장백을 가리키는 말이겠죠?"

기정풍은 연의가 자신의 말에 반응해 오자 빙그레 웃으며 끄덕였다.

"맞소. 고려 사람 대부분은 그렇게 부른다오."

"그렇군요."

"험, 저 그래서 말인데 내일 내게 개벽산과 옆에 있는 심태산을 구경시켜 주지 않겠소?"

대설의 은근한 수작에 연의는 고개를 저었다.

"당신 말대로 개벽산과 심태산은 규모면에서 장백에 비하면 작디 작은 산이에요. 그러니 유황곡만 조심하시면 혼자 다니셔도 별 어려움은 없을 거예요."

"유황곡?"

대설의 물음에 연의는 친절하게 설명했다.

"예, 기인에 대한 전설이 있는 계곡인데 사철 유황이 피어올라요. 운무가 지독해서 아무도 못 들어가죠."

"그런 곳에 기인이 있단 말이오? 난 믿어지지 않는데?"

연의는 피식 웃었다.

"당연히 없죠. 그러니 전설 아니겠어요?"

"참으로 흥미롭구려. 꼭 가고야 말겠소. 그곳은 어떻게 가야 하오?"

연의는 손가락으로 유황곡 방향을 가리키며 어떻게 가야 하는지 설명했다. 하지만 대설은 영 알아듣지 못하겠다는 표정을 지었다.

"통 알아듣지 못하겠는 걸? 사실 말이오. 창피해서 말을 하지 않으려 했는데……."

"왜요? 무슨 문제라도 있나요?"

대설은 쓰게 웃으며 말했다.

"사실은 내가 방향 감각이 없소. 그러니까 쉽게 말해 길치란

소리요."

물론 거짓말이었다. 대설은 오히려 장백검문에 있을 때 누구보다 길눈이 밝았다.

"정말요? 어떻게 그럴 수가 있죠? 그렇다면 그 넓은 백두산에서는 어떻게……."

"휴, 그렇지 않아도 내가 사흘들이로 한 번씩 길을 잃는 통에 사형제들이 날 찾아다니는 것이 일이었소."

대설은 부끄러운지 얼굴까지 붉혔다. 이 모습을 보고 누가 거짓말을 하고 있다는 것을 짐작이나 하겠는가? 순진한 연의 또한 깜빡 속아 넘어갔다.

잠시 고민하던 연의는 이내 고개를 끄덕였다.

"그런 사정이 있다니 어쩔 수 없죠. 좋아요. 내일 제가 길을 안내해 줄게요."

대설은 속으로 쾌재를 불렀다.

다음날은 어김없이 찾아왔다. 백화문의 일을 대충 끝낸 연의는 대설과 함께 얽힌 전설이 한두 가지쯤은 있을 법한, 아니, 이미 기정풍이라는 전설을 배출해 낸 유황곡을 향했다.

산을 오르는 내내 연의는 기분이 이상했다. 그런데 뭐가 어떻게 이상한지 딱히 꼬집어 말할 수는 없으니 내심 답답한 노릇이었다.

"저곳이군. 과연 굉장하군요. 가히 절경이오."

대설은 황색 운무 가득한 유황곡을 바라보며 감탄했다.

"절경이요? 글쎄요. 신비롭기는 하지만 나무 한 그루, 풀 한 포기 없는데 절경이라고 할 수 있을까요?"

"내 생각은 조금 다르오. 으레 있어야 할 풀과 나무가 없기 때문에 오히려 멋진 거요. 어떤 동식물도 허락지 않은 절세지독 말이오. 마치 정상에 우뚝 서서 누구도 용납지 않는 독재자 같지 않소?"

왜 절세지독이 멋지다고 하는 걸까. 연의는 대설의 말을 이해할 수 없었다.

"독재자를 동경하나요?"

대설은 망설임 없이 끄덕였다. 그리고 다짐하듯 힘주어 말했다.

"그렇소. 될 수만 있다면 독재자가 되고 싶소. 누구라도 단 일검에 꿇릴 수 있는… 말 한마디에 황제마저도 부릴 수 있는!"

연의는 섬뜩한 느낌에 대설을 바라보았다. 대설은 광기 어린 눈으로 유황 연기가 넘실대는 계곡을 바라보고 있었다. 대설의 이글거리는 눈동자는 극강한 내력을 소유한 연의조차 감히 들여다보기 힘들 정도였다.

눈을 씻고 봐도 그간 그녀가 알던 대설이 아니었다.

자신만의 감상에 젖어 있던 대설은 퍼뜩 정신을 차리며 말했다.

"하하, 왜 그런 눈으로 보시오? 내가 이상하오?"

"아, 조금……."

잘생긴 대설의 얼굴에 어수룩한 웃음이 걸렸다. 야욕을 위

해서라면 무슨 짓이라도 할 것 같았던 눈은 그 어디에도 없었
다.

"후훗, 남아라면 한번쯤 품어보는 생각이니 이상하게 생각
하지 마시오."

어떤 모습이 대설의 진짜 얼굴인가? 연의는 눈이 핑핑 돌아
가도록 혼란스러웠다. 왜 그렇지 않으랴. 눈빛만 보고 속을 짐
작하는 현자조차 대설의 실체를 알지 못했는데.

"그, 그런가요?"

"아, 그보다 오랜만에 산을 탔더니 출출하구려."

대설의 말에 연의는 품속을 뒤져 얼른 벽곡단 두 알을 꺼냈
다.

"그럴 줄 알고 먹을 걸 챙겨왔어요. 그래 봐야 벽곡단뿐이지
만요."

대설도 씩 웃으며 품속에서 작은 단약을 꺼냈다. 두말할 것
도 없이 혼몽절연단이었다.

"하하, 이건 우리 장백검문 비전으로 만든 벽곡단이오. 본산
을 내려올 때 가지고 왔는데 이것 하나 남았구려."

웃으면서 말을 시작했던 대설은 말을 마칠 즈음에는 시무룩
해져 있었다. 그의 얼굴은 누가 봐도 동정심이 절로 일어날 만
큼 짙은 쓸쓸함이 배어 있었다.

"그럼, 그것이 세상에서 하나뿐인 벽곡단이군요."

대설은 서글픈 듯 힘없이 끄덕였다.

"맞소. 장백검문이 다 죽고 나 하나 남았듯이 이 벽곡단도

세상에서 하나뿐인 놈이오."

"힘내세요. 당신은 장백검문을 다시 일으킬 수 있을 거예요."

"훗, 빈말이라도 고맙소. 하지만 어찌 나 같은 것이 주춧돌만 남은 본문을 일으키겠소?"

대설이 고개를 가로젓자, 연의는 그 모습이 안쓰러워 용기를 주었다.

"전 그렇게 생각하지 않아요. 빈말이 아니라 당신이라면 반드시 해낼 거라 믿어요."

대설은 갑자기 힘을 얻은 듯 밝게 웃었다.

"맞소. 어쩌면… 아니, 나는 당신 말대로 반드시 장백검문을 일으켜 세우고야 말겠소."

대설은 그렇게 말하며 속으로 생각했다.

'그러려면 나는 반드시 흑룡왕의 사부를 만나야 하오. 당신과 함께.'

연의는 대설의 속마음도 모른 채 덩달아 웃었다.

"연의 그대는 내게 다시 일어설 용기를 주었구려. 고마움의 표시로 이것을 주고 싶소. 하잘 것 없는 것이나, 부디 받아주시오."

대설은 보물처럼 감싸고 있던 단약을 연의에게 내밀었다. 지금까지의 행동은 연의에게 혼몽절연단을 자연스럽게 넘겨주기 위한 연극이었던 것이다.

"단 하나 남은 것을 어떻게 제가 받을 수 있겠어요?"

"쯧, 역시 내 생각이 모자랐소. 벽곡단 따위를 감사의 선물로 내밀다니."

대설이 스스로를 자책하며 내밀었던 손을 거두자, 연의는 깜짝 놀라 말했다.

"아니에요. 그런 뜻이 아니었어요. 주세요. 받겠어요."

연의는 대설이 실망하는 기색을 보이자 단약을 빼앗듯 받아 들었다.

"대신 백화문의 벽곡단은 제가 먹겠소."

반대로 연의의 벽곡단 두 알을 받아든 대설은 한입에 털어 넣으며 말했다.

"맛이 좋구려. 당신도 허기질 텐데 어서 드시오."

연의는 선뜻 내키지 않아 망설였다. 그녀가 주저하는 몸짓을 하자 대설이 재촉했다.

"비전으로 만들었다고 해도 기껏 해봐야 벽곡단일 뿐이오. 세상에서 하나뿐이기 때문에 특별한 것뿐이지 다른 것은 없소. 그래서 당신에게 준 것이니 망설이지 말고 드시오."

대설은 겉으로는 웃고 있었지만 속으로는 바짝 긴장하고 있었다. 그는 속으로 끊임없이 어서 먹으라고 소리쳤다. 대설의 간절한 바람이 통했음일까?

"휴, 알았어요. 그럼 맛있게 먹겠어요."

드디어 단약이 연의의 입속에 들어갔다. 연의는 예쁜 입으로 오랫동안 오물거리더니 꿀꺽 삼켰다. 연의의 모습을 뚫어져라 지켜보던 대설은 기쁨을 감추지 못했다.

대설의 입가에 걸린 미소를 본 연의는 가슴이 덜컥 내려앉았다. 수검이 보고 깜짝 놀랐던 그 미소. 비열함과 득의만면한 감정이 적절히 배합된 기분 나쁜 웃음이었다.

"왜… 그렇게 웃죠?"

대설은 더욱 환하게 웃었다. 분명 활짝 웃는 얼굴인데, 연의의 눈에는 그렇게 보이지 않았다. 어둡고 끈적끈적했다. 한마디로 음침 그 자체였다.

'맞아! 이 기분은 아까 산에 오를 때 느꼈던……'

연의는 거대한 불행의 그림자가 서서히 짙어지는 느낌에 치를 떨었다.

"연의, 왜 그런 표정을 짓지?"

언제나 존대하던 대설은 갑자기 말을 낮췄다. 대설의 돌연한 변화에 할 말을 잃은 연의는 멍한 표정으로 서 있었다.

"……"

"하하, 뭔가 걱정이 있어? 하지만 곧 좋아질 거야. 걱정 따윈 하지 말고 편히 있어."

대설의 평소 진중한 음색은 사람의 마음을 잡아 흔드는 묘한 음성으로 바뀌었다. 어찌 보면 여심을 잡아끄는 매력적인 음색이다. 하지만 연의는 대설의 한마디, 한마디가 마치 뱀이 되어 몸을 기어오르는 착각에 진저리쳤다.

어떻게 사람이 이렇게 변할 수가 있을까? 연의는 혼란스러운 마음에 머리를 좌우로 흔들었다. 그녀의 그런 모습을 지켜보던 대설이 히죽 웃으며 말했다.

"왜? 졸려? 후훗. 당연히 졸릴 거야. 꿈을 꿔야 하니까."

'저건 또 무슨 말이지?'

연의가 생각하느라 반응을 보이지 않자, 대설이 그녀에게 바짝 다가섰다. 그리고는 한 팔을 연의의 가느다란 허리에 감고 나머지 한 팔로 몸을 감싸 안았다.

"우리 귀여운 연의는 이제 곧 혼몽 속을 헤매게 될 거야."

연의로서는 뜻밖의 상황이었다. 대설의 품에 안기자 깜짝 놀라 몸을 움찔하던 그녀는 거짓말처럼 눈을 스르르 내리 감았다.

"하하, 드디어 잠들었군. 우리 귀여운 아가씨. 크큭."

대설은 깊이 잠든 연의를 평평한 바위에 눕혔다. 꿈을 꾸려면 앞으로 일각은 더 기다려야 했다. 대설은 잠든 연의의 얼굴을 조심스럽게 매만졌다. 그는 꼭 감긴 눈을 지나 앙증맞은 코를 쓸어내리며 중얼거렸다.

"조금 있으면 당신은 모든 기억을 잃어버릴 테지. 내가 그렇게 만들 테니까 말이야. 당신이 살아온 모든 것들을 꿈꾸게 할 거야. 해약이 없으니 당연히 모든 기억이 깡그리 지워지겠지. 연의… 당신은 새롭게 태어나는 거야. 모든 걸 잊고 완전히 다시."

대설은 한동안 연의의 뽀얀 귀밑머리를 손등으로 쓸었다.

"마치 아기 피부처럼 부드럽군. 이런 당신이 곧 내 것이 된다니……."

귀쪽에 한참 머물렀던 손을 다시 얼굴 쪽으로 이동시켰다.

연의의 빨간 입술을 손가락으로 톡톡 두드린 그가 다시 중얼거렸다.

"난 당신과 함께 북쪽으로 갈 생각이야. 훗, 그곳이 어딘 줄 알아? 당신은 아마 상상도 못할 걸?"

연의의 붉은 입술을 뚫어져라 바라보던 대설은 참지 못하고 입을 맞췄다. 잠시 부드러운 입술을 탐한 대설은 아쉬운 표정으로 천천히 고개를 들어 올렸다.

"널 가지고 싶어. 미치도록! 하지만 당신의 허락을 얻은 후에 하겠어. 잠든 여인을 겁간하는 파렴치한 짓은 미래의 절대자에게 어울리지 않으니까."

"……."

"왜? 믿기지 않아? 하지만 믿어. 난 절대자가 되고 말 테니까. 북쪽! 그곳에 누가 있는 줄 알아? 흐흐, 당신이 놀라서 혼몽절연단의 약효마저 깨고 일어날까 봐 겁나는데?"

"……."

"하지만 그럴 리는 없겠지. 잘 들어. 그곳에 흑룡왕의 사부란 자가 있다더군. 하하핫! 흑룡왕을 키워낸 괴물이 있다고! 어때? 믿어져? 그 엄청났던 쌍압문도 그 괴물의 촉수 중 하나에 불과했던 거야. 그 뒤에 거대한 실체가 있다고. 난 그를 만나야만 해. 반드시 만나겠어! 그래서 무슨 수를 써서라도 그의 제자가 될 거야. 모든 것을 배우겠어. 몽땅 빨아들여서 이 두 손으로 끝내는 그를 죽여 버리겠어. 그게 바로 사부를 죽이고 사형제를 죽인 놈들에 대한 진정한 복수니까."

격정을 참지 못한 대설은 다시 연의의 입술을 탐했다. 숨이 찰 정도로 입술을 탐닉한 그는 미친 사람처럼 앙천대소했다.

"하하하! 아니! 아니야. 복수 따위는 상관없어. 그를 죽임으로써 난 최고가 되는 거야. 최상위에서 군림하는 독재자! 당신은! 당신만은 내 곁에 서도록 허락해 주지. 하지만 당신 아닌 다른 누군가 나의 위치에 도전한다면 그가 설령 천하제일검 사공휴라 해도 비웃으며 찢어 죽인다! 크큭, 한때 당신이 마음에 담았었던 농마. 그 괴물도 개처럼 굴리다가 끝내는 죽여 버리겠어. 하하하!"

자신의 말에 심취에 손을 휘젓는가 하면, 하늘을 보고 앙천대소를 터뜨리기도 했다. 대설은 숫제 미친 사람 같았다. 그의 눈은 급기야 완전히 적색으로 물들었다. 금방이라도 피가 뚝뚝 흘러내릴 것만 같았다.

스스스—

대설의 전신에서 걷잡을 수 없는 기운이 폭발하듯 흘러나왔다. 유황곡의 황색 독연보다 배는 소름끼치는 핏빛 살기.

그때, 연의의 입에서 작은 신음이 흘러나왔다.

"으음."

대설은 벼락 맞은 사람처럼 행동을 정지했다. 눈을 한 번 깜빡이자 핏빛 동공이 순간적으로 검게 변했다.

"흐흐, 귀여운 것. 꿈을 꾸기 시작한 모양이군. 드디어 일각이 지난 건가?"

대설은 연의의 꿈을 과거로 또 과거로 이끌었다. 그는 기억이 존재하는 순간부터, 즉 연의의 아주 어린 시절부터 시작해 지금에 이르는 모든 기억을 깨끗이 지워 버릴 생각이었던 것이다.

2

대설이 연의에게 혼몽절연대법을 펼치던 그 시각.

하남성 개봉 허름한 전각.

요녕성에서 출발한 매 한 마리가 목적지에 도달해 창공에서 쏜살같이 내려왔다. 다리에 작은 전통이 달린 것으로 보아 틀림없는 전서응이었다.

매는 곧장 가죽으로 덧댄 옷을 입은 사내의 어깨 위에 올라앉았다. 사내는 얼굴 전체가 얽은 곰보였는데, 차림새가 영락없이 거지였다. 실제로 사내는 거지였다. 그냥 거지가 아니라 네 개의 작은 마대를 진 개방의 사결제자였다.

"여어, 홍아(紅兒)구나. 독아(毒牙)께서는 잘 계시더냐?"

사내는 매를 홍아라 부르며 사람 대하듯 누군가의 안부를 물었다. 그러는 중에도 매의 머리를 쓰다듬는 한편 능숙하게 전통을 떼어냈다. 매의 먹이를 챙겨준 그는 전서를 들고 곧장 전각 안으로 들어갔다.

이 허름한 전각은 결코 만만히 볼 곳이 아니다. 결코 거지라 해도 결코 무시할 수 없는 대장급 거지들이 우글거리는 소굴이었다. 밤낮없이 중원 전역으로부터 전서구가 들락거리고, 오늘처럼 드물지만 전서응도 날아드는 곳.

정도 하늘에 구파와 육대세가 외에 손꼽히는 의와 협을 기치로 세운 방파. 개방 총단이 바로 이곳이었다.

개방에서는 웬만한 정보는 발품을 팔아 전달한다. 그중 급전은 전서구를 이용하기도 하지만 흔치 않았다. 그러니 전서응의 희귀성이야 두말할 나위도 없었다.

단 여덟 마리뿐인 전서응이 소식을 전해왔다는 것은 그만큼 급한 일이라는 뜻이었다. 그중 홍아라 불리는 매는 다음 대 방주가 될 후개 전용 전서응이었다. 사결제자는 그것을 단번에 알아보고 후개인 독아 반당의 소식을 물은 것이다.

전서응이 가져온 전서는 사결제자를 거쳐 육결 당주에게 전해졌다. 그리고 다시 십만 거지들의 왕초에게 전해졌다.

개방은 정점에 방주가 있고 밑에 여덟 장로가 있다. 그중 후개는 다음 대 방주를 계승할 특수 신분으로 장로 바로 다음, 즉, 아홉 번째 장로 대접을 받는다.

장로의 전서를 개봉할 수 있는 자격은 바로 위 서열부터 가능하다. 즉, 오 장로의 서신은 사 장로부터 개봉이 가능하니, 반당의 전서는 여덟 장로와 개방의 방주 외에는 아무도 열어볼 수 없게 되어 있었다.

올해로 예순 살이 된 개방의 방주 천수장(千手掌) 아황은 마침 총단에 있었다. 그는 근 다섯 달 만에 보내온 수제자의 전서를 읽으며 반가운 웃음을 지었다.

손바닥만 한 종이는 깨알만 한 글씨로 빽빽이 채워져 있었다.

"이놈이 어디 갔나 했더니 요녕성에 있었군."

먼저 발신지를 살핀 아황은 첫줄부터 암문을 해독하며 샅샅이 읽어 내렸다. 전서의 내용은 첫줄부터 예사롭지 않았다.

쌍압문과 모용세가의 전투와 그에 대한 결과가 상세히 기록되어 있었다.

분류:특급.

내용:변방 거대문파 쌍압문과 모용세가 충돌 건.

경과:모용세가 완패(일선 실종, 가주 포함 삼백여 명 사망. 폐가 직전에 몰림).

세부 사항:일선은 흑룡왕과 일대일 대결에서 패한 후 실종되었음.

일선이 실종된 후 십일 일 만에 흑룡왕 포함 사백여 명 전원 사망(페허로 변한 모용세가 내에서 시체로 발견됨).

일선의 실종 직후 나타난 정체불명의 절대고수에 의해 멸문하였을 가능성 있음.

추신:정체불명의 절대고수를 직접 목격하였음. 외모는 이십대로 보였으나, 주안술이나 면피로 위장했을 가능성이 큼. 그자는 스스로를 흑룡왕이라 칭해 조사에 잠시 혼선이 있었으나 확인한 바 거짓임이 밝혀졌음.

　보다 자세한 사항은 본인이 직접 찾아뵙고 보고하겠음.

　아황은 반당의 전서를 읽고 또 읽었다.
　중원팔대고수 중 하나인 일선의 실종은 놀라운 것이었다. 게다가 패배하고 실종되었단다. 강호 전체가 술렁일 만큼 대사건이었다.
　팔대고수 중 하나인 일선. 그리고 일선을 꿇린 흑룡왕. 그런 그를 물리친 정체불명의 절대고수.
　짧은 전서 안에는 이렇듯 어마어마한 자들이 나열되어 있었다. 단 한 줄도 쉽사리 믿어지지 않는 내용들이었다. 하지만 발신인이 최고 장로 독아 반당임을 생각하면 믿지 않을 도리가 없었다.
　"만약 흑룡왕과 쌍압문을 응징한 자가 천하제일검 사공휴라면?"
　만약 쌍압문이 모용세가를 압도할 전력이고, 흑룡왕이라는 자가 정말 일선을 이겼다면 그런 그를 단신으로 꺾을 자는 아무리 생각해도 사공휴밖에 없었다. 아니, 사공휴라고 해도 과연 가능할지 의심스러웠다.
　아황은 떠오르는 뭔가가 있었다. 그는 급히 서랍을 열어 두꺼운 종이 뭉치를 뒤졌다. 그러기를 한참여. 그의 손에 잡힌 한 장의 보고서가 잡혔다.
　이미 열흘 전 도착한 보고서였다. 요녕성에서 천하제일검 사공휴를 목격했다는 내용이 적혀 있었다. 천하팔대고수 그중 확고부동한 일위를 지키고 있는 사람이니만큼 한번 눈에 띄는 것조차 개방 총단까지 보고가 올라오고 있었다.

"역시 검제였군."

사람은 보통 자신의 예상과 벗어나는 것에 대해 경계한다. 예상을 벗어나는 일이 생기면 작은 가설을 세우고, 상황을 가설 안에 짜 맞추려고 노력한다.

그런 면에서 개방의 방주 아황도 다르지 않았다. 그는 사공휴란 이름을 보는 순간 그럼 그렇지 하는 표정으로 고개를 끄덕였다. 검제라는 설정 안에 쌍입문을 구겨 넣은 것이다.

변방에 흑룡왕이라는 거대한 이무기가 있었다는 사실은 뜻밖이었다. 또한 모용세가의 멸문에 가까운 타격 또한 작은 일은 아니었다. 하지만 상황은 완전히 마무리된 일이었다.

후개가 보내온 전서의 등급은 특급이었다. 특급 정보는 정도맹의 장로 회의를 소집할 중대한 안건이었다. 그러나 아황은 전서를 일급 분류함에 집어넣었다.

第五章
안하무인 대장장이

1

찬바람은 훈풍으로 변했다. 훈풍은 후텁지근한 바람이 되었고, 다시 얼마 못 가 싸늘한 북풍이 몰아쳐 왔다. 그렇게 다섯 번의 봄이 쏜살같이 찾아들었다가 놀란 제비마냥 지나갔다.

그리고 다시 또 찾아온 여섯 번째 봄.

요녕성 최남단 대련(大連). 나른한 봄볕이 내리쬐는 한낮이었다.

검을 착용한 건장한 이십대 후반의 사내 둘이 각자 등짐을 무겁게 짊어지고 이야기를 주고받으며 길을 걷고 있었다.

"후아! 여긴 정말 좋군. 춥지도 덥지도 않고, 짭짤한 바닷바람까지. 딱 내 취향일세."

이목구비가 확실한 호남형의 사내. 단점이라면 얼굴이 좀

탄 것인데, 그마저도 남자다움이 느껴져 여자에게 꽤나 인기 있을 법한 자였다.

"하하! 종리 형님, 이제 와서야 하는 말이지만 그곳이 아니라면 어딘들 천국이 아니겠습니까?"

나머지 한 사내가 말을 받으며 오한 든 사람처럼 으슬으슬 떨었다.

종리 형님이라 불린 자의 이름은 종리무구로 육대세가 중 종리세가의 직계였다. 그는 자신이 짊어진 짐을 툭툭 치며 말했다.

"그런가? 하하, 승표 자네 말을 듣고 보니 그도 그렇군. 지독하긴 지독했지. 백련정강은 그렇다 쳐도 오죽하면 오철로 만든 검의 이까지 다 빠졌겠는가."

승표라 불린 사내는 역시 육대세가 중 호북(湖北) 진가의 막내다. 그는 종리무구의 말에 치를 떨며 맞장구쳤다.

"이제 와서야 말이지만, 징글징글했죠. 지난 오 년간 단 하루도 두시진 이상을 자본 적이 없으니."

종리무구가 갑자기 정색을 하며 말했다.

"하지만 이 우형(愚兄)은 지난 오 년을 결코 후회하지 않네."

"뭐, 말이 그렇지요. 이제 와서야 말이지만 저 또한 후회는 하지 않습니다. 오히려 행운이었다 생각하고 있습니다."

"그렇군. 우리 둘뿐 아니라 단원들 대부분은 그리 생각하고 있을 걸세. 만약 그분을 만나지 못했다면."

“하하, 형님. 이제 와서야 말이지만 잘난 가문과 겨우 일초 반식 휘두를 줄 아는 아이 같은 도법만 믿고, 한량 짓이나 하고 있었겠지요.”

“그나저나 자넨 그분께 그리 혼나고도 그 말투를 고치지 못하는군?”

“이제 와서야 말이지만 이거라도 없으면 전 존재감이 사라집니다. 저야 뭐, 형님처럼 잘생긴 얼굴이 있는 것도 아니고, 강 형님이나 등천 형님처럼 독보적인 무공도 없잖습니까?”

진승표의 너스레에 종리무구는 껄껄 웃었다.

“그러니까 버릇을 고치지 못한 것이 아니라, 일부러 고치지 않았다는 건가?”

“이제 와서야 말이지만 사실 그렇습니다.”

종리무구는 고개를 설레설레 저으며 엄지손가락을 치켜세웠다.

“허! 다른 건 몰라도 쓸데없는 집념만큼은 우리 이백 명 중 자네가 제일일 걸세.”

“뭐든 제일은 좋은 것 아닙니까? 허, 그런데 어찌 칭찬 같지 않군요.”

따앙, 따앙…….

한담을 나누며 걷던 그들은 힘찬 망치질 소리에 서로를 바라보았다. 종리무구는 상호도 간판도 없는 허름한 대장간을 발견하고 말했다.

“제대로 찾아왔군.”

진승표라는 사내는 믿지 못하겠다는 얼굴로 고개를 가로저었다.

"저리도 허름한 곳에 정말 뛰어난 장인이 있을까요?"

"글쎄. 나로서도 선뜻 믿어지지는 않네만 상관당주께서 꼭 이곳이라야 된다 하셨으니 뭔가 있기는 있지 않겠는가? 일단 들어가 보세."

두 사내는 쪽문을 열고 대장간에 들어섰다. 들어서자마자 후끈한 열기가 느껴졌다.

둘러보니 각종 농기구와 어구(漁具)들이 정연하게 진열되어 있었다. 그것들을 대충 훑어본 진승표가 얼굴을 찡그렸다.

"쯧, 병장기는 단 한 개도 없습니다. 영, 믿음이 안 가는데요?"

"예까지 왔으니 일단 주인은 만나 보세."

끄덕인 진승표는 크게 소리쳐 손님이 왔음을 주인에게 알렸다.

"주인장 계시오?"

곧 둔탁한 쇳소리 사이로 젊은이의 음성이 들려왔다.

"멍청한! 귀가 막혔느냐? 이 망치질 소리를 듣고도 주인이 있는 줄을 몰어봐?"

진승표의 사람 좋던 얼굴이 대번에 일그러졌다. 둘은 망치질 소리를 따라 모퉁이를 돌았다. 곧 망치질에 여념이 없는 때에 찌든 옷을 입은 사내의 등이 보였다.

"무슨 일이야?"

주인은 손님이 왔는데도 돌아보지도 않고 퉁명스럽게 물었
다.

"거참, 요즘은 대장장이의 품계가 올라갔나? 고급 벼슬아치
라도 되느냐? 손님에게 다짜고짜 반말질에 숫제 안하무인이
야?"

진승표가 버럭 소리치며 얼굴을 붉히자 종리무구가 소매를
붙들었다.

"이보게, 승표. 자네가 참게."

진승표가 분에 못 이겨 씩씩대는 것을 간신히 말리는데 대
장장이의 반응이 가관이다.

"아니꼬우면 꺼져라. 나도 네놈에게 물건을 팔고 싶은 마음
은 없으니."

진승표는 부들부들 떨며 살기를 일으켰다. 웬만한 무림인이
었다면 벌써 검을 들이대고도 남을 상황인데, 끝내 칼을 뽑기
를 주저하니 수양이 녹록치 않음을 알겠다.

"아무리 천하에 배운 것 없는 놈이기로서니, 사람과 얘기를
하려면 최소한 얼굴을 마주 보고 해야 한다는 것도 모르느냐?"

종리무구도 기분이 상했는지 이번만큼은 참지 않고 소리쳤
다.

망치질 소리가 뚝 끊겼다. 그리고 남루한 옷을 입은 대장장
이가 천천히 돌아섰다.

"허!"

"……."

진승표는 기막힌 표정으로 탄성을 터뜨렸고, 종리무구는 말조차 잊었다.

대장장이의 모습 때문이었다.

가무잡잡하게 탄 평범한 얼굴의 대장장이는 많이 잡아줘도 이십오 세를 넘지 않은 자다. 특이한 것은 활활 타오르는 불앞에 있으면서도 땀 한 방울 나지 않는 다는 것.

하지만 대장장이의 얼굴을 본 순간, 두 사내에게는 땀이 나는지 안 나는지 따위는 보이지도 않았다.

"목소리가 젊다 싶었지만, 허! 정말이지 어처구니가 없어서……."

도를 뽑을까 말까 고민했던 진승표는 도에서 손을 떼며 어이없어했다.

"다른 건 몰라도 성격만은 천하제일 장인에 못지않군. 하지만 그런 성격이 이곳 사람들에게 어떻게 통했는지는 몰라도 성격 급한 무인들에겐 어림없다. 지금껏 그런 태도로 어찌 목숨을 부지했는지 용하구나."

종리무구는 불같이 화내는 대신, 어린 시절의 철없던 자신을 보는 것 같아 좋은 말로 충고했다.

하나는 제법 불같은 성정을 가졌으나, 능히 자신의 감정을 제어한다. 나머지 하나는 침착하고, 생각을 깊이 하며 손쓰기를 느리게 한다.

그런 둘의 모습을 훑어본 대장장이는 만족했다는 듯 씩 웃으며 고개를 끄덕였다.

“좋아, 통과!”

“으응?”

“……?”

대장장이의 뜬금없는 통과 타령에 둘은 서로를 마주 보았다.

“등에 진 그 고철들을 내려놓고 가라. 내일 이 시간에 찾으러 오면 된다.”

대장장이는 그들이 들고 있던 짐을 가리키며 말하고는 다시 망치질에 열중했다.

“이런 제기랄, 이놈이 끝까지 반말이네?”

쿵.

천으로 겹겹이 싼 등짐을 내려놓은 진승표가 대장장이에게 달려들었다.

“잠깐.”

종리무구가 진승표의 소맷자락을 붙잡았다.

“종리 형님, 이래도 참자는 것입니까?”

“내 저자에게 한 가지 물어볼 것이 있어서 그러네.”

일단 진승표를 말린 그는 다시 풀무질에 열중인 대장장이에게 말했다.

“어떻게 이것들이 무기인 줄 알았지? 게다가 통과라는 건 또 뭔가?”

“고철이랬지 무기라고 한 적 없다.”

젊은 대장장이는 다시 벌겋게 달궈진 쇠를 두드리며 퉁명스럽게 답했다.

"그게 그거 아닌가."

"쯧, 대장장이가 쇠 냄새를 모르겠느냐?"

사내는 쇠에 냄새가 있다니 썩 이해되지는 않았지만 넘어가고 다른 물음을 던졌다.

"그렇다면 통과라 한 것은?"

치이익.

대장장이는 어느새 식어 붉은빛을 잃은 쇳덩이를 다시 찬물에 넣으며 답했다.

"들으면 기분이 별로 좋지 않을 텐데? 그래도 굳이 듣고 싶으냐?"

"……."

"이제껏 봐온 무사입네 하는 젊은 놈들치고는 제법 싹수가 있어 보였다는 뜻이다."

들어보니 일단 칭찬이기는 한데, 곱씹을수록 입맛이 쓰고 화가 난다. 천하제일은 아니라도 무림의 고인에게 저런 말을 들었다면 모르되, 새파란 대장장이에게 들어서는 결코 기분 좋은 말이 아니었다.

챙—!

"으드득! 형님 날 말리지 마시오. 상관당주님의 분부고 뭐고 당장 요절을 내고 말겠소."

진승표가 기어이 도를 뽑아 들고 이를 갈았다. 한데, 그의 도는 보기 흉하게 이가 빠져 있어 본래 날에 톱니가 달린 거치도로 보일 정도였다.

등 뒤에 도가 겨눠지자 좀처럼 멈출 것 같지 않던 대장장이
는 작업을 중지했다.

"네놈이 칼을 뽑아 듬으로 인해서 개당 수리비가 은자 석 냥
이면 될 것을 닷 냥이 되었다."

"미친놈! 네놈 말고 대장장이가 씨가 말랐다더냐? 얼마든지
다른 곳에서……."

진승표가 입에 거품을 물고 죽일 듯 달려들자 대장장이가
비웃으며 말했다.

"미안하지만 사방 백 리 안에 대장간이라고는 이곳뿐이다."

"그런 말도 안 되는! 누가 그딴 거짓말에 속을 것 같으냐?"

"글쎄. 지난 오 년 전만 해도 이렇지 않았는데 이상하지?"

대장장이마저 이상하다는 듯 도리어 묻는다.

"크큭, 그리도 귀한 대장간에 이리도 손님이 없다?"

"그러게 말이야. 지난 몇 년은 불티나게 팔리더니 어째 수년
전부터는 뜸하군?"

대장장이는 여전히 남 말하듯 말했다.

때마침 수염이 덥수룩한 사십대 장한이 대장간에 들어왔다.

"뭐냐? 애나 볼 것이지 왜 또 와?"

대장장이는 자신보다 족히 배는 들어 보이는 장한에게 서슴
없이 반말을 지껄였다. 한데 장한은 기분 나빠하기는커녕 오
히려 웃으며 말했다.

"하하, 풍(風). 오랜만일세. 다른 게 아니라 괭이 세 자루와

호미 다섯 자루를 살 수 있을까 해서 왔네."

"왜 그렇게 많아? 어디 가서 비싸게 팔아 한 밑천 잡아보려고?"

장한은 놀라 손사래 치며 말했다.

"아닐세. 오해야, 오해. 요동에서 화전을 일구는 친척이 찾아왔기에 주려고 그런 걸세. 내참, 한 달이 멀다 하고 괭이 날이 상하고 호미가 부러진다지 않은가."

"좋아, 얼마야?"

대장장이는 자신이 주인이라는 것을 잠시 잊었는지 장한에게 가격을 물었다. 그런데 우습게도 장한은 잠시 고민하더니 직접 가격을 내놓았다.

"오십 문."

열 문에 쌀 한 말이니, 오십 문이면 쌀 다섯 말이다.

"좋아, 가져가."

"저, 열 문만 빼주면 안 되겠나?"

장한은 제가 가격을 정하고선 염치없다는 듯 머리를 긁적이며 열 문을 깎으려 했다.

"쯧, 늦둥이 때문이군. 가져가라."

대장장이의 허락이 떨어지자 사십 문을 건넨 장한은 입이 함지박만 해져서 농기구를 챙겨 나가려 했다.

그들의 한판 연극 같은 상황을 지켜보던 진승표는 나가려는 장한을 붙잡고 물었다.

"말씀 좀 묻겠소이다."

　그제야 진승표의 위아래를 훑어본 장한은 허리에 찬 도를 발견하고 억지 미소를 지었다.

　"하하, 난 이곳 토박이요. 모르는 것 빼고는 다 알고 있으니 뭐든 물어보시구려."

　"이곳에서 가장 가까운 대장간은 어디에 있소?"

　"금주(金州)에나 가야 있으니 적어도 백 리는 될 게요."

　진승표와 종리무구가 어이없다는 얼굴로 마주 보자, 장한이 껄껄 웃으며 말했다.

　"모르셨군? 이 친구 때문에 인근의 대장간은 다 망했소."

　장한이 젊은 대장장이를 가리켜 말하자, 진승표가 놀라 물었다.

　"뭐요? 설마 이자가 저만 살겠다고 다른 대장장이들을 모두 쳐 죽이기라도 했단 말이오?"

　장한은 배를 붙잡고 웃었다.

　"재미있는 형씨군! 절대 그런 일은 없었소이다. 그러니까 왜 그렇게 되었는고 하니……."

　장한은 대장간이 사라지게 된 연유를 설명했다.

　이곳은 본래 일가친척 하나 없는 칠십대 노인이 운영하는 대장간이었다. 한데 햇수로 육 년 전, 한 젊은이가 대장간에 찾아들었다. 젊은이는 떠나지 않고 노인의 조수 노릇을 하면서 대장장이 기술을 전수받고 눌러앉았다.

　그 후, 이 년 만에 노인은 죽고 젊은이가 계속 이어가게 되었다. 그런데 삼 년쯤 전부터 이상한 일이 일어나기 시작했다.

대장간이 하나씩 줄어들기 시작한 것이다.

"인근의 대장장이가 하나씩 죽어나갔소?"

장한은 고개를 가로저었다.

"대장장이는 아무도 죽지 않았소. 대신 손님이 뚝 끊겼지. 그나마 없는 손님들마저 다른 곳은 거들떠보지도 않고 이 대장간만 찾았소."

대장간에 손님이 줄었다 함은 두 가지 경우에 해당된다.

"이곳의 인구가 갑자기 줄었거나, 사람들이 생업을 포기하기라도 했소?"

장한은 이번에도 고개를 가로저었다.

"천만에. 그런 일은 없었소. 그동안 인구도 변함이 없었고, 오히려 농사를 짓는 사람이나 배를 타는 사람이나 생계에 더욱 열중했지."

장한은 아이에게 수수께끼를 내는 어른처럼 살살 궁금증을 자극하자, 진승표가 가슴을 탕탕 치며 말했다.

"거참, 답답하군. 속 시원히 말해보시오."

"그대들이 병장기 때문에 대장간을 찾듯, 농사꾼은 농구(農具)를 손보거나 사기 위해 대장간을 찾소. 하지만 생각해 보시오. 농기구를 손보거나 살 필요가 없다면 누가 발품을 들여 대장간을 찾겠소?"

장한이 덧붙여 말하길, 이곳의 물건은 특별하다고 했다. 그게 호미가 됐든 괭이가 됐든 좀처럼 부러지지도 닳지도 않는단다.

"하하, 심지어는 고등어를 낚는 작고 얇은 바늘에 교어(鮫
魚:상어)가 걸렸는데 글쎄, 그 작은 바늘이 끝까지 부러지지 않
더란 말이오. 덕분에 그자는 대박났지 뭐요."

"그 낚시 바늘이 이곳에서 만든 것이었단 말이오?"

"아무렴."

장한은 마치 제 자랑이라도 하듯 어깨를 으쓱하며 말을 마
쳤다.

"말도 안 돼! 어찌 그런……. 설마 한낱 낚시 바늘과 농구를
곤오철로 만들 턱도 없고!"

진승표가 크게 비웃으며 부정하자 장한은 자신이 모욕 받기
라도 한 것처럼 씩씩댔다. 하지만 상대가 상대다 보니 주먹질
은 못하겠고, 방금 구리 돈을 주고 산 괭이 한 자루를 떡하니
내밀며 소리쳤다.

"흥! 당신의 도가 얼마나 대단한지는 몰라도 이 괭이보다 단
단하지는 않을 거요."

이보다 더한 모욕이 있을까? 무인들이 대개 그러하듯 진승
표도 이가 다 빠진 도일망정, 동고동락해 온 자신의 병기를 애
지중지했다. 게다가 도의 재질이 백 번이나 단련한 백련정강
이었으니.

"일개 촌부에게 모욕받을 내가 아니다!"

장한은 진승표가 불같이 성내자, 움찔 놀랐다. 하지만 그도
성깔이라면 누구 못지않던 바다. 게다가 이미 내친걸음.

"성내는 것은 시험이 끝난 후에 해도 늦지 않소. 자신있거든

한번 이 괭이 날에 도를 부딪쳐 보시오."

진승표는 이를 부드득 갈며 장한의 괭이를 낚아챘다.

"좋다! 그대의 어리석음을 깨우쳐 주지!"

바야흐로 병장기 대 농기구의 내구도 대결이 시작되었다. 진승표의 울퉁불퉁한 팔 근육이 팽팽히 잡아당겨졌다. 그리고 괭이를 향해 힘차게 떨어져 내리는 도.

깡!

경쾌한 소리와 함께 번쩍 불똥이 튀었다. 동시에 도의 이가 톡 빠져나갔다. 그런데 검에 워낙 이가 나간 부분이 많았던지라, 원래 있던 건지 방금 생긴 건지 알 도리가 없었다.

하지만 한 가지 분명한 것은 괭이가 멀쩡하다는 사실.

"하하! 어떻소? 계속해 보시오."

설마 하고 마음 졸이고 있던 장한은 괭이가 별 탈 없자 의기양양 소리쳤다.

그렇지 않아도 눈을 동그랗게 뜨고 있던 진승표는 바짝 약이 올라 계속해서 내리쳤다.

깡, 깡, 깡!

불꽃이 연이어 튀어 올랐다. 이번에는 누가 봐도 확연한 증거가 생겼다. 전에 없던 커다란 이가 빠져 있었다. 괭이의 승리. 참으로 어처구니없는 결과였다.

"으악!"

보기에는 단순히 도의 이가 상했으나, 진승표의 자존심도 함께 상처받았다. 망연자실이란 이런 것을 두고 하는 말이 아닐까? 입을 떡 벌리고 있던 진승표는 괴성과 함께 도를 힘껏 내리찍었다.

쨍강!

이가 나가다 못해 승표의 도는 반으로 뚝 부러졌다.

진승표는 자신의 도가 두 동강나자 마치 삼류무인에게 패한 참담한 기분을 느꼈다. 얇은 검도 아닌 두툼한 도인데 어찌 괭이보다 무를 수가 있을까.

풀무질에 몰두해 있던 대장장이는 부러진 도를 보며 피식 웃었다.

놀라기는 종리무구도 진승표에 못지않았다. 하지만 그는 넋이 나가 있는 진승표와는 달리 눈을 빛내며 차분히 생각했다.

그는 단순히 가격대 성능비를 비교했다.

장한은 사십 문에 괭이 세 자루와 호미 다섯 자루를 샀으니, 개당 다섯 문이다. 하지만 진승표의 백련정강 도는 한 자루에 은자 열 냥이 넘는다.

은자 한 냥은 구리돈 백 문. 은자 열 냥이면 구리돈 천 문이다. 이백 배가 넘는 가격 차이건만 어찌 이런 결과가 나왔는가.

'정말 곤오철이 아닐까?'

종리무구는 대장장이의 등을 바라보며 생각을 이었다.

귀한 철로 농구를 만든다는 말도 안 되는 발상조차 기꺼이 그렇다 치자. 대장장이가 자선 사업가가 아닌 바에야 어찌 곤오철로 만든 농기구를 저런 헐값에 넘기겠는가.

그래 까짓것 아무에게나 반말 찍찍 내뱉는 싸가지없는 녀석
이 자선 사업가라고 치자.

그렇다면 자선사업을 하려면 좀 더 멋지고 효율적으로 할
것이지, 왜 돼지 목에 진주 목걸이를 걸어주는 격으로 농부나
어부에게 값비싼 농기구를 선물했을까?

스스로 생각해도 가당찮은 추측이다.

달리 생각해 보자.

근동 백 리 안에 대장간이 없어졌으니, 결국 놈의 대장간만
남았다. 계획적으로 질 좋은 농기구를 뿌려 혼자 살아남는다.
후에 농기구 시장을 독점한다?

매우 그럴듯한 추측이었다. 정작 이곳 대장간조차 이 년간
손님이 거의 없었다는 것만 빼면.

결국 답을 찾지 못한 종리무구는 한숨을 푹 내쉬었다. 덩달
아 멀뚱히 서 있던 진승표도 답답한 숨을 토해냈다.

그러자 득의만면해 있던 장한이 위로랍시고 지껄였다.

"하하, 상심하지 마시오. 그러게 내 뭐랬소. 이 친구의 물건
은 특별하다니까."

"크으음."

진승표는 장한의 주둥이를 쥐어박고 싶었으나, 그래 봐야
스스로 비참해질 뿐이다.

"그나저나 도가 부러졌으니 이를 어쩌오? 쯧, 이 친구가 수
리하면 전보다 배는 강해지겠지만 병장기는 취급하지 않으니
원."

장한의 말에 진승표와 종리무구가 동시에 말했다.

"수리하면 배는 강해진다?"

백 번 단련한 백련정강을 천 번 단련하면 배는 강해질까? 천만에 말씀이다. 조금이야 나아지겠지만 그뿐이다. 그들이 판단하기에는 장한의 말은 무식이 만들어낸 산물이었다.

"뭐, 믿지 못하겠다면 관두시오. 괭이가 검을 이겼다면 누가 믿을까?"

장한의 말에 두 사내의 얼굴에 걸려 있던 비웃음이 씻은 듯 사라졌다. 정말 그럴지도 모른다는 생각이 들기 시작했다. 일단 무기들을 맡기고 봐야 했다.

대장장이는 둘의 노골적인 시선을 받고 새까만 망치를 내려놓으며 소리쳤다.

"내 누누이 말했지만, 개 당 은자 닷 냥이다. 좋으면 맡기고 싫으면 가지고 썩 꺼져!"

열 냥짜리 검을 수리비로 닷 냥을 쓴다면 속이 쓰리다. 하지만 배로 강해진다면 오철 이상의 강도가 나올 것이다. 오철로 만든 검 한 자루 값은 적어도 은자 쉰 냥 이상.

참새가 하루아침에 봉황이 될 수 없는 격으로 별로 실현 가능성은 없다. 하지만 종리무구는 백호당주 상관기가 굳이 이 대장간을 고집한 이유가 있을 것이라 생각했다.

"좋다. 만약 이자의 말대로 오철 이상의 강도가 나온다면 닷 냥이 아니라 열 냥을 주지."

종리무구의 달콤한 말에 대장장이가 짤막하게 답했다.

"알았으니, 꺼져!"

"뭐야? 자네 드디어 마음을 바꿨나? 목에 칼이 들어와도 무인들의 검은 손대지 않던 자네가? 별일이군, 별일이야."

기정풍이 무기 수리를 허락하자 장한은 불가사의한 일을 목격한 것 마냥 신기해했다. 다시 대장장이의 입술이 떨어졌다.

"너도 꺼져라! 그리 할 일이 없거든 마누라 궁둥이나 두드려라."

건장한 세 명의 사내가 우르르 빠져나가자, 대장간은 한순간 고요에 휩싸였다.

젊은 대장장이는 열심히 밟아대던 풀무질을 멈추고 투덜거렸다.

"빌어먹을 놈들 때문에 일이 늦어졌군."

철그덩.

대장장이는 풀무질을 멈춘 것도 모자라 애지중지해도 부족할 풀무를 걷어차기까지 했다. 그리고는 종리무구 등이 두고 간 큼직한 두 개의 짐을 양손에 하나씩 들어 널따란 탁자에 올려놓았다.

그가 들 때는 별로 무거워 보이지 않았는데 내려놓자 묵직한 소리가 났다.

쿵.

겹겹이 싼 보자기의 매듭을 풀자, 이 빠진 무기들이 들어났다.

"쯧, 녀석, 억척스럽게 굴려댔구나."

언뜻 봐도 백 수십 개씩이니, 둘을 합쳐 이백여 개. 개당 두 근씩만 잡아도 총 무게가 육백 근이다. 육백 근을 가볍게 들어 올린 이 대장장이는 누군인가.

대장장이가 무기들을 점검하고 있을 때였다.

삐거덕.

몸살 앓는 소리와 함께 입구 반대편에 난 쪽문이 열렸다. 얼굴에 바둑판 모양의 흉터를 새긴 외팔이 노인이 불쑥 들어오더니, 탁자 위의 무기들을 보며 말했다.

"무기군요."

"보는 바와 같이."

대장장이 청년이 어깨를 으쓱해 보였다.

"아무리 그 아이들 것이라 해도 어쩐 일로 수리를 허락하셨습니까."

"쌀이 떨어졌어. 이참에 부자 놈들 등 좀 치려고 받아뒀지. 이래 봬도 이것들이 내일 이천 냥짜리가 된단 말씀이야."

대장장이 청년의 말에 노인이 슬며시 미소 지었다. 노인은 눈대중으로 병장기의 수를 헤아리며 말했다.

"개당 열 냥 안팎이군요. 그런 걸 등친다고 합니까? 이천, 아니라 이만을 받아도 그들에게 이문이 남는 장삽니다.

청년은 노인의 눈을 정면으로 바라보고 물었다.

"손자들도 왔겠군? 가까이 와 있는데 보고 싶지 않나?"

"별로……."

노인이 시큰둥하게 답하자, 대장장이 청년은 우두둑 소리나게 손가락을 꺾으며 말했다.

"지금 어디 다녀왔는지 보지 않아도 짐작이 가는데, 별로 라? 삭신이 쑤시지?"

"허허! 그저 세가수호단이 어찌 변했는지 궁금하여 살펴본 것이지요."

노인이 극구 부인하자 청년은 질문을 돌렸다.

"쯧, 핑계는. 그나저나 어떻던가?"

"올챙이가 이제야 앞뒤 다리가 모두 나왔더군요."

청년도 수긍한다는 듯 끄덕이며 말했다.

"역시 모용승천 그 아이가 걸물은 걸물이지?"

당금 모용세가의 가주를 아이라 부르는 청년. 또한 외팔이 노인을 종으로 쓰는 사람.

대장장이는 지금으로부터 햇수로 육 년 전, 단신으로 쌍압 문을 격퇴시켰던 기정풍이었다. 물론 코가 갈라져 내려앉고 입술마저 진한 흉이 있는 노인은 얼굴을 잃은 모용극, 무면객 이었다.

"오 년이라는 시간이 결코 짧은 세월은 아니지요. 승천이가 몰아붙인 것도 있지만 확실히 재능이 남다른 아이들입니다."

"어련하시겠는가. 그 잘난 육대세가에서 박박 긁어모은 수 재들이라면서?"

기정풍은 말하는 도중에도 결코 손을 쉬지 않았다. 수선할 병장기들을 손잡이와 몸체를 따로 분리했다.

"오늘 다녀간 아이들은 어찌 보셨습니까?"

"진가와 종리가의 아이들이었어. 언뜻 들으니 승표와 무구라던가. 뭐, 생각보다는 싹수가 보이더군."

분리 작업을 마친 기정풍은 병장기 몸체를 따로 모아 뒤뜰로 가지고 갔다. 무면객은 남은 것들을 들고 기정풍을 뒤따르며 설명했다.

"무공을 놓고 봤을 때, 그 두 아이들은 육대세가 아이들 중 가장 처지는 듯 보이더군요."

기정풍은 무면객의 생각과는 다른 듯 고개를 단호히 저었다.

"아니, 이제는 달라질 거야. 중요한 건 무공이 아니지. 그 둘은 세가라는 울타리에 마냥 기대지 않게 되었어. 또한 미처 개발되지 않은 뭔가가 있어."

세가의 튼튼한 울타리는 약인 동시에 독이다.

가문의 무수한 지원과 보살핌으로 세가의 아이들은 안정적으로 무공을 닦아나간다. '부모 잘 만나 인생 핀 놈' 소리를 듣고 에서 만족할 것 같으면 이것은 다디단 약이다.

하지만 세가에 속한 무인들. 특히 직계 손들이라면 웬만해선 자립심을 기를 시간을 박탈당하게 된다. 이것이 바로 단맛 뒤에 도사린 칼날이다.

숨은 칼날이 예기를 들어내는 때가 바로 절정을 넘어서는 단계에서부터다. 시간이 흐른다고 자연히 일류가 절정이 되는 것은 아니다. 이 과정에는 반드시라고 할 만큼 필요한 요소가 극한 상황과의 만남이다.

하지만 세가의 든든한 배경은 극한 상황으로 몰아가는 것을 막아선다. 싸움이 나도 상대가 한수 접어주며, 진짜 위험하다 싶은 것은 가문에 속한 무인들이 알아서 제거해 주는 것이다.

익힐 절세의 무공도 있고, 수십 년 묵은 영약도 즐비하다. 단지 홀로 서기를 할 만한 독심(毒心)을 품을 기회가 없어지고 마는 것이다.

기정풍이 본 진승표와 종리무구는 적어도 달콤한 가문의 힘 속에 숨은 칼날을 피할 자세가 되어 있었다. 어둠 속에 철저히 웅크린 힘 또한 쉬이 볼 녀석들이 아니었다.

기정풍의 말에 무면객은 살며시 미소 지었다.

"왜 그리 웃나? 내 말을 믿지 못하겠다는 것인가?"

"그런 것이 아닙니다. 그 아이 둘이 단원 중 처진다고 한 것은 그 점까지 염두에 두고 말씀드린 것입니다. 다만 종리무구라는 아이는 가진 재능을 십분 발휘하지 못하고 있는 것 같았습니다. 어딘지 자신감이 결여되어 있다고나 할까요?"

기정풍이 피식 웃었다.

"자세히도 보았군. 하지만 그뿐만이 아니야. 그 진가라는 놈은 내가 보기에 종리가의 애송이보다 오히려 나아. 잘만 키우면 재목이 되겠어."

"그렇군요. 어쩌면 그릇이 너무 커서 제가 미처 알아보지 못했는지도… 아! 그렇군요."

무면객은 말하는 도중 뭔가 생각난 듯 탄성을 발하며 무릎을 쳤다.

"……?"

"그러고 보니 둘의 공통점이 있군요. 놈들의 형들은 그놈들보다 배는 뛰어난 놈들입니다. 어쩌면 그늘에 가려서 빛을 보지 못했는지도 모르겠습니다."

무면객은 지나치게 냉혹하고 살벌한 놈 종리등천과 냉혹하지 않고도 그보다 강한 진강이라는 놈을 생각하며 미소 지었다.

"허! 쓸 만한 놈들이 꽤 있나 보군. 그나저나 아이들 수가 몇이라 했지?"

"정확히 이백 명입니다."

"삼백 명 아니었나?"

"육 년 전, 산해관을 넘을 때는 그랬지요."

"세 명 중 하나가 죽었군."

"다 죽은 것은 아닙니다. 반은 죽고 반은 견디지 못하고 세가수호단을 탈퇴한 걸로 알고 있습니다."

"빈자리는 재깍 채우는 거 아니었나?"

"단 한 사람만 합류했을 뿐 이례적으로 공석은 그대로 둔 상탭니다. 그만큼 혹독한 수련을 거쳤습니다. 이번에는 새로 전력 보강이 있을지도 모르지요."

"새로 보강됐다는 한 놈은 뭔가?"

"그놈이 바로 난 놈입니다. 세 당주와 수준이 비슷할 정도죠."

난 놈이라 했다. 어찌 보면 어떤 표현보다 위에 있는 극상의 칭찬이었다.

"어느 집 자손이기에 그리 잘났나? 혹시 자네 손자인가?"

무면객은 아쉬운 표정으로 입맛을 다셨다.

"아쉽게도 모용세가에는 그런 재목이 없습니다. 있기는 있었죠. 아주 오래전에."

기정풍은 누구를 말하는지 알고 끄덕였다. 또한 상당히 놀랐다.

"모용승천 그놈과 비견되는 자질이라? 이름은?"

"북경진가(北京眞家). 별호는 무슨 용 어쩌고 하던데 잘 모르겠고, 이름은 진강입니다."

"진가면 아까 왔다간 놈과는 어떤 사인가?"

"그놈이 바로 아까 말씀하신 승표란 아이의 형입니다."

기정풍은 이제야 알겠다는 듯 고개를 끄덕였다.

"먼저 캔 보석 때문에 후에 캔 또 다른 보석이 빛을 잃었군. 안타까운 일이야. 그나저나 자네 보기에 이백 명 전원이 모두 오늘 왔다간 두 놈과 같은 눈빛을 가지고 있다고?"

무면객이 끄덕이며 말했다.

"그렇습니다. 적어도 수백 차례 이상의 실전 경험이 있습니다. 세가라는 울타리 안에서 벗어날 준비가 된 아이들입니다."

"모용승천, 확실히 난 놈이군. 건물을 얹을 포석(布石)은 제대로 닦아진 셈인가?"

무면객은 아들의 칭찬에 표정 관리를 하지 못하고 미소가 더욱 짙어졌다.

"쯧, 입 찢어지겠군. 그리 좋은가?"

두 주종(主從)은 한동안 병장기 재탄생 작업에 몰두했다.

푹—

부엌칼로 두부 찌르는 소리가 아니다.

푹—

잘 드는 비수로 원수 놈 배를 찌르는 소리도 아니다.

그것은 어이없게도 단단한 돌바닥에 손잡이와 분리한 병장기들을 꽂아 넣는 소리였다.

기정풍의 손에 들린 검신(劍身)은 잠시 푸른빛이 돌았다. 그리고 돌바닥이 두부라도 되는 듯 푹푹 박혀들었다. 무면객도 이에 질세라 도신(刀身)을 깊이 박아 넣었다.

너무도 쉬워 보이는 이 일은 강기라는 결코 쉽지 않은 기술이 동반된 잡업이었다.

얼마 못 가 정확히 이백 하고도 두 개의 병장기가 빠짐없이 돌 속에 묻혔다. 일을 마친 무면객은 한쪽에 놓여 있는 나무 의자에 앉았고, 기정풍은 방 안으로 들어갔다.

방문을 열고 나오는 기정풍은 떼에 찌들었던 남루한 옷 대신 눈부시게 은빛이 도는 옷을 입고 있었다. 그는 말없이 병장기가 묻힌 마당 한가운데로 걸어나왔다. 그리고는 만근 거석을 들어 올리는 사람처럼 아주 천천히 두 팔을 들어 올렸다.

그리고 직후 경이로운 장면이 연출되었다.

드드드…….

땅이 진동했다. 진동이 조금씩 잦아들며 단단히 박혀 있던 이백여 개의 병장기들이 느린 속도로 빨려 나왔다. 마치 보이지 않는 실로 잡아당긴 것 같았다.

고슴도치의 등처럼 땅 위로 병장기들이 반쯤 빠져나왔을 때, 진동은 완전히 멈췄다. 솟아오르던 무기들도 더 이상 움직이지 않았다.

다시 한 번의 변화.

빨간 물감을 물속에 떨어뜨린 듯 기정풍의 옷이 단전 부위를 시작으로 순식간에 붉게 변했다. 그뿐이 아니다. 손, 얼굴, 목… 옷에 가려지지 않은 신체의 모든 부위는 파란 불꽃이 넘실거렸다. 단심기를 극성으로 운기할 때 나타나는 모습이었다.

그 모습에 눈을 떼지 않던 무면객은 주먹을 으스러져라 쥐며 조용히 중얼거렸다.

"오늘은 반드시……!"

그는 숨마저 멈추고 기정풍을 바라보았다. 노안이 유난히 반짝거리는 것으로 보아 내력을 끌어올려 안력(眼力)을 돋우고 있음이 분명했다.

무면객은 대체 무엇을 준비하는 것인가?

후우흡!

기정풍이 진기를 길게 흡(吸)하자, 무면객의 긴장은 절정에 달했다.

스스스…….

소슬바람에 문풍지(門風紙) 떠는 소리가 울렸다. 직후 난데없이 빨갛고 파란 안개가 마당을 한차례 덮었다. 전설이라 불러야 마땅할 세 가지 절세무공.

단심기를 운용해 섬혼기를 펼치며, 환마절영공으로 누빈 결과였다.

단지 눈 한번 깜빡이는 순간 안개는 환상처럼 사라졌다.

기정풍은 본래 그 자리에 뿌리 내린 듯 서 있었다. 옷도 은빛을 되찾았고, 넘실거리던 파란 불들도 사라지고 없었다.

솟아올랐던 병기들은 저마다 겹화에 한 차례씩 노출되어, 빨갛게 달궈지다 못해 흐물흐물 녹아 땅속으로 스며들었다. 그러니까 땅속은 일종의 천연 거푸집인 셈이다.

"아!"

무면객이 안타까운 탄성을 질렀다. 벼르고 별렀건만 또 칠십삼기까지밖에 보지 못했다.

"쯧, 봐서 뭘 어쩌려고?"

"어쩌려는 것이 아니라 자존심 문제지요."

무면객의 자존심 타령에 기정풍은 실소했다.

"종이 주인에게 자존심을 내세우나? 종이 왜 종인가? 자존심이 없으니 종이지."

"뭐, 종으로서의 자존심이라고 해두지요."

"그 나이를 먹도록 무에 대한 욕심을 버리지 못해?"

기정풍은 질렸다는 듯 고개를 설레설레 저었다.

"허허. 가족은 버려도 검은 버리지 못하겠습디다그려."

"주인에게 이제 거짓말도 하는군. 내 보기에 자네는 검뿐 아니라 가족도 버리지 못했네."

“…….”
“내일 이곳을 떠난다. 채비해.”
“주군, 왜 갑자기…….”
“따분해졌어. 장사도 안 되고.”
기정풍은 머리를 박박 긁으며 말했다.
“장사가 하루 이틀 안 된 것도 아니잖습니까.”
노면객은 기정풍을 미심쩍은 눈으로 바라보았다.
“달라.”
“뭐가 다릅니까?”
“그때는 장사가 그냥 안 됐지만 지금은 징글징글하게 안 되잖아?”
따앙, 따앙.
기정풍은 아직도 빨갛게 달궈진 검신 하나를 뽑아 망치로 두드렸다.
“그래도 이번 건으로 평생 놀고먹을 돈이 생기질 않습니까?”
“쯧, 사람이 어디 밥만으로 산다던가? 흐흐, 자넨 늙어서 생각이 안 나겠지?”
“그게 무슨…….”
무면객은 경험 풍부한 노강호답지 않게 당황한 표정을 숨기지 못했다.
짜악!
기정풍은 망치질을 잠시 멈추고 무면객의 등을 세차게 두드리며 껄껄 웃었다.

"하하, 여자 말일세. 이 도련님은 자네완 달리 젊어서 힘이 넘친다네."

그렇잖아도 끔찍한 무면객의 얼굴이 종횡으로 일그러졌다. 그러다 갑자기 얼굴 전체가 팽팽하게 당겨졌다.

다른 사람은 몰라도 오랫동안 함께 해온 기정풍은 저 표정이야말로 득의만면한 미소라는 것을 알고 있었다.

"왜 또 그렇게 재수없게 웃나?"

"흐흐, 이제는 잊었나 봅니다?"

"……?"

"연의라고 했던가? 백화문의 그 아이 말입니다. 그 얼굴 반지르르한 놈에게……."

"그만!"

무면객의 멋진 반격에 기정풍은 얼굴을 와락 구겼다. 기정풍의 예민한 반응에 무면객은 특유의 미소를 지었다.

"아직 잊지 못하셨군요? 뭐, 계집에게 받은 상처는 계집을 통해 잊으라는 명언이 있기는 합니다만."

"끄응, 그만 하세. 내가졌네."

기정풍은 그저 앓는 소리로 항복을 선언했다.

악연으로 만났던 둘은 겉으로는 주종 관계를 내세우고 있었지만, 오 년 사이 허물없는 친구나 다름없는 사이가 되어 있었다.

"하긴, 욕심이 과하긴 하셨습니다. 그때, 그 아이의 나이가 열일곱이었던가요?"

"……."

"일전 얼핏 들은 건데 말입니다. 그 연의라는 아이……."

관심없는 척 입을 꾹 다물고 있던 기정풍은 신경질적으로 말했다.

"왜 사내답지 못하게 말을 하다 마나? 종복이기 이전에 자네도 남자일진데."

무면객이 그럴 줄 알았다는 듯 히죽 웃으며 말했다.

"그 번지르르한 놈을 따라 사라졌다고 합니다. 그야말로 야반도주란 말이지요. 그게 벌써 육 년 전이라 하니, 그때 바로 같이 도망간 것 아니겠습니까? 쯧, 겉으로는 그렇게 얌전해 보이던 아이가……."

"쯧, 그 아이는 그런 아이가 아니야. 어디서 무슨 헛소리를 듣고 와서는."

연의는 그럴 아이가 아니다. 기정풍은 말도 안 되는 일이라며 일축했다.

"실은 주군과의 인연도 있고 하여 자세히 알아봤습니다. 뭐, 말로는 옷가지 하나 챙기지 않고 증발하듯 사라졌다고 하는데……."

"말도 없이 사라졌다? 실종이란 말인가?"

기정풍이 인상을 팍 쓰며 말했다.

"표면상은 그렇습니다. 하지만 그 후로 그 뺀질거리는 사내놈도 종적을 감췄다 하니 생각해 볼 것도 없는 것이지요. 청춘

남녀가 눈 맞는 것이야, 흔하디 흔한 일이고. 둘이 손잡고 나가 육 년을 들어오지 않았다면 뻔할 뻔 자 아닙니까? 어디서 애 낳고 잘살고 있는 게지요.”

기정풍은 마음속 깊숙이 묻어놓았던 연의의 얼굴을 떠올렸다. 목소리며, 얼굴 등이 선명히 떠올랐다. 가슴이 찌르르 울렸다. 백화문에 잘 있겠거니 생각했는데 실종이라니.

무면객은 야반도주라 했지만 말도 안 되는 소리다. 그가 아는 연의는 그럴 아이가 아니었다. 백화문을 자신의 손으로 평생 지키겠노라 다짐하고 또 다짐하던 아이인데.

‘뭔가 있구나. 그 아이에게 무슨 일이 있음이 틀림없다. 어차피 길을 떠나기로 마음먹었으니 그 아이를 찾아봐야겠다.’

기정풍이 깊은 생각에 잠겨 있을 때 난데없는 말 울음소리가 들렸다.

히히힝!

죽을상을 하고 있던 기정풍은 연의에 대한 생각을 떨치고 태연한 척 껄껄 웃었다.

“하하! 놈이 심심했던 모양이야. 이놈아, 누가 잡아먹는다던? 냉큼 오지 못해?”

기정풍이 버럭 소리치자 시커먼 말이 일 장이 넘는 담을 훌쩍 넘어왔다. 담을 넘어온 흑마는 육중한 덩치에 어울리지 않게 기정풍의 눈치를 살살 살폈다. 어째 매일 맞고 사는 마누라가 술 먹고 들어오는 남편 눈치 보는 것과 흡사하다.

물론 흑마는 지난날 거만이 하늘을 찔렀던 흑룡왕의 애마 흑운이었다. 흑운은 위풍당당한 풍채는 그대로였지만 지난 몇 년 사이 완전히 기가 꺾인 모습이었다.

흑운의 모습에 기정풍의 얼굴이 다시 한 번 땡감 씹은 얼굴이 되었다.

"그러게 그동안 마음 좀 써주시지 그러셨습니까."

무면객의 말에 기정풍은 기막힌 표정을 지었다.

"허! 누가 들으면 내가 동물 학대를 일삼는 사람인 줄 알겠군?"

"때리는 것만 학대가 아닙니다. 저처럼 놈에게 살갑게 대해 보십시오. 이놈도 정에 굶주린 녀석인데 어련히 따를까요."

무면객은 흑운의 콧잔등을 쓸어주며 말했다. 흑운은 코를 벌름거리며 좋아했다.

기정풍은 무면객만 따르는 흑운이 야속하고 분했다.

흑운은 기정풍을 워낙 두려워하는 통에 타기만 하면, 발발 떨뿐 걸음도 내딛지 못했다. 엄청난 근육으로 폭발적인 속도를 내는 명마임을 감안하면 어처구니없는 일.

무면객이 타면 잘도 달리는 놈인데 기정풍만 타면 여지없이 빌빌댄다. 기정풍의 닦달에 무면객이 별별 수를 다 써봤지만 불치병처럼 조금도 나아지지 않았다.

"살갑게 대해주나 마나. 이놈은 육 년 전 그날부터 나만 보면 저런 눈이니 낸들 어째? 놈을 예전의 눈으로 만들라고 했더니 아예 둘이서 날 따돌려?"

기정풍이 씩씩대자 무면객이 팔을 저으며 극구 부인했다.

"생사람 잡지 마십시오. 이놈은 아직도 주인 아닌 다른 사람이나 짐승을 대할 때는 거만한 왕처럼 행동합니다. 이놈 때문에 인근의 짐승들이 겁에 질려 밤손님이 찾아와도 짖지 않는다는 걸 잊으셨습니까?"

물론 밤손님이란 도둑을 지칭하는 것이었다.

"누가 그걸 몰라 물어? 그런데 왜 내 앞에만 오면 뭐 마려운 똥강아지 마냥 저러느냔 말이야! 천하제일 종복을 자처하는 자네가 주인의 말 하나 제대로 교육을 못 시키나?"

"주인께 한번 기가 꺾인 것을 전들 어쩝니까?"

"시끄러워! 천하에 쓸모없는 종복 같으니라고!"

무면객은 아까 자신이 연의 얘기를 꺼낸 것을 속 좁은 주인이 복수한다는 것을 이제야 알아채고 한숨을 푹 내쉬었다.

"끄응, 다 이 노복의 불찰입니다."

"쯧, 아니 다행이군."

늙은 종에게 항복을 받아낸 기정풍은 이번에는 흑운을 째려보았다. 흑운이 그의 눈길을 애써 피하자 기정풍은 정면으로 다가섰다. 아니나 다를까 흑운은 꼬리를 내리깔고 슬슬 뒷걸음질치는 비굴함을 보였다.

기정풍은 벼락같이 튀어나가 흑운의 두 귀를 양손으로 하나씩 붙잡았다. 그리고는 세게 잡아당겼다. 흑운의 커다란 얼굴을 눈높이까지 끌어내렸다. 그는 말의 얼굴과 맞닿을 정도로 자신의 얼굴을 바짝 들이밀었다.

흑운은 주먹만 한 두 눈을 이리저리 돌려 시선을 피하려 했

으나 소용없는 짓이었다. 흑운의 퉁방울 같은 눈과 기정풍의
칼날 같은 눈이 정면으로 마주쳤다.

"이봐, 말!"

히히힝—

"덩치가 아깝다."

"……."

"난 쓸모없는 놈은 곁에 두지 않기로 했다. 쓸모없는 것은
저기 네놈이 좋아하는 늙은 종복 하나만으로도 너무 벅차거
든. 내가 네놈 옛 주인을 단칼에 해치운 거 알고 있지? 너도 통
째로 구워 먹어주랴?"

기정풍의 눈에서 일어나는 진득한 살기에 흑운은 보기 안쓰
럽게 떨었다.

"그러면 오히려 역효과지 않습니까."

무면객이 흑운을 안쓰럽게 바라보며 말했다.

"역효과? 육 년이 넘도록 주인 말 하나 길들이지 못한 종복
이 할 말은 아니지 않나?"

쏘아붙인 기정풍은 다시 흑운의 눈을 똑바로 응시하며 으르
렁댔다.

"이봐, 말!"

히힝—

난 내일 이곳을 떠날 생각이다. 반드시 네놈을 타고서! 만약
내일도 네놈이 나를 태울 생각을 하지 않는다면, 난 곧장 네놈
을 토막 낼 거다. 앞다리는 굽고 뒷다리는 삶아버릴 테다."

기정풍의 음성에 으슬으슬 떨리는 한기가 서려 있다. 누가 봐도 진심이었다.

"저런… 어찌 이런 명마를 식용으로……"

"명마 아니라 명마 할아비라도 마찬가지야. 말은 타라고 있는 것이 아닌가. 탈 수 없다면 고기로 쓸 수밖에."

기정풍은 웃기지 말라는 듯 망치를 휘휘 저었다. 맞으면 즉사다. 흑운이 숫제 오줌을 지리며 버둥거렸다.

무면객은 기정풍의 손에 들린 망치를 보며 입맛을 다셨다.

저 시커먼 망치는 그냥 망치가 아니다. 흑룡왕을 물리치고 얻은 신검 묵룡, 만년한철로 만들어진 그 묵룡을 녹여서 만든 세상에 단 하나뿐인 망치였다.

대륙에 대장장이는 수천이 넘는다. 하지만 만년한철을 다루는 대장장이는 그중 일 푼도 되지 않는다. 손에 꼽는다는 얘기다. 또한 다룰 줄 안다고 해서 끝이 아니다. 만년한철을 가지고 얼마나 섬세하고 정교하게 원하는 병기를 만드느냐가 더 중요하다.

그런 면에 있어서 묵룡검은 예술적이었고 더없이 실용적이었다. 가히 최상의 장인이 혼신의 힘을 불어넣어 만들었다 해도 과언이 아니었다. 기정풍을 가르친 노인조차도 묵룡검을 보고 입을 다물지 못했었다. 대장장이 일을 반백 년 넘게 해온 그 노인조차도 만년한철을 다루는 것은 꿈이었던 것이다.

자존심 강한 무면객 또한 차마 말은 못했지만 묵룡검의 모습에 들끓는 탐욕의 시선을 보냈을 정도다.

한데 기정풍은 그런 명품 중에 명품을 망설임 없이 녹였다. 아무리 검에 관심이 없다 해도 차마 못할 짓이었다. 무면객이 거품을 물고 말렸지만 기정풍의 고집을 꺾지는 못했다. 그렇게 묵룡검은 만년한철 망치로 화했다.

흑운에게 단단히 경고한 기정풍은 다시 일에 몰두했다.

땅, 따앙!

기정풍은 땅속에 들어 있던 병기들을 하나씩 뽑았다. 그리고 공력을 돋운 상태에서 만년한철 망치로 힘차게 두드렸다.

"일이 끝나면 이놈을 녹여서 괭이나 만들까? 아니지, 기왕 만드는 김에 괭이, 삽 공용으로 만들어야겠군."

기정풍은 만년한철 망치를 녹여서 괭이를 만들겠다는 말을 서슴없이 했다.

"허……!"

무면객은 할 말을 잃었다. 천하를 다 뒤져도 만년한철은 채 몇 백 근도 되지 않을 것이다. 그런 만년한철로 괭이나 삽 따위를 만들겠단다. 신검 묵룡을 녹일 때 마치 자신의 몸이 녹는 듯 거품을 물었던 무면객으로서는 더없이 참담한 노릇이었다.

2

한편 기정풍에게 병장기 수리를 맡기고 나온 종리무구와 진승표는 세가수호단이 있는 객잔을 향해 걸음을 옮겼다. 마침 대장간에서 같이 나온 장한도 방향이 같아 동행하게 되었다.

"종리 형님, 대체 뭘 그리 골똘히 생각하십니까?"

진승표의 말대로 종리무구는 대장간을 나온 후로 입을 꾹 다물고 생각에 빠져 있었다. 그는 혼자서 고민해도 딱히 답이 나오지 않자, 장한에게 물었다.

"이보시오. 내 뭣 좀 물으리다."

"풍에 대한 것이라면 언제든 환영이오."

장한은 싼값에 농기구를 사서 기분이 좋은지 연신 웃었다.

"아까 그것들을 살 때 말이오. 왜 그 대장장이 친구가 값을 정하지 않고 형씨가 정한 것이오?"

종리무구가 소중히 안고 있는 괭이며 호미를 가리키며 물었다. 장한은 예상했던 질문이 나오자 입을 씰룩이며 웃었다.

"하하. 그 친구만의 장사 방식이오. 참으로 아름다운."

"아름다운지는 모르겠지만 장사꾼이 손해 보는 특이한 장사 방식인 것은 이해하겠소. 한데, 그 친구는 왜 굳이 그런 손해 볼 짓을 하고 있는 거요"

"하하, 다들 처음엔 어리둥절했다오. 사는 사람이 가격을 정하다니."

장한이 껄껄 웃자, 진승표는 버럭 성내며 소리쳤다.

"그런 빌어먹을 놈이 있나! 그럼 놈은 하필 우리한테는 왜 직접 물어보지 않았지?"

"그러게 말이오. 병장기 수리를 처음부터 거부했다면 모를까… 아하! 그렇군?"

장한이 무릎을 치며 소리치자 진승표가 시큰둥한 얼굴로 물었다.

"뭐가 그렇다는 거요?"

장한은 종리무구와 진승표의 위아래를 쓸어보더니 말했다.

"형씨들에게서 돈 냄새를 맡은 게지. 그나저나 이상한데? 내가 보기에 별로 돈이 있어 보이진 않는데 말이오."

장한의 말대로 종리무구와 진승표는 흔히 구할 수 있는 평범한 무복 차림이었다.

하지만 실제로 육대세가의 일익을 담당하는 귀한 자제들인 둘은 대장장이가 자신들의 부유함을 눈치 챈 것 같아 내심 놀랐다.

"돈이 많은 자에게는 많이 받고, 적은 자에게는 덜 받는다?"

종리무구의 중얼거림에 장한이 끄덕였다.

"바로 그거요. 그 친구는 낼 수 있는 만큼, 즉 형편껏 내라는 뜻으로 직접 정하게 한 것이 아니겠소?"

"흥, 인물났군. 하지만 사람이 모두 양심적인 것은 아니잖소? 부자도 열 문을 부르면 열 문밖에 받을 수 없는 것 아니냔 말이오."

진승표의 말에 장한이 끄덕였다.

"그렇지 않아도 처음에는 그런 일이 비일비재했다오."

"했다라… 과거형이군. 그렇다면 지금은 그렇지 않다는 것이오?"

장한은 끄덕이며 말했다.

"말도 마시오. 예서 이십 리쯤 가면 적석평이라는 곳이 있소. 한번은 그곳 땅 부자 정씨가 하인을 시켜 괭이며 호미며 농구를 사러 보내지 않았겠소? 한데 만석꾼 부자인 그 노랭이 영감탱이는 열 자루가 넘는 물건을 사오라고 시키고서는 달랑 삼십 문만 줬더란 말이오."

장한은 신나게 얘기하다가 말을 끊고 둘을 쓸어보았다.

"그래서 어찌 됐소?"

진승표가 다그쳐 묻자 장한은 그제야 씩 웃으며 말했다.

"풍이 그 친구는 대장간에 틀어박혀 좀처럼 바깥나들이를 하지 않는 사람이오. 한데, 어떻게 알았는지 단 한 개의 물건도 팔지 않고 내쫓았소. 그리고……."

"그리고?"

장한은 자신이 판결을 내리는 현감이라도 된 듯 목에 힘을 줘 말했다.

"흐흐, 다음날 그 정씨 영감탱이는 천벌을 받았지."

"천벌이라니? 마른하늘에 날벼락이라도 맞았소?"

장한은 종리무구의 물음에 고개를 저었다.

"수만 평에 달하는 논밭이 쑥대밭이 되었소. 단 하룻밤 사이에. 무엇이 논밭을 그렇게 만들었는지 아시오?"

"목격자가 있다는 말이오?"

"있다마다. 그것은 집채만 한 시커먼 대호(大虎)였다고 하오."

"……."

해괴한 이야기에 진승표와 종리무구는 서로를 마주 보았다.

"쯧, 무슨 이야기꾼이 꾸며낸 민담(民譚) 같군."

진승표는 혀를 차며 불신의 기색을 숨기지 않았다.

"믿기지 않으면 믿지 마시오. 그 영감 말고도 비슷한 경험을 한 양심없는 자들이 여럿이 더 있소. 물론 그때마다 흑호(黑虎)를 목격한 사람이 있었지."

"내 오래 살지는 않았지만 이제껏 검은 호랑이가 있다는 말은 들어보지 못했소."

종리무구 또한 고개를 가로젓자, 장한이 침을 튀기며 말했다.

"그러니까 희한한 일 아니겠소? 그 흑호는 필시 하늘이 보낸 신령한 짐승일 거요. 간신히 땅 파먹고 사는 우리네 농투성이들 사정을 생각하는 갸륵한 마음을 이용하려 했으니 어찌 하늘인들 노하지 않겠소? 그러니 어떤 간 큰 자가 그 앞에서 양심을 속이겠소?"

장한이 말하는 흑호는 물론 흑운이었다.

종리무구는 그저 가격을 손님이 정하는 괴이한 일에 대해 알고자 했을 뿐이다. 그런데 이야기가 점점 이상한 쪽으로 흘렀다.

후로도 장한은 믿기지 않는 이야기를 쉬지 않았다.

대장장이의 거친 입과 기이한 가격 책정에 불만을 품은 무림인이 행패를 부리고 떠났으나, 갑자기 사지가 부러졌다느

니, 장사가 잘되는 것을 보고 도둑놈이 들었으나 담을 넘어서
기도 전에 파란 벼락에 맞아 뻗었다느니 하는 이야기는 그저
소소한 것일 뿐이었다.

장한이 신나서 하는 말을 찡그리며 듣던 종리무구. 그는 역
시 필부(匹夫)의 말은 믿을 게 못 된다는 생각에 고개를 절레절
레 저었다.

"어쨌든 그자는 심성이 그리 나쁜 자는 아니구려."

"암, 나쁘지 않다마다. 정이 많은 친구요. 풍의 유일한 단점
이라곤 그 거친 입이라고 할 수 있소. 하지만 형씨들은 크게
성내지 마시오."

"성내지 말라? 흥, 내일 병장기 수리가 끝나면 내 반드시 그
막되 먹은 놈의 버릇을 이 손으로 고쳐 놓고야 말겠소."

진승표가 주먹을 쥐락펴락하며 다짐했다. 장한은 그런 그가
걱정된다는 듯 말했다.

"그전에 이거 한 가지만 알아주시오."

"뭐요? 혹시 나도 천벌을 받을지도 모른다는 말을 하려거든
집어치우시오. 흑호 아니라 청룡, 백호, 주작, 현무가 떼로 와
도 두렵지 않으니."

진승표는 두 손을 깍지 껴서 우두둑 꺾었다.

"그런 것이 아니요. 형씨들 나이가 어찌 되는지는 모르겠지
만 풍은 보기보다 나이가 많소."

장한의 엉뚱한 말에 종리무구가 물었다.

"그건 또 무슨 소리요?"

"풍의 모습은 내가 처음 봤던 육 년 전과 전혀 다르지 않소. 쩝, 부럽게도 그 친구는 엄청난 동안(童顔)이지."

"그 풍이라는 놈이 아무리 동안이라도 설마 서른이 넘겠소?"

종리무구가 갸웃하며 말하자, 진승표가 무슨 소리냐는 듯 소리쳤다.

"아니지. 설혹 서른이 넘었다 칩시다. 우리는 그렇다 쳐도 형씨는 사십대로 보이는데 놈은 서슴없이 하대하지 않았소? 대체 형씨는 화도 안 나시오?"

진승표는 싸가지 없는 놈의 허물을 덮어주려는 장한을 꾸짖었다.

장한은 실상 대장장이 친구가 누구에게 건 존댓말을 하는 것을 본 기억이 없었다. 심지어는 육십이 넘은 촌장에게도 결코 존대하지 않으니, 더 이상 변명할 말이 없었다. 진승표의 말마따나 지가 아무리 동안이라도 육십은 넘지 않았을 게 아닌가.

"쩝, 그거 하나만 빼면 정말 나무랄 데 없는 친군데 말이야."

"내일이 지나면 놈은 어느 것 하나 나무랄 데 없는 친구가 될 거요."

진승표는 대장장이를 기필코 혼내주고 말리라는 다짐을 고치지 않았다.

第六章
세가수호단

1

햇수로 육 년 전.

세가수호단에 속한 그들은 우여곡절 끝에 산해관을 통과해 모용세가에 닿았다.

하지만 그들은 모용세가의 환대를 받는 대신 요녕성에 닿자마자 흉흉한 소문에 시달렸다.

흑룡성에 기반을 둔 쌍압문이란 세외문파에 의해 모용세가가 무너졌다는 소문이었다. 더욱 믿기지 않는 건 가주 모용문후의 죽음과 무림팔대고수 강호일선의 패배였다. 그냥 패배도 아니고, 팔이 잘리는 부상을 당하고 굴욕적으로 도주했다지 않은가.

그들은 설마 하는 심정으로 모용세가를 찾았을 때 경악했다.

삼백 구가 넘는 시체들. 그리고 손가락으로 꼽을 정도로 적은 수의 모용세가 무인들. 소문은 대부분 사실이었다. 가장 충격적인 것은 듣던 대로 강호일선이 없다는 것.

그들은 먼저 모용세가에 널린 쌍압문도의 시체를 정리했다. 그리고 쌍압문과 접전지(接戰地)였던 철령(鐵嶺)을 찾아 수일간 방치되었던 세가 무인들의 사체를 묻었다. 그 숫자가 물경 수백에 달했다.

엄숙하고 처절한 며칠이 그렇게 순식간에 지나갔다.

대충 죽은 자들의 신변 정리는 끝났다. 하지만 세가수호단은 쉴 시간도, 공간도 제공받지 못했다. 세가의 전각이란 전각들은 거의 폭삭 주저앉아 있었고, 서 있는 건물이래야 고작 두세 채에 불과했다.

낮에는 모용세가의 신임가주이자 육대세가의 맹주가 된 모용승천의 지휘 아래 무너진 모용세가의 건물을 신축하는 데 투입되었다. 밤에는 피곤한 몸을 쉬지도 못하고 무공을 익혔다.

정말이지 고생이라고는 해보지 않은 단원들에게는 고달픈 나날의 연속이었다. 도무지 세가를 수호하겠다는 무인으로 온 것인지 일꾼으로 온 것인지 헷갈리기 시작했다.

당시 모용승천은 별호는 고사하고 이름조차 알려지지 않은 사람이었다. 그랬기에 신임 맹주에 대한 불신과 불만은 몇 달이 지나기도 전 겉으로 드러나는 지경에 이르렀다.

맹주는 시기적절하게 단원들이 했던 집 짓는 일을 중단시키고 인부들과 목수들에게 맡겼다. 단원들은 이제 좀 쉬겠구나 하고 안도했다. 하지만 맹주는 이들을 비웃기라도 하듯 한 가지 명을 내렸다.

"길림성과 흑룡강성에 도사린 쌍압문의 남은 세력을 소탕하라."

수호단은 쌍압문의 잔존 세력을 소탕하기 위해 길림성을 향했다. 처음에는 이제야 못과 망치를 놓고 도검을 휘두른다는 생각에 마냥 좋았다. 산적을 만나면 웃으며 도륙했고, 사파 성향의 무인들을 보면 결코 용서치 않았다.

도대체가 거리낄 게 없었고, 그들의 걸음을 멈추게 할 자 또한 없었다. 이런 자들에게 모용세가가 무너졌다는 것이 좀처럼 믿어지지 않았다.

그것이 철없는 생각이었음을 깨달은 건 길림성 깊숙한 곳에 위치한 서란(舒蘭)이라는 곳을 지나면서부터였다.

그들 앞에 나타난 백오십여 명의 무인들. 대부분은 수호단원들에 비해 한참이나 처지는 자들이었다. 갓 이류에 맴도는 수준.

하지만 그들을 이끄는 오 인만은 수준이, 아니, 차원이 달랐다. 그들은 놀랍게도 세 당주와 어깨를 나란히 하는 절정고수였다. 그것도 수준급에 다다른 절정고수.

단원들은 몰랐지만 그들은 천군 오십좌에 속한 자들로 길림에 남았던 일곱 중 다섯이었다.

수호단의 세 당주만이 겨우 절정에 이른 상태였으니, 간담

이 서늘해질 수밖에. 코앞에서 살기를 잔뜩 머금은 도검이 오
잤다. 곧 뜨거운 피가 튀고 살점이 떨어져 나갔다.

당주들이 각기 절정고수 한 명씩을 맡아 분전했다. 그리고
남은 둘 중 하나는 백호당 일조장이자 남궁세가의 소공자인
남궁청환과 청룡당 일조장 종리등천 등 오 인이 검진을 펼쳐
간신히 붙들 수 있었다.

역시 하나 남은 절정고수가 문제였다. 그를 저지하지 못해
이십 명이 부상하고 다섯 명이 죽었다. 단 이각 만의 일이었
다.

적은 오십여 명의 사망자를 남기고 후퇴했다. 물론 오 인의
절정고수 중 다치거나 사망한 자는 아무도 없었다. 변방 구석
에 절정고수가 있을 줄이야 꿈에나 알았으랴?

처음 모용세가를 출발할 때까지만 해도 아무도 예상치 못한
참담한 결과였다.

그들은 비로소 맹주의 명이 장난이 아님을 실감했다. 하지
만 이것은 시작에 불과했다.

첫 싸움에서 정면충돌해 오십 명을 잃은 적들은 치고 빠지
는 전술로 작전을 선회했다. 적들은 수호단보다 두 명 많은 절
정고수를 보유하고 있었다. 또한 이곳 지리에 아주 익숙했다.

절정고수 다섯이 펼치는 기습은 결코 무시할 만한 것이 아
니었다. 이래저래 수호단으로서는 살 떨리는 하루하루가 될
수밖에 없었다.

수호단은 낮에는 놈들을 찾아다니느라 쉬지 못했고, 밤 또

한 언제 올지 모르는 기습을 경계하느라 잠도 편히 자지 못했
다. 결국 이틀을 버티다 요녕성으로 방향을 틀었다.

그러나 후퇴하는 것도 쉽지가 않았다. 시도 때도 없이 계속
되는 급습. 비도와 화살이 수도 없이 날아다녔다. 갈수록 발길
이 늦춰졌다. 놈들이 왜 길림 깊숙이 들어서서야 나타났는지
뼈저리게 느꼈다.

힘 한번 써보지 못하고 완패했다. 도주하는 그들의 꼴은 비
루먹은 개와 다를 바가 없었다.

그들이 요녕성 경계에 다다랐을 때, 당주를 포함 정확히 삼
백세 명이던 수는 오십오 명이 줄어 이백사십팔 명이 되어 있
었다. 그나마 산 자들 중 반이 부상자였다.

안전지대에 들어서 분루(憤淚)를 삼키고 있을 때였다. 마치
기다렸다는 듯 그들 앞에 맹주가 나타났다.

맹주는 오만하게 서서 맥없이 주저앉아 있던 그들을 내려다
보았다.

"이제 너희들이 얼마나 하잘 것 없는 존재인지 알았느냐?"

당주들과 형제, 자매를 잃은 수호단원들은 분노했다. 하지
만 아무도 입을 열지 못했다. 맹주의 말은 틀리지 않았으니까.

"너희에게 차원이 다른 세계를 보여주겠다."

그들은 맹주의 거침없이 내뱉는 말에 내심 콧방귀를 뀌었
다. 심지어 모용세가의 사십오 명의 후기지수들은 동료들 보
기 부끄러워 얼굴도 들지 못했다.

세가의 후기지수들은 대부분 수십 년 전 은거한 모용승천을

알지 못했다. 집안이 망하니 존재감도 없던 자가 가주가 되었다. 그것도 모자라 세가맹의 맹주까지 되었다. 후기지수들은 참으로 부끄럽고도 안타까운 일인지라 남몰래 한탄했다.

어쨌든 송곳니 빠진 호랑이가 여전히 호랑이듯 맹주는 맹주. 한 번 결정되면 맹주는 오 년 동안 세가맹의 우두머리인 동시에 세가수호단의 단주가 된다.

이들의 처분권은 단주에게 있다. 자연히 직속상관인 맹주에게 항명(抗命)하는 자는 죽여도 할 말이 없다. 이들에게 있어 모용승천의 명은 절대적인 것이다.

대놓고 명을 거부할 수 없었던 청룡당주 남궁설이 재정비할 시간을 요청했으나 일언지하(一言之下)에 묵살당했다.

그 일언은 이랬다.

"너희들의 형제, 자매의 시체가 산속에 버려져 있다. 몸이 금수에게 뜯기고 있단 말이다! 쉴 생각이 있는 자는 언제든 말하라. 영원히 쉬게 해주리라."

맹주는 무공은 어떤지 몰랐지만, 사람 마음을 헤집고 찢는 대는 천부적인 사람이었다.

단원들은 억눌렀던 비통함이 전신을 휩싸는 것을 느꼈다. 대원들은 입술을 피가 나도록 깨물며 다시 길림성으로 행군했다. 악착같이 도망치면서 지옥 같은 이곳을 다시는 오지 않으리라 다짐했건만.

들끓는 분노를 품고 길림을 찾은 그들은 그곳에서 뼈를 묻을 것을 의심치 않았다. 하지만 언제나 짐작과는 달리 돌아가는 것이 세상의 이치.

또다시 다섯 천군이 급습해 왔다. 그리고 수호단은 무신의 재림(再臨)을 똑똑히 목격했다.

모용승천.

별호는 고사하고 이름조차도 알려지지 않았던 그가 이름 그대로 승천(昇天)을 시작했다.

티디딩!

사방에서 불꽃이 피어올랐다. 맹주는 무차별적으로 쏟아지는 비도(飛刀)와 화살을 단 한 개도 허용치 않았다. 단원들은 그저 콩 볶는 소리를 들었을 뿐인데, 수십, 수백 개의 화살은 반 토막이 나서 튕겨져 나갔다.

맹주는 자신을 노린 것들뿐 아니라, 불특정 다수를 노리고 날아오는 것들까지 한 자루 검으로 모조리 꺾어버렸다. 불가사의한 신위를 선보인 맹주 앞에 다섯 천군이 날아 내렸다.

단원들은 육 년이 지난 지금도 다섯 천군이 부정확한 발음으로 했던 말을 기억하고 있었다.

"네가 단신으로 우리 쌍압문을 쓰러뜨린 놈이구나!"

모용승천의 압도적인 신위와 더불어 그들이 내뱉은 한마디에 단원들은 경악했다.

쌍압문도의 삼백여 구의 시체들은 모용세가에 있었다. 반면 모용세가 무인들의 시체는 세가와는 백 리 이상 떨어진 곳에 있었다. 단원들이 시체를 처리하면서 의아하게 여겼던 부분이었는데 이제야 궁금증이 풀렸다. 세가에 있던 삼백여 구의 시체는 단 한사람에 의해 만들어진 것이다.

무공을 숨기고 깊숙이 은거해 있다가 집안이 절체절명의 위기에 처하자 분연히 떨치고 일어난 절대고수!

단원들과 당주들은 너나 할 것 없이 맹주에게 불신과 불만의 눈빛 대신 존경과 경의의 눈빛을 보냈다. 특히 모용세가의 후기지수들은 숫제 눈물 콧물을 줄줄 쏟으며 울었다.

이제야 수하들의 진정한 존경을 받는 맹주가 된 모용승천. 그는 절정고수 다섯을 상대함에 있어 어른이 아이 다루듯 했다. 지난 며칠간 사신처럼 단원들을 괴롭혔던 자들이 맞나 싶을 정도로 너무나도 허무하게 쓰러졌다.

단원들은 검에서 벼락성이 터지고 빛이 뿜어진다는 것을 이때 처음 알았다.

길림성 곳곳을 돌아다니며 잔존 세력을 소탕했다. 길림이 정리된 후 곧장 흑룡강성으로 넘어갔다. 거기서 다시 일곱 명의 절정고수와 삼백 명이 넘는 적들을 처리했다. 그들 또한 대부분 맹주의 검 아래 쓰러졌지만 어쨌든 첫 임무는 끝났다.

일곱 명의 절정고수의 합공을 단숨에 풀어내고 강기부용화를 터뜨려 일거에 몰살한 맹주는 검을 갈무리하며 말했다.

"이것이 새로운 세계다. 우물 안 올챙이들이여! 우선 개구리가 되어라."

개구리가 되는 것!

그렇게 두 번째 임무는 첫 임무가 끝나는 즉시 시작되었다. 이번에는 누구도 불평하는 자가 없었다. 항명은 죽음이어서가 아니라 절대자의 명령이었기 때문이다.

그렇게 오 년 동안 일반 단원들은 개구리가 되기 위해 노력했고, 당주들은 우물을 벗어나기 위해 노력했다.

대련객점(大連客店).

지명(地名)을 간판으로 내건 객점답게 인근에서 가장 규모가 큰 객잔이다.

어둠이 물들어가는 어제저녁. 객점주(客店主)는 갑자기 쏟아져 들어오는 손님에 연신 즐거운 비명을 질렀다.

손님은 모두 이백여 명이었다. 그들은 전부 같은 일행으로 맹주가(盟主家)의 임기가 다한 모용세가를 떠난 세가수호단의 단원들이었다.

수호단의 목적지는 안휘성 제남이다. 모용세가에 이어 남궁세가로 육대세가의 맹주 자리가 넘어간 것이다.

객점주는 처음 도검을 휴대한 구릿빛 피부의 장정들이 우르르 들어섰을 때, 남몰래 오줌을 지렸다. 하지만 그의 우려와는 달리 손님들은 호탕할지언정 예의가 있었다. 또한 떠들고 즐기는 중에도 도를 넘지 않는 그들만의 규칙이 있었다. 술을 먹되 주사가 없었고, 객잔의 일꾼들을 편하게 대할지언정 내려보지 않았다.

대련객점이 규모가 있다 해도 사실 그 정도의 장정들을 수용하기에는 턱없이 부족했다. 하지만 이들은 오 인실에 십여 명이 들어가서 자는 것을 마다하지 않았다.

여러모로 객점주를 흡족게 하는 자들이었다. 실제로 객점의 주인은 이들이 떠날 때까지 잘나가는 세가의 자제들이라고는 꿈에도 생각지 못했다.

으레 좀 사는 집 자식들은 안하무인에 비위 맞추기가 까다로운 것이 상례다. 하지만 이들은 그런 대개의 잡종들과는 품위부터가 다른 무인들이었다.

태풍이 휩쓸 듯 단원들의 저녁 식사가 끝났다. 식사를 끝낸 이들은 삼삼오오 모여 이야기꽃을 피웠고, 더러는 바닷가로 나가 바람을 쐬기도 했다.

남들이 보면 딱 세월 좋은 한량들의 모습이었지만 이들이게는 오 년 만의 꿀 같은 휴가였다.

객잔이 잠시 한가해진 사이 노을을 등지고 종리무구와 진승표가 도착했다.

그들은 객잔에 닿자마자, 자신들의 직속상관을 찾았다.

"당주님 명하신 대로 대장간에 다녀왔습니다."

종리무구는 칠 척 장신에 떡 벌어진 어깨를 가진 거한, 상관기에게 허리를 굽혔다.

"모처럼 만의 휴가인데 수고했다."

상관기는 두 수하의 등을 차례로 두드려 주었다.

백호당의 당주 철권 상관기.

출신은 상관세가. 세가에서의 위치는 가주 무적신권(無敵神拳) 상관청의 아우로 나이 오십이 되자마자 세가수호단의 백호당 당주를 자원해 지금까지 자리를 지키고 있다.

상관세가 무공은 현혼일원권(炫魂一元拳)이라는 권법이다. 무공의 특징은 든든한 내력을 바탕으로 변화보다는 힘을, 쾌보다는 중을 중시했다.

상관기는 본래 성정이 호탕해 가문의 무공과 잘 어울렸다. 그래서인지 이미 오십 세 이전에 절정의 경지에 이른 보기 드문 권법을 연성했다. 물론 오십육 세인 지금은 초절정 깊숙한 곳에 발을 들여놓은 상태였다.

"당주 여쭤볼 말씀이 있습니다."

종리무구의 말에 상관기는 얼굴의 반을 덮는 갈기 수염을 쓰다듬으며 끄덕였다.

"혹시 그 풍이라는 대장장이에 대해 물으려는 거냐?"

"그렇습니다. 그는 어떤 자입니까?"

종리무구뿐만 아니라 진승표도 눈을 빛내고 상관기의 대답을 기다렸다. 하지만 상관기의 말은 대단히 실망스러웠다.

"그것이야말로 내가 물으려던 것이다. 너희들은 어찌 직접 만나고 오고서 내게 묻느냐?"

"당주께서는 그를 알고 계신 것이 아니었습니까?"

상관기는 고개를 저었다.

"알게 뭐냐?"

상관기의 말은 사실이었다. 그는 단 한 번도 대련에 와본 적도 없었다. 그가 기정풍의 대장간을 알게 된 것은 모용세가의 가주 모용승천 때문이었다.

모용승천은 육대세가맹의 맹주 임기가 끝나던 날, 상관기를 불러 이동 경로를 물었다. 상관기는 배를 타고 산동으로 이동하려던 계획을 말했다. 그러자 모용승천은 반드시 들르라며 기정풍의 대장간을 소개시켜 주었다. 검을 맡기면 좋은 일이 있을 거라는 말과 함께.

자초지종을 들은 종리무구는 고심하는 표정으로 중얼거렸다.

"그분께서 그리 말씀하셨다니. 설마 그자의 말이 사실이란 말인가?"

무기들이 배는 단단해질 거라는 자신에 찬 장한의 말이 떠올랐다. 설마 했었다. 한데 이제는 사실일지도 모른다는 생각이 들었다.

세가수호단의 일반 단원뿐만 아니라, 세 당주에게 있어서 모용승천은 무신(武神)이었다. 무인의 끝이요, 언젠가는 다다르고픈 이상(理想)이었다.

무신이 실언(失言)을 한다? 말도 안 되는 소리다. 맹주는 농담은 할지라도 결코 허언할 사람이 아니었다. 벌써부터 내일이 기다려졌다.

상관기는 맹주가 한번 들러보라기에 이름 좀 있는 대장장이려니 했다. 한데, 종리무구의 말을 듣고 보니 직접 가보지 않은 것이 후회가 된다.

"좋아. 내일은 나도 함께 간다."

상관기가 관심을 보이자, 종리무구와 진승표의 표정이 야릇하게 변했다. 야릇함의 정체는 과연 상관당주를 만나서도 놈이 반말을 찍찍 내갈길 수 있을까, 만약 그런 일이 벌어진다면 놈은 어떤 모습으로 생을 마감할까 하는 궁금증이었다.

삼경(三更)이 가까운 시각, 세가수호단의 세 당주가 탁자를 사이에 두고 한자리에 앉았다.

"내일입니다."

상관기의 짧은 말에 남궁설과 악한영은 무겁게 끄덕였다.

"요녕을 떠난다니… 이제야 실감이 나는군."

남궁설이 시원하면서도 어딘가 서운함 깃든 음성이다.

"아, 정말이지 그분은 최악의 상관이었습니다."

상관기의 말에 매월창 악한영(岳閑永)은 피식 웃었다.

"훗, 또한 최고의 상관이기도 했죠."

상관기와 남궁설의 고개가 절로 끄덕여졌다.

"영 매(永妹)의 말대로야. 그와 같은 분을 모실 수 있었다니. 큰 행운이었네."

남궁설을 감탄시킨 것은 비단 모용승천의 무공뿐 아니라, 인간으로서 됨됨이였다.

"그나저나 영 매, 언제쯤 배가 도착한다 했지?"

악한영은 산동악가 출신으로 팔십 세가 넘은 현 가주 신귀 화룡창(迅鬼和龍槍) 악기한의 막내딸이다. 그녀는 올해 나이 오십오 세로 이미 손자를 볼 나이였지만, 시집을 가지 않은 데다 바탕이 워낙 고와 아직도 사십대 초, 중반으로 보였다.

"내일 정오까지는 닿을 수 있을 거예요."

남궁설이 아쉬움 깃든 표정으로 입맛을 다셨다.

"그렇군. 단꿈 같은 휴가도 오늘로서 끝이군."

"어쩌면 당장 내일부터 피를 보게 될지도 모르겠어요."

상관기는 장난처럼 말하는 악한영의 얼굴에서 미처 숨기지 못한 음영(陰影)을 발견했다.

"무슨 문제라도 있느냐? 혹시 요즘 들어 자주 출몰한다는 왜구(倭寇) 때문이냐?"

"무슨? 자넨 농담도 참 재미없게 하는군. 산동제일의 가문이자 악비의 후예인 영 매의 집안이 고작 왜구 따위에 흔들릴 집안인가?"

남궁설은 상관기의 말을 부정하며 악한영을 바라보았다. 한데 악한영은 무슨 일인지 긍정도 부정도 하지 않았다.

상관기는 친 오누이 이상으로 지내온 악한영이 말을 아끼자 서운한 감정을 내비쳤다.

"문제가 있긴 있군? 대체 뭔데 말을 못하고 끙끙거려?"

남궁설은 망설이는 악한영의 모습에 짐작되는 것이 있었다.

"집안 문제구나. 악가주님의 상세가 심상치 않다 들었는데……."

"사실은 그 때문에 집안에 문제가 좀… 부끄럽지만 후계 문제로 사실상 세가가 양분된 상태예요."

그제야 상관기와 남궁설은 끄덕였다.

현 가주 악기한은 젊었을 적에 처와 첩을 한날한시에 얻었다. 그리고 우습게도 자식 또한 각각 다른 배에서 났지만 같은 날 얻게 되었다.

비극의 시작이었다.

먼저 태어난 악정과 반 시진 늦게 태어난 악환.

둘 모두 사내로 총명하기가 우열을 가리기 힘들었다. 자연히 경쟁 관계가 성립되었다. 두 형제는 철이 들기 전부터 서로 지지 않으려 부단한 노력을 기울였다. 가문의 입장으로서는 용과 같은 아들을 둘씩이나 얻은 셈이라 경쟁을 부추길 정도였다. 가주 또한 처음에는 마냥 흡족해했다.

하지만 경쟁이 지나치면 결국에 가서는 싸움이 일어나는 것. 이들도 예외는 아니었다.

십 세 이전에 시작된 경쟁 구도는 이십 세를 넘어 소가주를 선출하는 시기가 되자, 과열되다 못해 활활 타올랐다. 서로 지지 않으려 무공만 파던 그들은 발전을 위한 경쟁이 아니라 경쟁을 위한 경쟁만을 하게 되었다.

서로를 깎아내리기 위해 암투를 일삼았고, 힘있는 가솔들을 자신의 편으로 끌어들이기 위해 혈안이 되었다. 그동안 악착같이 매달리던 무공마저 등한시할 정도였다.

이쯤 되자, 가문의 어른들은 그저 좋은 일만은 아니라는 것을 깨닫기 시작했다. 대체 누구를 선택해야 할지 골머리를 싸잡기 시작한 것이다.

형 악정은 첩 자식이요, 아우 악환은 정실 자식이다. 악정을 지지하는 자들은 장자 계승의 원칙을 내세웠고, 악환을 미는 자들은 그가 정실 자식임을 내세웠다.

반으로 갈라져 팽팽히 맞서자 결국 결정은 가주의 손으로 넘어갔다.

가주는 누구 하나를 선택하고 않고 둘 모두를 소가주로 임명했다. 소가주가 둘이라도 가주는 하나일 수밖에 없는 것. 하는 것을 봐서 둘 중 하나를 결정하겠다는 심산이었다.

하지만 이것은 오히려 두 형제의 경쟁을 부추기는 꼴이 되었으니.

나이 칠십이 되었을 때, 악기한은 통탄했다. 용과 호랑이를 동시에 만들려는 욕심으로 그만 가문이 둘로 갈리게 되었던 것이다. 지금이야 악기한 본인이 살아 있기에 가문이 유지되고 있지만 죽은 후에는 어찌 될지 불을 보듯 뻔했다.

하나를 선택한다고 나머지 하나가 따를 리 만무하다. 가주의 위를 승계하는 것은 오히려 가문의 분열을 앞당기는 길.

결국 악기한은 노구(老軀)를 쉬지도 못하고 팔십 세가 넘도록 가주 자리에서 물러나지 못했다. 그러다가 득병(得病)하여 드러누운 것이 벌써 일 년이었다. 그러던 것이 적지 않은 나이가 있어 한번 와병(臥病)하자, 좀처럼 일어나지 못했다.

낫기는커녕 상세가 더욱 심해져 언제 숨이 끊어져도 이상하지 않은 지경에 이르렀다.

이리되니 바깥일이 제대로 될 턱이 없다. 바다에서는 왜구가 들끓었다. 그뿐 아니다. 산동성과 맞닿은 강소성에 자리 잡은 패도문(霸刀門)도 왜구를 방치한다는 빌미로 시비를 걸어오고 있었다. 그야말로 호시탐탐이라는 말이 어울렸다.

이런 지경에 이르렀건만 두 아들은 세상에 둘도 없는 효자라도 된 듯 아비 곁을 한시도 떠나지 않았다. 상대방이 유언을 조작한다거나 그런 일을 할까 봐 견제하느라 외부로 신경을 돌릴 틈이 없었던 것이다.

악한영의 두 오라비로 인한 사정이야 이미 알려진 사실이다. 상관기와 남궁설도 전혀 모르는 바는 아니다. 하지만 이 정도일 줄을 상상도 못했다.

남궁설이 안타까운 눈빛으로 물었다.

"해룡창(海龍槍)과 맹호창(猛虎槍) 두 분의 불화로 왜구조차 격퇴치 못하고 있는 것이냐?"

해룡창은 형 악정, 맹호창은 아우 악환의 별호였다.

"부끄럽지만 그것이 저희 세가의 현실이에요."

악한영은 힘없이 웃으며 끄덕였다. 그 모습이 그렇게 쓸쓸해 보일 수가 없었다.

"걱정은 접어두어라. 이 두 사형이 있지 않으냐?"

상관기는 가슴을 소리나게 두드리며 위로했다.

"두 사형께 정말 면목이 없습니다. 실은 바닷길을 택한 것도, 산동을 거쳐 가자 제안한 것도 모두 그 때문이었어요."

악한영이 고개를 숙이자 남궁설이 그녀의 어깨를 두드렸다.

"세가수호! 우리의 임무가 그것이 아니냐. 자책할 것 없다."

2

다음날 해뜨기도 전에 젊은이 둘과 초로인 하나가 대련객잔
을 빠져나갔다.

"저곳이냐?"

"예, 당주님."

대답하는 진승표의 목소리는 은근히 떨렸다.

"쯧, 그놈 누군지는 모르지만 게을러 터졌구나. 대장간에 망
치질 소리가 나질 않으니."

상관기는 혀를 차고는 성큼 걸음을 옮겼다.

"흐, 벌써부터 밉보였으니 놈은 살아나기 글렀군요."

앞서 가는 백호당주의 뒷모습을 보며 진승표가 신나서 말했
다.

"그러게. 벌써부터 녀석이 불쌍해지는군. 임자 제대로 만난
셈이지."

끼이익.

상관기가 거칠게 밀어붙이자 나무 문이 앓는 소리를 내며
열렸다.

"아무도 없느냐!"

상관기의 벼락 치는 음성이 대장간을 한바탕 들었다 놓았
다.

"거 되게 시끄러운 놈이군. 안 판다, 꺼져라."

젊은이의 욕설 섞인 축객령. 크게 소리친 것 같지도 않은데

귀에 생생히 들려왔다.

상관기를 따라 농기구가 진열된 대장간 안으로 들어서던 종리무구와 진승표는 누가 먼저랄 것도 없이 서로를 마주 보며 웃었다.

혹시나 하고 있었는데 역시 놈은 죽을 짓을 하고 있었다.

"이런 쳐 죽일 놈이?"

아니나 다를까, 상관기는 불같이 노해 소리쳤다.

"꺼지기 싫으면 입 닥치고 조용히 기어들어 와. 어떤 놈인지 상판 좀 보자."

상관기는 얼굴을 벌겋게 물들이고 성난 멧돼지마냥 소리가 들려오는 곳으로 뛰어들었다.

열두 시진 맹렬히 불타올라야 마땅할 대장간 집 화덕은 싸늘하게 식어 있었다. 대신 두 노소가 넓은 마당 가운데 놓인 평상에 앉아 한가하게 차를 즐기고 있었다.

기정풍은 애저녁에 뜨거운 솔잎 차를 한입에 털어 넣었다. '밥은 천천히 차는 단숨에' 유황곡에서 비롯된 기정풍의 식습관이었다.

단숨에 차를 비운 기정풍은 고상한 척 느릿한 무면객의 다도(茶道)를 비웃고 있었다.

당장 무슨 일을 낼 것처럼 달려들어 온 상관기. 그는 돌아앉아 있는 노인의 새하얀 머리카락을 보고는 분노를 억눌렀다.

"커험! 아까 노인장이 말한 것이오?"

"곰 같은 놈이 귀까지 먹었나? 이 목소리가 어딜 봐서 아흔 넘은 노친네 같더냐?"

기정풍이 기분 나쁜 표정으로 쏘아붙였다.

술술 내뱉는 반말이 너무도 자연스러워 상관기는 잠시 멍한 표정을 지었다. 하지만 아무리 자연스러운 것 아니라, 애초에 그따위로 생겨먹었더라도 참을 것이 있고 참을 수 없는 게 있는 법이다.

상관기는 이를 바드득 갈았다. 적어도 반쯤은, 아니, 상황을 봐서 아주 죽여야겠다고 마음먹었다. 어쩌면 노인에게 저런 손자는 없는 만 못하리라.

"이런 버르장머리 없는 놈!"

한줄기 바람이 불자, 무면객의 텅 빈 왼 소맷자락이 펄럭였다. 멱살을 잡고 기정풍을 끌어내리던 상관기는 그 모습에 참을 인 자 하나를 가슴에 새겼다. 그냥 노인의 손자가 아니라, 불쌍한 노인의 손자다. 망종일망정 완전히 뜯어고쳐서 불쌍한 노인의 품에 안겨줘야겠다고 마음먹었다.

"놈! 냉큼 내려 서거라. 이 어르신이 친히 너에게 도가 무엇이고 예(禮)가 무엇인지……."

상관기가 무슨 말을 하거나 말거나 기정풍은 팔짱을 끼며 무면객에게 말했다.

"이봐, 저놈 언제쯤 치울 건가?"

차를 한 모금 마시고 눈을 감고 음미한다. 계속 그런 식으로 무면객은 한가롭게 닭이 물먹듯 홀짝이며 마셨다.

“차 마시는 중입니다.”

다도를 방해하지 말라는 소리다.

“종 주제에 빌어먹을 다도는! 아이들 중 선아가 있다 하지 않았던가?”

제 일 아니라는 듯 느긋하게 차를 마시던 무면객은 선아라는 말에 움찔 떨었다.

“쿨럭, 무슨 말씀을 하고 싶으신 겁니까?”

목구멍으로 넘어가던 차가 역류했다. 무면객은 콜록거리며 말의 저의를 물었다.

“이제 혼기도 꽉 찼고 했으니 토실토실해지지 않았겠냐는 말일세.”

무면객은 마치 부모를 죽이겠다는 협박이라도 받은 사람처럼 안색이 눈에 띄게 창백해졌다.

상관기는 조손과의 대화치고는 상당히 어색하다고 느꼈다. 이상하게 여기고 있던 차에 노인이 벌떡 일어섰다.

“이 노복이 잠시 정신이 나갔었나 봅니다. 쓰레기를 당장 치우겠습니다.”

“훙, 알았으면 즉시 실행해.”

“존명(尊命)!”

무면객이 기정풍에게 넙죽 절하더니, 휙 돌아섰다.

“커헙!”

상관기는 심장이 내려앉는 느낌에 헛바람을 들이켜며 뒷걸음쳤다. 종리무구와 진승표의 표정도 사신을 만난 사람처럼 창백하게 질렸다.

사람의 얼굴이 어찌 저리 생길 수 있더란 말인가. 거북이 등껍질 같기도 했고, 오뉴월 가뭄에 쩍쩍 갈라진 논바닥 같기도 했다.

무면객이 평상에서 내려서며 말했다.

"쯧, 간이 그리 작아서 어디에 쓰겠느냐?"

"그, 그대는 사람이요, 도깨비요."

"맞고 꺼지겠느냐. 그냥 꺼지겠느냐. 아니, 제발 맞고 꺼져라."

무면객은 그렇지 않아도 기정풍이 손녀를 두고, 토실토실 운운한지라 기분이 상당히 더러워진 상태였다.

물러서던 상관기는 놀란 마음을 애써 가라앉혔다.

"노인장! 그 무슨……."

펄럭.

무면객의 소맷자락이 한번 펄럭 인다 싶은 순간.

픽—

"크윽!"

상관기는 눈앞에서 번갯불이 번쩍하는 것을 느꼈다. 그리고는 아무것도 느낄 사이도 없이 끈 떨어진 연 마냥 훨훨 날아갔다.

종리무구와 진승표는 상관기가 자신들 머리 위를 스치며 날아가자 입을 찢어져라 벌렸다.

우당탕.

구석에 나뒹군 상관기는 처박히자마자 반사적으로 벌떡 일어섰다. 어질어질한지 눈을 깜빡거리며 머리를 두어 번 휘저었다.

"곰 같은 놈답게 맷집은 제법이구나."

무면객의 말에 벙벙해 있던 상관기는 방금 벌어진 일을 그제야 이해했다. 믿을 수 없게도 추한 노인의 일수를 감당치 못하고 꼴사납게 나가떨어지고 만 것이다.

으드득!

이제 노인이고 지랄이고 없다. 이를 갈아붙이며 철권을 으스러져라 쥐었다.

"노인장! 방금 실수한 거요."

"노부는 자네에게 악감정은 없다. 지금이라도 원한다면 조용히 가거라."

"빌어먹을 늙은이! 이미 늦었다!"

상관기는 단단한 바닥이 움푹 꺼지도록 세차게 도약했다. 그리고 내지른 묵직한 일권.

파팡!

상관기의 강철 주먹은 무면객의 안면으로 곧장 날아들었다.

스슥―

때마침 수면 위로 치솟는 힘찬 잉어처럼 무면객의 오른손이 아래서 위로 불쑥 치고 올라왔다. 직각으로 만난 두 손. 무면객의 손을 스친 상관기의 철권은 스르르 미끄러져 나갔다.

동시에 무면객의 텅 빈 소매가 미꾸라지처럼 꿈틀거리며 숏

아올랐다. 정해진 수순처럼 안면을 직격당한 상관기는 아까와 다를 바 없이 훨훨 날아갔다.

꽈직! 우당탕!

한번은 애써 우연이라 치부할 수 있다. 하지만 결코 우연이 두 번 겹치지는 않는다. 그것도 초절정 권사를 단 한 수에 꺾는 우연이라면.

그러나 알면서도 인정하기 싫을 때가 있다. 또한 죽을 줄 알면서도 그냥 물러서지 못할 때도 있는 법이다.

상관기가 그랬다. 그는 물러서기 싫었다. 또한 자신이 단 한 수 만에 연달아 패한 것도 인정할 수 없었다. 왜 이런 곳에 저런 노인이 있는지 알 수는 없었지만 왜 피바람 부는 전장이 아니라 대장간이어야 하는지도 알 수 없었지만, 그는 목숨을 버릴 각오를 다졌다.

현혼대능력(炫魂大能力).

내공심법만 따져 중원 전체를 통 털어도 십위 안에 드는 상관세가의 독문신공.

상관기는 지금껏 닦은 모든 힘을 뿌리째 뽑아 올렸다. 대번에 힘줄이 지렁이처럼 꿈틀거리고 근육이 터질 듯 부풀어 올랐다.

현혼일원권 직격쌍수(直擊雙手).

진신공력을 잔뜩 머금은 상관기의 두 주먹은 전에 없는 힘을 품었다. 무면객에게조차 위협적으로 비춰졌다. 집채만 한 코끼리도 단칼에 죽을 수 있다. 무면객은 풀어놓은 긴장의 끈을 살짝 잡아당겼다.

가진 바 공력 중, 육 할을 끌어올린 무면객은 쇄도하는 주먹을 피하지 않고 장(腸)으로 맞섰다. 피하느라 기회를 주는 것보다 오히려 맞서는 것이 정답이라 판단했다.

쿠쿵!

땅이 진동하는 소리가 울렸다. 상관기는 얼굴이 붉어져서 서너 걸음 빠르게 물러섰다. 반면 무면객은 뿌리라도 박은 듯 그 자리에서 꿈쩍도 하지 않았다. 무면객은 겉만 아니라 속까지 괴물이었던 것이다.

상관기의 송충이 눈썹이 꿈틀거렸다. 오기가 발동했음이다. 입술을 잘근 씹은 상관기는 망설임 없이 즉시 치고 들었다.

극정명황세! 다격세(多擊勢)!

파파방!

곧 공수를 주고받느라 찢어발기는 소리가 마당을 가득 메웠다.

자신은 팔이 두 개고 적은 한 개다. 상관기는 지금껏 일격에 모든 힘을 쏟아 붙던 것과는 달리 힘을 여러 번 분배해 전혀 다른 공격을 퍼부었다.

파파팍!

빗발치는 권, 그리고 잔영을 만들 정도로 쾌속한 각(脚). 철권 상관기는 철각(鐵脚)이라 불려도 손색이 없었다. 하지만 상관기가 애써 머리를 쓴 것이 무색했다.

노인은 팔 하나만으로 상관기의 사지(四肢)를 동원한 모든 공격을 완벽하게 차단했다. 심지어 상관기는 무면객의 옷자락 하나 스쳐 보지 못했다.

계속된 수십, 수백 차례의 공격. 여전히 깡마른 무면객의 팔에 막혀 단 한 번도 성공을 거두지 못했다.

날뛰는 수사자, 상관기. 그리고 제자의 비무 상대를 해주는 사람처럼 한 팔만으로도 여유롭게 상대하는 무면객.

꽈직, 쿠쿵, 파파파……!

사지를 이용해 무차별적으로 퍼붓는 공격을 팔 하나로 능히 막았다. 네 개의 팔다리와 한 개의 팔. 단순 계산으로 무면객은 상관기보다 네 배 빨랐다. 만약 무면객이 아까처럼 텅 빈 소매와 두 다리를 이용해 반격한다면 어찌 될까?

상관기의 눈에 오기는 사라지고 대신 서서히 암담함이 깃들었다.

초절정에 다다른 상관기로서도 무면객의 경지는 까마득했던 것이다. 오기 아니라 육기 칠기를 들이대도 안 되는 것은 안 되는 것! 그야말로 압도적인 무력의 차이다.

종리무구와 진승표는 마당에 들어선 순간부터 시종일관 단 한마디도 하지 못했다. 그들은 상관기의 벼락 치는 공격조차 제대로 보지 못했다. 그러니 네 배 빠른 무면객의 손이야 그저 빠르게 막나 보다 할 정도였다.

세상에 둘도 없는 추한 몰골의 노인은 누구인가. 별다른 초식 없이 초절정을 바라보는 백호당주를 순전 가지고 놀 듯 할 수 있는 자는 개개인이 전설이나 다름없는 강호팔대고수가 아니고서야 불가능했다.

하지만 강호팔대고수 아니라 이십대고수를 훑어봐도 노인과 맞는 자는 없었다.

'강호팔대고수에 필적하는 저 노인은 대체 누구냐!'

종리무구는 놀란 마음을 다스리며 머리를 재빨리 굴렸다. 정파에 저런 자가 있었던가?

없다!

상대는 사파다. 그냥 사파인이 아니라 사파의 거두(巨頭)다. 심지어는 그런 노인에게도 존대하지 않는 놈! 싹수없는 대장장이 놈은 저 노인을 믿고 그리 방자하게 굴었던 게다.

'그렇다면 대장장이 놈은 대체 누구란 말이냐.'

노인이 속한 어떤 집단의 소주인(小主人)?

파팟!

종리무구는 사실상 노인의 정체에 대해 단 한 개의 실마리도 풀지 못했다. 한데, 백호당주가 뼈 부러지는 소리와 함께 나가떨어졌다.

손속에 사정을 두었다 하나 이번에야말로 제대로 얻어맞은 상관기. 그는 오기를 불사르며 몇 번이나 일어나려 했다. 하지만 후들후들 떨리는 다리는 그의 의지를 철저히 배반했다.

무면객이 그런 그에게 한 걸음 다가가자 종리무구가 얼른 무면객 앞을 가로막았다. 진승표는 달려가 상관기를 부축했다.

"당주님!"

“됐으니 너희들은 속히 물러서라.”

소리치는 상관기의 눈동자는 붉게 충혈되어 있었다.

“그래도 어찌! 저희가 목숨을 걸고…….”

“물러서라지 않느냐! 설마 천고절학을 품은 자가 너희들 같은 햇병아리를 잡아먹진 않을 터! 속히 달려가 단에 합류하라!”

이미 터무니없이 패한 무장이나, 목소리만은 여전했다.

“초절정에 이른 현혼일원권이라… 잘 보았다. 그리 말하지 않아도 노부는 누구처럼 햇병아리는 좋아하지 않는다.”

무면객의 일침(一針)에 기정풍이 얼굴을 구기며 말했다.

“뭐야! 종복! 설마 나를 두고 비꼰 건가?”

“설마요? 스스로가 부끄럽지 않다면 누가 뭐라 한들 대수겠습니까?”

영악한 노복 무면객은 기정풍의 속을 살살 긁었다.

한편 무면객이 자신의 무공을 알아보자, 상관기는 통증을 와락 씹으며 물었다.

“크옥! 노인장은 대체 누구요?”

“쯧, 알 필요없다. 뭐 하는 거냐. 너희 두 놈도 작신 맞아야 정신을 차리겠느냐?”

무면객은 일 치르기 전에 꺼지라며 팔을 휘휘 저었다.

“저, 정말 이대로 우리 당주님을 모시고 가도 됩니까?”

정말 이곳에서 뼈를 묻을 줄 알았던 진승표는 스스로 생각해도 멍청한 질문을 했다.

"오냐, 노부가 가라는데 누가 있어 막으랴."

종리무구와 진승표는 제대로 서지도 못하는 상관기를 한 팔씩 붙잡고 부축했다. 그들이 막 등을 돌려 나가려 할 때였다.

무면객의 자신에 찬 말을 비웃기라도 하듯 나가는 이들을 붙잡는 음성이 있었다.

"서라!"

싸가지 없는 젊은 대장장이 목소리다. 나가던 종리무구 등은 움찔했으나 듣지 못한 척 걸음을 옮겼다.

"주군, 제가 이미 가라했는데……."

"종의 말을 주인이 번복하면 안 되나?"

"끄응, 그런 것은 아니지만… 제 체면이……."

기정풍은 턱을 매만지며 말했다.

"자존심에 이어 이번엔 체면 타령이라? 이번에도 종복으로서의 체면인가? 뭐, 좋아. 그렇다는데 봐줘야지 어쩌겠는가."

무면객은 어쩐 일로 기정풍이 쉽게 뜻을 꺾자 껄껄 웃었다. 반면 기정풍은 좋아하는 노복을 보며 무표정한 얼굴로 손을 내밀었다.

"……?"

"내놓게."

"뭘 말입니까?"

"이천 냥. 저들이 내게 줄 무기 수리비 말일세. 자네가 놈들을 그냥 가라 했으니, 갚아줘야 할 것이 아닌가?"

무면객의 웃던 얼굴이 딱딱하게 굳어졌다. 어차피 웃든 울든 무표정하든 괴기스럽기는 마찬가지였지만 하여튼 그랬다.

"서, 서라!"

번개같이 튀어나가는 노복의 등을 보며 기정풍은 씩 웃으며 중얼거렸다.

"노복과의 여행이라… 돈도 충분하겠다. 이번 여행은 왠지 재미있을 것 같지 않나?"

第七章
천하제일 종복이 위세를 떨치다

1

대련 선착장(船着場).

햇살은 따스하게 내리쬐고, 소금기 머금은 짭짤한 해풍이 살랑 불어온다. 바다가 높지도 낮지도 않게 일렁이는 정오, 여간해서는 보기 힘든 군선(軍船) 세 척이 정박했다.

군선이라고 해봐야 관부(官府)의 군선이 아닌 이상 민간에서는 포를 장착할 수 없는 것이 법이다. 그런 면에서는 일반 상선(商船)과 별다를 것은 없다.

단지 선원이 많고 속력을 내기 위해 배 자체가 좀 더 날렵했다. 또 다른 것이 있다면 노를 젓는 배임에도 돛을 달아 바람을 이용하는 범선(帆船)의 효과를 접목해 자연과 인간의 힘을 적절히 쓰도록 만들어놓은 것이었다.

펄럭!

백마를 탄 채 장창을 옆구리에 낀 장수가 수놓아진 선기(船旗)가 바람에 자지러진다. 일명 용맹무쌍기(勇猛無雙旗)라 불리는 이 깃발은 악비의 후예인 산동악가의 상징이었다.

산동악가에서 세가수호단을 위해 선박 세 척을 준비한 것이다.

배가 도착한 지 일각쯤 되었을 게다. 그렇지 않아도 상단의 일꾼들로 부산하던 선착장은 곧 수많은 무인들로 몸살을 앓았다.

사내 아홉에 여자 하나 꼴로 구성된 이백여 명의 무인들. 세가수호단이었다.

단원들의 표정은 휴가가 끝났음에도 불구하고 하나같이 밝았다. 지난 몇 년간 동고동락(同苦同樂)한 자신들의 병기가 환골탈태한 모습으로 돌아온 때문이었다.

다만 유독 기쁨 속에 근심 서린 자들이 있었다. 본가에 대한 걱정으로 노심초사하고 있는 주작당주 악한영과 대장간에 다녀온 세 남자가 그들이었다.

"다들 입이 귀에 걸렸군."

남궁설은 어딘지 모르게 들떠 있는 단원들을 보며 미소 지었다.

"좋을 만도 하지요. 저마다 평생 사귈 만한 벗을 만났지 않았습니까."

상관기가 퉁퉁 부은 음성으로 말했다. 실제로 그는 음성뿐 아니라, 얼굴 또한 잘 익은 만두처럼 부풀어 올라 있었다.

"벗이라… 그렇지. 몸에 익은 병기야말로 평생지기(平生知己)라 할 수 있지. 여간해서는 변치 않을 벗을 은자 열 냥에 얻었으니."

남궁설은 흡족한 웃음을 흘리며 자신의 애검 설아(雪兒)를 정성스레 쓰다듬었다.

"쩝, 그러다 닳아 없어지겠습니다. 어지간히 하시지요."

남궁설은 말도 안 된다는 듯 고개를 내저었다.

"닳다니? 하하, 이 우형은 묵철 말만 들었지 직접 보지는 못했네. 하지만 짐작컨대 강도만 따져서 이 검은 그에 못지않을 거라 확신하네."

"설마, 그게 그 정도입니까?"

상관기의 표정에는 믿지 못하겠다는 표정이 역력했다.

"설 사형 말씀이 맞아요. 우린 확실히 횡재했어요. 만년한철에 비할 바는 아니겠지만 충분히 묵철과 자웅을 겨룰 만큼 단단해 보여요."

악한영이 자신의 창을 두드리며 말했다.

황제가 일찍이 악비에게 하사한 복룡창(伏龍槍). 이제는 악가의 신물(神物)이 된 복룡창의 창신(槍身)의 재질이 묵철이었다. 악한영은 어릴 적부터 아비의 무릎에 앉아 악비의 신화 같은 영웅담을 들으며 복룡창을 여러 번 보고 만져볼 기회가 있었다. 그런 그녀가 묵철과 겨룰만 하다 확신하니 더 할 말이 없다.

"꼭 한번 보고 싶었는데 말일세. 대체 그 사람들은 누구였을 까?"

남궁설은 단원들이 배에 오르는 것을 보며 말했다. 그는 처음 얻어맞고 들어온 상관기를 보며 눈을 크게 떴다. 괴 노인에게 단 몇 수만에, 그것도 맨손으로 당했다는 말을 들었을 땐 경악성을 터뜨렸다.

그리고 대장간에 맡겼던 병장기들을 보고는 숫제 말조차 잊었었다. 은자 열 냥씩에 보검이라 불려도 손색없을 병기를 얻다니.

사파의 거두가 분명하다고 소리치던 상관기도 입을 다물었다. 사파의 어떤 정신 나간 작자가 적에게 이런 기병들을 선물하겠는가. 하나도 아니고 도합 이백두 개를.

상관기와 함께 되짚어간 대장간은 이미 온기를 잃은 빈집이었다.

묵철 못지않은 이백두 개의 병기를 남기고 떠난 대장장이와 그의 종복을 자처하는 괴노인.

"산에서 길을 잃어 헤매는데, 백발이 성성한 노인이 나타나 길을 알려주고 산삼까지 줬다. 후일 감사한 마음에 찾아갔으나 수풀만 무성할 뿐 인적이라고는 없더라."

조부가 화로에 밤 구우며 손자들에게 들려주는 케케묵은 옛날이야기. 마치 그런 옛날이야기 속의 주인공이 된 것 같지 않은가.

"이건은 음모!"

상관기가 눈을 크게 뜨며 말했다. 그러나 악한영과 남궁설은 동의하지 않았다.

"그도 이미 생각해 보았네. 하지만 앞뒤가 맞지 않아. 지난 오 년 동안 호미와 괭이 따위를 오철이나 묵철로 만들어 십 문, 잘해야 이십 문씩에 팔면서 과연 무엇을 노렸을까? 정말 그 농구들을 전부 이같이 만들어 팔았다면 족히 수십만 냥의 손해는 보았을 텐데?"

남궁설의 말에 악한영이 덧붙였다.

"또한 적에게 보기 드문 병기를 주면서 얻을 수 있는 것이 뭐가 있겠어요? 막말로 우리 세가수호단의 전체 목숨 값도 그보다는 적을 텐데 밀이죠. 기 사형 혼자만 병기를 얻지 못했다고 골내시는 거 아닌가요? 그렇게 권법이 가문의 절학이라도 얼마든지 각반(脚絆)이나 수투(手套)정도는 쓸 수 있었잖아요?"

수투는 쇠붙이로 만든 일종의 장갑이다. 권사들이 주로 사용하는 것으로 자체의 단단함보다는 내력을 보다 효율적으로 사용하기 위해 고안된 물건이다. 상관기로서도 수투는 대단히 유용한 것임에도 그는 자신의 주먹을 믿었기에 결코 쓰지 않았다.

그러니 이번 일로 유독 상관기만 수혜(受惠)를 입지 못했다. 그를 제외한 상관세가의 삼십여 단원조차도 새로 태어난 수투와 각반 등을 끼고 웃고 있었다.

"쯧, 철권이니 하면서 맨주먹으로 나댈 때 알아봤다니까."

남궁설의 한마디는 거의 치명적이었다.

"끄응."

괜한 음모론을 제기했던 상관기는 순식간에 속 좁은 사람이 되고 말았다.

세 당주들이 이야기를 주고받는 동안 수호단은 각각 자신들이 속한 당별로 승선을 마쳤다.

"설마 악가장(岳家場)으로 가는 도중에 왜적(倭敵)을 만나는 건 아니겠지?"

상관기가 백호당이 올라탄 첫 번째 배를 향하며 물었다.

"그렇지는 않을 거예요. 아직은 악가의 깃발을 보면 피한다고 들었어요."

곁에 서 있던 남궁설은 아직은이란 말이 매우 위태롭게 느껴졌다. 죽을지 살지 모르고 가주 직위를 다투는 산동악가의 두 못난이 형제처럼.

상관기를 시작으로 남궁설과 악한영도 각각 갑판으로 올라섰다. 세 척의 배가 막 지상과 연결된 판자를 들어 올린 직후였다.

"기다려라!"

젊은 사내의 다급한 고함성이 선착장 전체에 쩌렁 울렸다.

막 승선한 터라 배 갑판에 나와 있던 단원들과 당주들은 소리의 근원을 찾으려 사방을 더듬었다. 하지만 다급한 음성과는 달리 급하게 달려오는 자는 어디에도 없었다. 누군가 있었다 해도 이 배는 일반 사람들을 위한 여객선이 아니니 태워줄

리도 만무하다.

"배를 그만 출발시켜도 되겠습니까?"

악한영은 조카뻘 되는 일호선의 선장 악무한의 물음에 고개
를 끄덕였다.

"승선을 모두 마쳤으니 그만 출발하도록."

악한영의 허락이 떨어지자 악무한은 선원들에게 소리쳐 명
했다.

"출발! 닻을 올려라! 돛을 당겨라!"

악무한의 걸걸한 음성과 함께 선원들이 닻을 들어 올리고,
느슨하게 풀어놓았던 돛을 팽팽히 잡아당기느라 부산히 움직
였다.

이호선과 삼호선도 일제히 닻을 올리고 출발 준비를 서둘렀
다.

"잠깐, 멈춰! 멈추라니까?"

방금 전 그 목소리가 분명하다. 이번에는 다급함 뿐 아니라
단단히 수틀린 감정이 음성 속에 적절히 버무려져 있었다.

한편 대련 선착장으로 가는 언덕바지를 오르는 이 인(人) 일
수(獸)가 있었다. 사람은 기정풍과 무면객이었고, 동물은 말할
것도 없이 흑운이었다.

기정풍은 흑운에 올라앉았다. 무면객은 죽립을 눌러써 파
면(破面)을 가리고 종의 신분답게 고삐를 잡고 끌었다. 이 모
습만 보면 전형적인 대갓집 도령이 출타하는 모습이라 평범하
기 그지없다. 하지만 일은 그렇게 간단하지 않았다.

사람은 각자 주어진 역할을 다하는데, 짐승이란 놈은 자신의 본분을 망각했다. 사람은 끌고 말은 버틴다. 흑운과 무면객, 사람과 말이 한판 힘겨루기를 하고 있다.

역시 기정풍에게 지나친 두려움을 가진 흑운이 원인이다. 흑운은 세상에서 제일 무서운 기정풍이 등에 앉자 도살장에 끌려가는 소처럼 절대 가지 않으려 했다. 앞다리를 뻣뻣하게 펴서 버팅기고 뒷다리는 반쯤 주저앉아 용을 썼다.

두말할 필요도 없이 말에 탄 기정풍의 분노는 하늘을 찔렀다.

온 감각을 끌어올린 기정풍. 그는 언덕 때문에 선착장이 보이지 않았지만 배가 출발하려 한다는 것을 알았다. 그래서 두 번이나 소리쳐 막지 않았는가. 그러나 그의 외침에도 불구하고 배는 출발 직전이었다.

참으로 빌어먹을 말이다. 아침 일찍 찾아온 상관기 등을 보내고, 곧바로 출발한 것이 이 모양이었다. 흑운 같은 명마 아니라 시중에 널린 아무 말을 골라 타고 왔더라도 진즉 선착장에 도착해 있을 터였다.

"야, 이 빌어먹을 말아! 네놈이 그러고도 명마냐?"

분노가 지옥의 유황불처럼 타올라 살기로 변했다. 살기가 뻗칠수록 흑운은 말을 듣기는커녕 더욱 공포에 질려 발을 내딛지 않았다.

무면객은 기정풍의 들끓는 살기를 느꼈다. 그는 흑운의 목숨이 풍전등화에 처했음을 눈치 채고 죽어라 고삐를 끌어당겼다. 무면객의 고절한 공력에 말이 질질 끌려왔다.

하지만 터무니없이 늦다. 그렇다고 힘껏 당겼다간 흑운의 목이 떨어져 나갈 판이다. 정말이지 무면객으로서도 더 이상 어찌할 방법이 없었다.

흑운을 살려보겠다고 노구를 이끌고 힘겹게 노력하는 무면객, 명마라는 수식어가 무색하게 여전히 공포에 질려 낑낑대는 흑운.

기정풍은 땀에 흠뻑 젖은 무면객을 보며 참지 못하고 소리쳤다.

"그만! 내 이놈을 기필코 삶아버리고 말겠네."

기정풍은 인내의 한계에 다다랐다. 더 참았다가는 반로환동으로 연장시켜 놓은 수명까지 짧아질 판이다.

기정풍의 고함에 깜짝 놀란 무면객은 갑자기 한 가지 생각이 머리를 스쳤다.

언젠가 모용세가에서 대여섯 명의 하인들이 흑운을 끌고 가려 했었다. 그때 가지 않으려 버티던 흑운을 무면객은 간단히 옮긴 적이 있었다.

"잠시! 잠시만 그대로 타고 계십시오."

무면객은 말에서 내리려는 기정풍을 소리쳐 말렸다. 그러더니 고삐를 놓고 흑운의 다리며 등을 빠르게 손으로 더듬었다. 곧 말의 혈도를 찾은 그는 검지를 세워 빠르고 강하게 서너 차례 혈을 짚었다.

흑운은 혈도를 제대로 짚여 사지가 뻣뻣하게 굳었다. 심지

어는 고개도 움직이지 못했고, 꼬리조차 옴짝달싹하지 못했
다. 석상이 된 흑운의 배 아래로 들어간 무면객. 그는 기정풍
에게 한차례 주의를 주고 흑운을 번쩍 들어 올렸다.
　"꽉 잡으셔야 할 겁니다."
　흑운은 보통 말보다 훨씬 크고 무겁다. 게다가 기정풍까지
있으니 족히 천 칠, 팔백 근은 더 나갔다. 한데 무면객은 둘을
단숨에 들어 올리는 괴력을 발휘한 것이다. 가히 천하제일 종
복이라 해도 과언이 아니었다.
　"어어……? 이봐 대체 뭐 하는 거야?"
　"보시면 압니다."
　"……?"
　배는 돛을 바람 방향으로 틀자 나무 뒤틀리는 소리와 함께
서서히 선착장을 벗어나기 시작했다. 먼저 주작당의 단원들과
악한영이 탄 배가 물길을 열었다. 뒤이어 나머지도 항해의 첫
발을 내디뎠다.

2

　수호단 단원들 중에는 배를 처음 타보는 자들이 적지 않았
다. 설레는 마음에 대부분 선실로 들어가지 않고 갑판에 나와
있었다. 모두 바다 쪽을 바라보고 있을 때 백호당의 마지막 조

인 칠조 조장 상관철은 무심코 뒤쪽으로 시선을 돌렸다.

완만하게 경사진 언덕배기를 시커먼 뭔가가 쏜살같이 내려오고 있었다.

"어어! 저게 뭐지?"

"으응?"

곁에 있던 그의 동료들도 상관철이 가리키는 손가락을 따라 시선을 옮겼다.

"뭐, 뭐야 저거?"

"말?"

"사람?"

보기에는 말인데 달리는 모양은 사람이니 의견이 분분했다. 이제 거의 모든 단원들이 배 난간에 서서 희한한 장면을 바라보았다. 선착장을 오가던 뱃사람들과 짐을 실어 나르던 일꾼들도 얼마 안 가 그 모습을 보았다. 그들도 하던 일을 멈춘 채 넋을 잃고 바라보았다.

"멈춰! 서라!"

기정풍은 말 위에서 고래고래 소리쳤고, 무면객은 인마를 들고 죽어라 달렸다. 그럼에도 불구하고 수호단을 실은 배는 일 장, 일 장 뭍에서 멀어지고 있었다.

"저배 못 타면 멀리 갈 것도 없이 당장 선착장에 솥걸고 삶아버리겠어."

기정풍의 냉정할 말에 그렇지 않아도 죽을 둥 살 둥, 달리던 무면객은 있는 공력, 없는 공력을 모조리 쥐어짰다. 무게도 무

게지만, 팔이 하나뿐이라 무게중심을 잡기가 여간 힘든 것이
아니다.

무면객은 진땀을 흘리며 버럭 소리쳤다.

"허억, 이 눈치없는 녀석아. 네놈 때문에 노부가 제 명에 못
살겠다. 이 늙은이의 심정을 조금이라도 안다면 말 좀 들어라.
이번이 마지막이다 다음에는 네 녀석이 삶아지던 구워지던 절
대 상관하지 않겠다."

무면객은 흑운에게 엄중 경고한 후 언덕을 달려 내려온 가
속도를 빌어 힘차게 내달렸다. 그러면서도 궁리를 멈추지 않
았다.

눈대중으로 계산했다. 근처에 도착할 때까지 배는 족히 사
장은 이동할 것 같았다. 게다가 배 갑판까지의 높이가 대략 이
장 하고도 다섯 척.

"주군! 근처에 다다르면 던질 테니 바다에 빠지기 싫으시거
든 최대한 몸을 가볍게 하십시오. 흑운이 놈의 무게까지 줄여
주시면 더더욱……."

"알았으니 좋도록 해보라고."

기정풍의 허락이 떨어졌다. 때를 같이해 드디어 선착장 끄
트머리에 이르렀다.

무면객은 이를 악물었다. 잔걸음을 십여 보 걸은 후 허리를
활처럼 젖혔다가 번개같이 폈다.

"하아압! 타아안[彈]!"

날았다. 인마(人馬)가 일체되어 백호당이 탄 두 번째 배를

향해 날았다.

"어어! 피해!"

평생 두 번 없을 광경을 난간에 붙어 구경하던 단원들은 혼비백산해서 소리쳤다.

"우와~ 난다, 날아!"

선창장 인부들의 고함 소리다.

수백, 수천 번의 실전을 치른 무면객의 감각은 실로 무서웠다. 무면객의 계산대로 이대로라면 간신히 배에 착지할 수 있다. 그러나…….

휘이이, 휘이잉!

갑자기 뭍에서부터 바다 쪽으로 한줄기 강한 대륙풍이 불어닥쳤다. 바람은 곧장 팽팽히 당겨진 돛을 강타했다.

출렁.

일순간 파도도 높아졌다. 바람을 온전히 품은 돛과 물결의 일렁임에 배는 무면객의 계산보다도 족히 일곱여덟 자는 더 멀어졌다. 이대로라면 바다로 곤두박질친다. 잘해야 배 난간에 부딪치게 될 것이다.

"아……!"

무면객은 죽립을 들어 올려 날아가는 인마를 보고 안타까운 마음에 탄성을 질렀다. 온 힘을 다했건만 결국 일이 틀어질 위기에 몰렸다.

기정풍은 말 등을 차고 날아 배에 오르면 그만이다. 하지만 흑운은 죽게 생겼다. 혈도까지 제압했으니 빠지면 발버둥 한

번 쳐보지도 못하고 곧장 가라앉을 것이다.

배에 탄 단원들도 선착장의 여러 인부들도 바다에 곤두박질 치는 말을 머릿속에 그렸다. 기어이 때는 이르고 말았다. 배와 거의 일 장 가까이 접근했다. 하지만 모두가 예상했듯 힘차게 날던 인마는 그만 추진력을 잃어버렸다.

우르릉, 콰콰과광, 짜광!

갑자기 수차례 우레 소리가 인마가 있는 곳으로부터 작렬했다. 바닷물은 포탄을 맞은 듯 수장 씩 솟구쳤다. 그보다는 못했지만 힘을 잃고 떨어지던 인마 또한 오륙 척은 족히 솟았다.

우르릉.

또다시 몇 차례 우레가 터지고 공기가 요동쳤다.

뭍에 서 있던 무면객은 자신의 머리 위로 상상을 절하는 거력(巨力)이 스쳐 지나는 것을 똑똑히 느꼈다. 거력의 정체는 기정풍의 장력이었다.

목각 인형처럼 미동도 없는 흑색의 말과 한 치의 빈틈없이 밀착해 있는 젊은 기수. 기정풍은 두 다리로 흑운의 옆구리를 힘껏 조였다. 그렇게 둘은 혼연일체가 되어 공중제비를 돌았다.

"아!"

이구동성(異口同聲). 멋들어진 장면에 수십 명의 입에서 동시에 똑같은 탄성이 터졌다.

쿠쿵!

묵직한 소리와 함께 말과 사람이 갑판 위로 무사히 착지했

다. 이렇게 기정풍은 언제나처럼 모든 사람의 예상을 뒤엎었
다.

빙 둘러서 있던 단원들은 배에 오른 자가 누군지도 모르고
박수치며 환호했다. 아직 기정풍의 얼굴을 똑바로 보지 못한
백호당주 상관기와 종리무구 진승표도 그 대열에 합류했다.

말 위에 올라타 있던 기정풍은 아직도 고개를 돌려 뭍에 머
물러 있는 무면객에게 소리쳤다.

"오지 않을 참인가?"

기정풍의 고절한 공력과 임기응변에 잠시 멍해 있던 무면
객. 그는 그제야 정신을 차렸다. 하지만 이미 배는 처음보다
훨씬 멀어져 뭍과의 거리가 적어도 십여 장이 넘었다.

무면객은 죽립과 연결된 끈을 바짝 조였다. 그리고는 등에
매달려 있던 검을 풀며 바다 반대편으로 칠팔 장 달려갔다. 순
간 멈춘 그는 휙 돌아서서 검집째 바다를 향해 날렸다.

쉬이익!

파팟!

검이 직선으로 쏘아보낸 직후 무면객은 힘차게 발을 굴렀
다. 대뜸 바닥이 폭발하듯 터져 나갔다. 그와 동시에 무면객은
날아가는 검을 따라잡을 듯 굉장한 속도로 치달았다.

"오, 온다!"

"대체 또 무슨 짓을 하는 거야?"

백호당의 누군가가 무면객을 보고 소리쳤다. 기정풍 등에게
정신을 빼앗겼던 사람들은 퍼뜩 정신을 차렸다. 그리고 난간

쪽으로 우르르 몰려들었다.

백호당 일조 조장이자 남궁세가의 소가주인 남궁청환은 평생 잊지 못할 광경을 눈에 담았다.

어마어마하게 큰 말을 사람과 함께 던지는 괴력을 발휘한 사람. 얼굴은 보이지 않으나 흩날리는 백발로 보아 노인이 분명한 죽립인. 그 노인이 자신이 던진 검을 향해 미친 듯이 질주하고 있었다.

도약!

파팟!

바다와 연결된 마지막 지면을 박찬 노인은 세상을 굽어보는 거대한 독수리 같은 자세로 날아올랐다. 노인이 물경 팔 장을 날아 뭍과 배 정 가운데에 이르렀을 때였다. 시작이 있으면 언제나 끝이 존재하는 법. 도약으로 얻은 힘은 그쯤해서 다했다.

하지만 노인에게는 앞서 날린 검이 있었다. 떨어져 내리던 노인은 기막힌 순간에 따라잡은 자신의 검을 박찼다.

스팟!

짓밟힌 검은 바다를 향해 곤두박질쳤고, 반대로 노인은 힘을 얻어 뱃전을 향해 쏘아졌다. 어느 것 하나 평범한 수가 없었다. 그럼에도 불구하고 역시 부족했다.

처음 단단한 땅을 찍어 눌러 팔 장을 날아올랐었다. 하지만 두 번째는 땅이 아니라 검이다. 추진력이 같을 수가 없었다. 게다가 그러는 동안에도 배도 쉬지 않고 전진했으니.

쉬익!

화살이 공기 가르는 소리와 함께 은빛 반짝이는 뭔가가 노인을 향해 휙 날아갔다. 그 반짝이는 무언가는 기정풍이 내던진 말굽 모양의 은자였다.

은자가 노인의 발밑에 이르자, 노인은 다시 한 번 힘을 얻었다. 마침내 서너 번의 공중제비 끝에 넉넉하게 갑판 위로 떨어져 내리는 노인. 노인은 공중에서 몸을 뒤집어 번개같이 바다 쪽으로 팔을 내밀었다.

스스슥!

막 바다 속으로 자취를 감추려던 노인의 검. 보이지 않는 실로 연결 된 듯 검은 불쑥 숫구쳐 빠르게 날아왔다. 노인이 갑판 위에 발을 내디뎠다. 검은 당연한 것처럼 능청스럽게 노인의 등에 매달려 있었다.

"쯧, 모자라기는… 꼭 도와줘야 한다니까."

눈이 튀어나오도록 치뜨고 놀람에 빠져 있던 단원들은 기정풍의 초 치는 발언에 하나둘 정신을 차렸다. 반면 이제야 기정풍을 똑바로 바라본 상관기와 종리무구 등은 딱딱하게 경직됐다.

"헉! 어느 틈에……."

남궁청환은 기정풍을 보며 헛바람을 들이켰다.

기정풍은 흑운에서 내려 말굽 은자를 던졌다, 받았다 하고 있었다. 사람들이 무면객과 그의 검에 시선을 빼앗긴 동안 무면객이 그랬던 것처럼 기정풍도 던졌던 은자를 어느새 회수해 손에 쥐었던 것이다.

무면객은 죽립을 더욱 눌러쓰며 기정풍에게 다가갔다.

"감사합니다."

"무모했어. 주인을 태운 말을 바다에 던지다니……."

"죄송합니다."

"하여튼 자네의 노력을 봐서 놈의 생명은 연장시켜 주겠
네."

기정풍은 아직도 딱딱하게 굳어 있는 흑운을 두드리며 말했
다.

"감사합니다."

그야말로 찍소리 못하고 감사와 죄송합니다만 연발하는 죽
립인의 태도에 백호당의 단원들은 다시 한 번 경악했다. 단순
히 몇 마디 나눈 것만으로 둘 사이가 확연했다.

조손지간(祖孫之間)이 아니라 주종관계(主從關係)다.

사람들의 관심은 자연히 과연 절대고수를 종으로 부리는 공
자, 기정풍에게로 몰렸다.

한편 무면객은 기진했다고 해도 좋을 만큼 막대한 내력을
소진했다. 하지만 그런 노력에도 불구하고 주인에게 쓴소리를
들었다. 그러고도 한마디 받아칠 수도 없으니 기분이 좋을 리
없다. 그가 늘 주장해 오는 대로 종으로서의 자존심도 있는 법
인데……

그래서 그는 분을 조금이나마 삭여줄 대상을 물색했다. 그
리고 얼마 안 가 꽤 낯이 익은 자를 찾았다. 아침나절에 그에
게 대들었다가 죽사발 된 상관기였다.

"배 출발시키지 말라고 했었지! 상관가(上官家) 너 이놈! 당장 이리 오지 못하느냐?"

"커헙!"

철석간담(鐵石肝膽)을 가진 상관기건만 그답지 않게 소스라치게 놀랐다. 죽립을 쓰고 있다고 해서 어찌 알아보지 못하랴. 그는 단번에 죽립인이 싸가지 없는 대장장이 놈과 있던 노인임을 눈치 챘다.

아직 붓기가 가라앉지 않은 안면이 더욱 시리고 아파왔다.

"어허! 젊은 놈이 겁은? 놈! 노부가 가면 두 배로 맞을 줄 알아라."

상관기는 치를 떨었다. 반항한다고 될 일이 아니다. 팔 하나만으로 자신을 간단히 제압했던 노인이다. 그런데 이제 보니 검을 매고 있다. 외팔인데 전공이 권법인가 싶어 의아했었는데 이제 알았다. 노인의 절기가 권이 아니라 검법이었음을.

만약 노인이 악독한 마음을 품는다면? 정녕 아니 될 일이다. 자신뿐 아니라 배에 탄 모든 아이들이 몰살되는 것은 일도 아니다.

'제발 사파의 악인이 아니길……'

"어, 어르신. 무, 무슨 분부라도……."

상관기는 판단이 서자 즉시 달려갔다. 그리고 마치 조상을 만난 듯 넙죽 절했다.

"상관당주님 아시는 분입니까?"

선장 악정황은 별안간 하늘을 날아 뛰어든 절대고수로 인해 창백하게 질려 있었다. 한데 상관기와 노인이 서로 아는 것 같아 반가운 마음에 물었다.

"아, 알고말고. 일 보시게나."

상관기가 손을 저어 악정황을 물리자 무면객이 말했다.

"오호라, 안다? 나를 알고 있어? 그래, 노부가 누구냐?"

삐딱한 말투, 무면객의 음성은 수틀리면 패겠다는 의지로 가득했다.

"어르신은 아침나절 그 대장간에서……."

"대장간에서?"

"저, 저기 대장장이 젊은이와 같이 계시던 그……."

"네가 아는 건 그게 전부지?"

상관기는 마지못해 끄덕였다.

"그런데 그것만으로 노부를 안다고 할 수 있느냐?"

상관기는 보지 않고도 죽립 속에서 웃고 있을 끔찍한 얼굴이 그려졌다. 바야흐로 꼬투리를 잡은 무면객의 자그마한 화풀이가 시행되려 할 때였다.

"이봐, 애 좀 그만 괴롭히게."

기정풍의 일침에 무면객은 애써 치켜들었던 팔을 슬며시 내리며 변명했다.

"주군, 그런 것이 아니라 놈이 하도 거짓……."

"불만이 있으면 말을 해. 애꿎게 힘없는 아이 닦달하지 말고. 그럴 시간 있으면 자네가 끔찍이 아끼는 이놈 혈이나 풀어 주게."

쿵!

배가 휘청하자 혈도가 짚여 뻣뻣이 서 있던 흑운이 나무토막처럼 옆으로 쓰러졌다.

무면객은 아쉬움을 삼키며 흑운에게 달려갔다. 상관기는 덕분에 구함을 받기는 했지만 힘없는 아이라는 소리를 들은지라 떫은 감을 씹은 표정을 지었다.

"이보게, 상관 아우! 무슨 일인가."

삼호선을 타고 뒤따르던 남궁설의 다급한 외침이다. 상관기는 얼른 선미(船尾)로 달려가 소리쳐 답했다.

"아무 일도 없습니다. 아침에 말씀드렸던 대장간의 그분들입니다."

상관기는 최대한 기정풍과 무면객을 자극하지 않기 위해 애썼다.

"그럴 수가! 이거 큰일났군. 방금 그쪽 배로 날아오른 자가 자네가 말한 사파의 노괴물이란 말인가?"

남궁설의 외침에 상관기의 등에 식은땀이 송골송골 맺혔다.

"그 무슨! 소제가 언제 그런 말을 했다고 그러십니까. 그런 것이 아니라 그저 존경할 만한 노고수가……."

"으응? 얼굴이 마치 거북이 등껍질 같다고 한 그 노괴가 아니야?"

눈치가 없어도 어찌 저리도 없을까. 자신은 예민한 검사라며 주먹을 쓰는 그에게 줄곧 핀잔하던 자가 밉니 싶었다.

아니나 다를까 뒤쪽에서 잔뜩 틀어진 음성이 들렸다.

“사파의 노괴물이란 말이지?”

“어, 어르신! 그런 것이 아니라……..”

“광풍권(狂風拳), 그놈의 아들놈이라 봐주려 했는데… 쯧, 안 되겠어.”

광풍권, 한 번 권을 꺼내 들면 멈추지 않고 반드시 피를 본다하여 붙여진 별호다. 이미 이십여 년 전 작고한 상관기의 부친 상관부였다.

“부친을 어찌!”

“냉큼 뛰어오지 못해?”

상관기는 날이 바짝 선 음성에 깜짝 놀라 눈썹이 휘날리도록 뛰어갔다.

第八章
백호당을 아우로 얻고,
주작당의 목숨을 구하다

1

　상관기는 얼마 못 가 노인과 대장장이가 사파의 괴물이 아니라는 것을 알았다.

　그가 퉁방울만 한 눈을 뜨고 누구냐고 물었을 때, 무면객이 그의 아구통을 사뿐히 갈겨주며 이렇게 말했던 것이다.

　"노부는 사파의 괴물 따위가 아니다. 자비로운 무면객이시다."

　사뿐히라고는 해도 단숨에 배 끄트머리까지 곤두박질쳤다가 돌아온 상관기는 얼얼한 턱을 부여잡고 다시 물었었다.

　제 아버지를 어찌 아느냐고. 물론 대답은 즉각 돌아왔다. 번개 같은 주먹과 함께.

"그냥 안다. 다 아는 수가 있다."

상관기는 아이들 보기 부끄럽기도 하고 눈물이 쏙 빠지게 아프기도 했다. 하지만 한번 빼 든 칼이니 끝까지 가보자는 사나이의 객기로 다시 물음을 던졌다.
무면객이라니 아비가 살아계실 때 한 번도 언급하지 않은 사람이라고, 도대체 단 한 번도 들어본 일이 없다고.

"당연하다. 노부는 일찍이 깊은 곳에 은거해 세상에 드러나지 않은 기인이니라."

죽립 안에서 은은히 울려 나오는 음성은 상관기가 생각하기에도 참으로 멋있었다. 어쩌면 이번 대답을 할 때는 주먹이 날아오지 않아서 더욱 그랬는지도 몰랐다.
하지만 그는 비웃으며 중얼거리는 기정풍의 말은 듣지 못했다.

"기인? 자비로워? 좋아하네. 지지리 능력도 없는 늙다리 종복 주제에……."

상관기는 끝내 무면객의 정체는 알 수 없었다.
무면객은 남의 종노릇을 하고 있는 터라 자신이 무림팔대고

수 일선임을 밝힐 처지가 아니었다. 반면 기정풍은 자신의 본
명을 거리낌 없이 밝혔다.

하지만 상관기는 그를 전혀 알지 못했다. 단심문이라는
곳도, 기정풍이라는 이름도… 너무나 생소하기만 했다. 알기
는커녕 신분을 숨기려 가명을 쓴 것으로 지레짐작했을 뿐이
다.

기정풍의 무지막지한 무력을 본 사람은 많지 않다. 그중 대
다수가 백화문과 쌍압문이다. 백화문은 개벽산으로 올라갔고,
쌍압문도는 모조리 죽었다. 그밖에 모용세가 최상위 네댓 멍
만이 알고 있을 뿐인데, 그들은 종으로 있는 모용극 때문에 기
정풍이란 이름마저 일제히 함구했다.

우습게도 기정풍은 무림보다 민간에 널리 알려졌다.

봉천 시장통에서 괭이를 찍어 우물을 만드는 것을 여러 사
람이 보지 않았던가. 단 한 번 발휘한 신위였지만 잊혀지기는
고사하고 더욱 부풀려졌다. 괭이 한 자루로 산을 깎아내고, 가
래로 유조호를 밀어내는 농마라던가?

하지만 사람들이 농마에 대해 백날 떠들어봐야 무림인들 중
그 말을 믿는 사람은 없었다.

절대고수를 종복으로 부리는 자. 게다가 바다로 추락할 뻔
했을 때 뇌성(雷聲)치는 엄청난 장력으로 위용을 뽐냈다. 자연
스럽게 기정풍은 수호단의 관심을 한 몸에 받았다.

하지만 그가 밝힌 기정풍이라는 이름과 단심문의 문주라는
신분은 단원들이 전혀 듣지도 보지도 못한 것들이었다. 게다

가 어느 누구를 상대할 때도 반말로 일관하는 기정풍인지라 처음의 호감은 따가운 햇살에 진눈깨비 녹듯 순식간에 사라져 버렸다.

만약 무면객만 아니었다면 단체로 달려들어 뒤지게 쥐어 팼을지도 몰랐다. 물론 하늘이 얼마나 높은지, 땅이 얼마나 두터운지 모르는 그들만의 망상이었지만 말이다.

하여튼 기정풍은 단원들에게 신비한 척하는 싸가지, 또는 오만한 귀공자쯤으로 낙인찍혀 점점 관심 밖으로 밀려났다.

자연스럽게 그들의 관심은 흑운에게로 몰렸다.

혈도를 풀어주자 흑운은 언제 비실거렸나 싶게 갑판 위에 우뚝 섰다. 그냥 서 있는 것도 아니고 아주 목을 뻣뻣이 쳐들고 거만하게 섰다.

흑운의 엄청난 체구와 위풍당당한 모습에 단원들은 하나같이 매료되었다. 단원들은 흑운을 빙 둘러섰다. 그들은 누구 할 것 없이 엄지를 치켜세우고 명마 중에 명마라며 감탄했다. 그럴수록 흑운의 목은 더욱더 뻣뻣해져만 갔다.

흑운의 하는 꼴을 지켜보던 기정풍은 하도 어이가 없어 콧방귀를 뀌었다.

"명마 중에 명마? 하! 빌어먹을 당나귀야. 그러다 목 부러지겠다."

기정풍의 안하무인 하는 태도에 기분이 썩 좋지 않았던 데다, 평소 말이라면 사족을 못 쓰는 악화명은 기분이 좋지 않았다. 그냥 보통 말이 아니라 생전 처음 보는 엄청난 놈에게 당나귀라니? 그는 자신이 모욕을 받기라도 한 듯 얼굴이 붉게 변했다.

"공자, 어찌 이런 훌륭한 말을 가지고 당나귀라 모욕하십니까? 공자가 잘 모르시나 본데 이 말로 말할 것 같으면 천금을 들여도 사지 못할 매우 귀한 품종으로……."

"천만에! 놈은 노쇠보다 못한 놈이다."

기정풍은 못 박듯 단호한 투로 흑운을 평가했다. 대장간에서 선착장까지, 십 리도 안 되는 길을 세 시진 만에 그것도 무면객이 억지로 끌어서야 간신히 도착한 놈이다. 노쇠 아니라 굼벵이 사촌이라 해도 틀린 말은 아니다.

하지만 악화명은 흑운의 치명적인 결함을 알지 못했기에 침을 튀기며 흑운이 왜 명마인지에 대해 길게 늘어놓았다.

"홍, 잘 들으시오. 이것이 바로 명마가 갖춰야 할 조건이오. 눈은 사슴처럼 맑고, 귀는 갈대 잎 같되 두 귀 사이가 멀어야 하오. 이마는 공처럼 둥글고 눈썹은 가늘며 크고, 갈기가 길며 허리는 짧고, 목이 길고 근육이 단단하고……."

모인 사람들은 악화명의 설명을 듣는 한편 흑운의 몸을 자세히 관찰했다. 과연 흑운의 모든 면은 명마의 조건에 정확히 부합했다. 마치 세간에 일컬어지는 명마의 조건을 말하는 것이 아니라, 눈앞의 흑운을 보며 설명한 듯했다.

"아울러 명마란 자고로 자존심이 강하고 우아하며 걸을 때는 마치 좌우로 인사를 건네듯 끄덕이며 걸어야 하오."

악화명의 장황한 설명이 끝났다.

흑운은 악화명의 말을 알아듣기로도 한 것처럼, 머리를 끄덕끄덕하며 갑판 위를 우아하게 걸었다. 우아함을 넘어 도도의 경지에 다다른 모습이었다.

놈의 실체를 모르는 자들은 하나같이 탄성을 질렀다.

"물론 명마는 주인에게 충직해야겠지?"

악화명은 기정풍의 말에 피식 웃었다.

"당연한 말씀! 명마 아니라 시중에 흔한 말도 기본 중에 기본이 주인의 말을 잘 듣는 것이오."

"그렇단 말이지?"

기정풍은 이 장을 훌쩍 날아올라 흑운에 올라탔다.

히히힝!

흑운이 잔뜩 겁을 집어먹고 청승맞게 울부짖었다. 뿐만 아니라 그 탄탄한 몸에 어울리지 않게 사시나무 떨 듯했다.

"앞으로!"

기정풍의 명령에도 흑운은 꿈쩍도 하지 않았다. 기정풍이 악화명을 보며 말했다.

"이래도 이놈이 천하에 명마냐?"

사람들의 시선이 악화명에게 몰렸다. 악화명은 갑자기 비루먹은 망아지같이 된 흑운의 행동이 천만 뜻밖이었다. 하지만 그는 자신의 눈을 믿었기에 승복하지 않았다.

"아! 안타깝도다. 명마가 주인을 잘못 만났구나. 혹시 형씨는 그 말이 망아지였을 때 심하게 구타를 한 적이 있지 않았소?"

어느새 공자가 형씨가 되었다.

"하! 망아지였을 때 팼냐고? 난 이놈이 성마(成馬)가 된 후에야 알았다."

악화명은 고개를 갸웃하며 말했다.

"그럴 리가 없는데? 내가 한번 타 봐도 되겠소?"

"맘대로 해봐. 하지만 조심해야 할 거다."

기정풍이 말에서 내리며 허락하자, 악화명이 피식 웃었다.

"조심이라… 하하, 형씨 우리 한 가지 내기합시다."

악화명이 건들거리며 말하자, 기정풍은 묘하게 기분이 상했다. 그래서 그러마 하고 끄덕였다.

"내가 만약 저 말을 부릴 수 있다면, 그러니까 내 말에 따르도록 길들일 수 있다면 말이오. 형씨는 내 아우가 되는 것이오."

악화명의 제안에 여기저기서 박수가 터져 나왔다. 억눌렸던 불만의 표출이다.

아닌 게 아니라 악화명은 올해 나이 스물하고도 아홉 살이라 겉보기로는 충분히 기정풍에게 형님 소리를 들어야 마땅했다.

"반대로 네가 끝내 저 말을 부릴 수 없다면?"

기정풍의 입꼬리를 치켜 올리며 말했다.

"훗, 당연히 내가 당신을 형님으로 모시겠소."

악화명은 말은 그렇게 했지만 절대 그런 일은 없을 거라고 확신했다.

"말로만 형, 아우 하는 허울 좋은 관계를 말하는 건가, 아니면 오라면 오고 가라면 가는, 흐흐, 피로 맺어진 깍듯한 사이를 말하는 건가?"

"흥, 당연히 후자요. 전자라면 이런 내기가 필요없지 않겠소? 왜… 겁나시오?"

악화명은 더욱 세게 나갔다. 그는 나름 계산이 있었다. 만약 싸가지없는 놈의 형이 된다면 무면객이라 밝힌 절세고수 종복도 자신에게 함부로 할 수 없게 된다. 여차하면 엄청난 힘을 빌릴 수 있을지도 모른다.

그가 내심 회심의 미소를 짓고 있을 때였다. 둘의 하는 양을 지켜보던 상관철이 나섰다.

"이보게. 우리 백호단이 어디 남인가? 한 형제가 아닌가 말이야."

악화명과 상관철은 동갑내기라 평소에도 서로 잘 통하는 사이다. 악화명은 이놈이 무슨 꿍꿍이가 있구나 싶어 물었다.

"누가 뭐랬나? 그것이 어쨌다고?"

"자네의 아우면 어찌 그게 남인가? 우리의 아우도 되는 것이 마땅하지 않겠느냐는 말일세."

상관철의 속셈을 알아챈 악화명은 씩 웃었다.

"그게 또 그렇게 되는 건가? 어떻소, 이래도 해보시겠소? 내키지 않으면 그만두고……."

악화명은 지능적으로 기정풍을 자극했다. 하지만 어째 기정풍의 눈에는 놈들이 제 무덤을 스스로 파는 것으로 보였다.

“당연히 내가 이기면 반대로 너희들 모두가 내 아우가 되는 거겠지?”

기정풍은 빙 둘러선 수호단 백호당원들을 둘러보며 말했다. 기정풍이 말한 아우의 어감은 형이 아끼고 챙겨줘야 할 아우가 아니라, 부를 때만 호제(呼弟)하고 종과 다를 바 없이 마음껏 굴릴 아우였다.

백호당은 총 일곱 개 조로 구성되었고, 각 조는 정확히 열 명이다. 당주를 빼고 총 칠십 명인 것이다. 내기 하나에 칠십 명 전체가 한 사람의 아우가 되고, 이기면 고작 아우 하나를 얻게 되는 셈이니, 분명 그들의 손해다.

하지만 그들은 전원 고개를 끄덕였다. 악화명의 말 다루는 솜씨를 믿기도 했지만 그들 역시 기정풍의 종복인 무면객이 탐났던 것이다.

“이로써 내기는 성립되었소. 만약 결과가 나오고도 승복치 않는다면, 누가 되었든 그놈은 사람 새끼가 아니고 개새끼요.”

악화명이 큰 소리로 사람들 앞에 천명(闡明)했다.

한쪽에서 무언가 얘기 중이던 무면객과 상관기도 호기심이 이는지 이쪽으로 다가왔다.

“무슨 일인데 소란이냐?”

상관기의 물음에 악화명은 그간의 일을 설명했다. 그사이 기정풍은 발발 떨고 있는 흑운의 갈기를 쓰다듬으며 입술을 달싹였다.

“영악한 놈아, 필시 네놈은 지금 어떤 상황인지 알고 있을 거야. 그렇지? 만약 네놈이 저 악가 놈을 등에 태운다면 흐흐, 네놈은 저 짠 바닷물을 배 터지게 처먹다가 결국 상어에게 갈가리 찢겨 먹히고 말 것이다.”

흑운은 배 밖으로 내던지겠다는 말에 떨던 몸마저 경직됐다. 기정풍은 흑운에게 아무도… 설사 옥황상제도 태우지 말라는 절대적인 사명을 안겨주고 물러섰다.

“아우 내기라……. 자신있느냐?”

“물론입니다, 당주님.”

악화명은 엄청난 응원을 받으며 흑운에게 다가갔다. 그는 숙련자답게 절대로 서두르지 않았다. 흑운의 고삐를 한 손으로 쥐고 다른 손으로 흑운의 머리 갈기를 쓸었다.

“넌 정말이지 멋진 놈이다. 난 평생 너와 같은 준마를 본 적이 없다.”

악화명은 친밀도를 높이는 동시에 아부를 떨었다. 아니, 실제로 그는 흑운 같은 말을 본 적이 없었기에 아부가 아닌 사실이었다.

기정풍은 그 모습을 팔짱을 끼고 지켜보았다. 흑운은 악화명의 칭찬 따위는 귀에 들리지도 않는지 떨리는 눈으로 기정풍을 힐끔 힐끔 보았다.

“이제 너를 타려 한다. 부디 그런 영광을 나에게 허락해다오.”

악화명은 흑운이 자신의 손길을 거부하지 않자 회심의 미소를 지었다. 마지막으로 흑운의 볼을 쓸어내린 그는 몸을 가볍게 띄워 흑운의 등에 올라탔다.

이게 어찌 된 일인가. 흑운은 주인 아닌 다른 사람을 태우고도 아무렇지도 않은 듯 너무나 얌전했다. 기정풍의 눈에 살기가 드리워졌고, 수호단원들의 입에서는 환호성이 터졌다.

"와아! 이겼다!"

악화명은 터지려는 웃음을 간신히 참고 두 다리를 살짝 조이며 명령했다.

"이랴! 앞으로!"

흑운은 앞으로 걸었다.

"와와!"

환호성은 커졌고 기정풍의 얼굴은 점점 똥색이 되었다.

"워, 멈춰라."

악화명의 입에서 멈추라는 명이 떨어졌다. 하지만 흑운은 멈추지 않았다. 멈추는 건 고사하고 오히려 속도를 더해 가볍게 달리기 시작했다. 곧 배 끄트머리에 다다랐다. 놀란 악화명이 고삐를 힘껏 당기고서야 난간 바로 앞에서 간신히 멈췄다.

악화명은 십년감수한 표정으로 식은땀을 닦았다. 하지만 흑운의 특별 공연은 이제부터가 시작이었다.

흑운은 돌아서서 이번에는 배 반대편을 향해 질주했다. 배가 규모가 있다고는 해도 선수에서 선미까지의 길이가 잘해야 십여 장 안팎이었기 때문에 금세 또 끄트머리에 다다랐다.

"커헉! 머, 멈춰라!"

혼비백산한 악화명은 소리치며 재빨리 고삐를 잡아챘다. 하

지만 달려오던 기세가 워낙 드센 터라 바다에 뛰어들 상황이
었다.

끼이익!

흑운은 주저앉듯 네 다리를 벌려서 속도를 죽였다. 덕분에
말에 탄 악화명은 앞으로 쏠려 배 아래로 떨어질 뻔한 위험천
만한 상황을 간신히 넘겼다.

기겁한 악화명이 놀람을 달래기도 전 흑운은 다시 반대편을
향해 달리기 시작했다. 그제야 흑운의 속셈을 알아챈 악화명
은 이를 악물었다.

이후로도 반복해서 위험한 상황이 연출되었다. 하지만 악화
명은 뛰어난 기마술로 위험을 아슬아슬하게 넘기곤 했다.

"하하! 이놈! 포기하는 것이 좋을 거다."

악화명은 흑운의 등에 바짝 달라붙어 득의만면해 소리쳤다.
그의 말투에 여유가 실려 나오자, 하얗게 질렸던 백호당의 사
람들도 점차 혈색을 되찾았다.

"휴우, 빌어먹을 놈. 사람 놀래키는군."

일을 크게 벌였던 상관철은 가슴을 쓸어내렸다. 그 말고도
여기저기서 안도의 한숨이 터져 나왔다. 하지만 아직 좋아하
기에는 일렀다.

그저 달렸다, 멈췄다를 반복하던 흑운은 악화명이 진드기처
럼 달라붙어 떨어지지 않자 앞, 뒷발을 번갈아가며 공중에 띄
웠다. 일명 '껑충껑충' 혹은 성질 나쁜 말들이 자주하는 몹쓸
짓거리, '지랄발광' 이었다.

보통 길들이기 전 말들의 행태와 비슷하다. 다만 흑운이 워낙 힘이 좋다 보니 뛰는 높이가 예사롭지 않았다.

쿵쾅, 쿵쾅.

갑판이 부서질 듯 비명을 토하고 배 전체가 요동쳤다. 악화명도 이제는 여유를 잃었다. 그는 단단히 쥐었던 고삐마저 놓고 흑운의 목을 끌어안은 채 넙죽 엎드렸다. 지랄발광에 대항하기 위한 특단의 조치. '철거머리 전법'이었다.

너나 할 것 없이 모두 손에 땀을 쥐는 가운데 승부의 추는 점점 악화명과 백호단 쪽으로 기우는 듯했다.

안간힘을 쓰는 흑운을 바라보던 기정풍은 시선을 돌려 바다를 내려보며 말했다.

"쯧, 상어 떼군. 배가 많이 고픈 모양이야. 걱정 마라. 곧 맛좋은 말고기를 실컷 먹을 수 있을 것 같구나."

남들은 저게 무슨 소린가 하고 들었지만 흑운에게는 이보다 더한 협박이 없다. 난생처음 핏빛 진득한 땀까지 흘려가며 뛰어올랐던 흑운.

히히힝!

흑운은 애처로운 울음과 함께 족히 일 장은 됨직한 높이에서 그대로 몸을 휙 뒤집었다. 순식간에 네 다리가 하늘을 향하고 등이 바닥을 향했다. 말을 귀신같이 다루는 악화명으로서도 속수무책! 무서운 기세로 그대로 떨어져 내렸다.

꽈광! 꽈지직!

"커업!"

갑판 터지는 소리와 함께 사람 숨 넘어가는 섬뜩한 소리가
울렸다. 흑운은 악화명을 바닥에 납작하게 눌러놓고 일어섰
다.

"이, 이런! 이보게, 화명이. 정신 차리게!"

상관철이 달려가 게거품을 물고 정신을 놓은 악화명을 흔들
었다.

퍼억!

"쿨럭!"

흑운은 일어나면서 악화명을 흔들어 깨우던 상관철까지 뒷
발질로 멀찍이 날려 버렸다. 그리고는 꼬리를 내려 아랫배에
붙이고, 눈을 최대한 내리깐 상태로 바다를 보고 있던 기정풍
에게 기다시피 다가갔다.

과연 바다에는 흑운보다 큰 교어(鮫魚)들이 떼 지어 배 주위
를 유영하고 있었다.

히히힝!

기정풍은 공포를 억누르고 자신에게 다가온 흑운을 돌아보
았다. 무표정하던 그의 얼굴에 오랜만에 웃음이 걸렸다. 그는
흑운의 머리를 쓸어내리며 말했다.

"오냐, 잘했다. 그리만 하면 누가 네놈을 상어 먹이로 던져
주겠느냐."

흑운은 기정풍의 손이 움직일 때마다 움찔움찔했다. 기정풍
은 모처럼만에 지었던 웃음을 지웠다. 흑운의 그런 모습에 아
직 놈을 타기는 글렀음을 느꼈던 것이다.

차가운 손짓으로 흑운을 물린 기정풍은 사람들을 쓸어보았
다. 일부는 상관철과 악화명을 살피고 있었다. 하지만 대부분
은 머리를 싸잡고 괴로워하거나 넋이 빠진 사람처럼 멍하니
주저앉아 있었다.

무림에 자주 통용되는 말이 있다. 관을 봐야 눈물을 흘린다
고.

악화명을 철석같이 믿고 있던 이들은 이제야 관을 보았고,
꼼짝없이 기정풍의 밥이 된 것을 실감했다.

"하하, 새로 생긴 이 형님이 마음에 들지 않느냐?"

기정풍은 둘러보며 삐딱한 어투로 말했다. 그들은 애써 기
정풍의 시선을 피했지만 그런다고 해서 피해질 일이 아니다.

쿠쿵!

"전원 집합!"

기정풍이 발을 구르며 벼락같이 호통쳤다. 단원들은 그들끼
리 시선을 주고받다가 도살장에 끌려가는 소처럼 미적미적 일
어나 다가왔다.

"이것들 봐라?"

기정풍의 입꼬리가 사선으로 치켜 올라갔다.

그 모습을 지켜보던 무면객은 단원들을 바라보며 안됐다는
듯 고개를 저었다.

"수틀렸군."

기정풍과 육 년 동안 함께 지내온 무면객의 분석은 정확했
다. 기정풍은 새로 생긴 아우들을 좀 더 빠릿빠릿한 놈들로 만

들 필요성을 느끼고 있는 중이었다.

스팟!

짜자자작……!

찬바람 몰아치는 소리 직후 손바닥에 찰싹 달라붙는 소리가 배를 가득 채웠다. 백 리를 죽어라 달려온 사람이 두 호흡을 몰아쉴 만한 짧은 순간. 악화명과 상관철, 기절한 둘을 제외한 육십팔 명 전원은 뒤통수에 묵직한 충격을 느꼈다.

"크윽!"

쿠쿵!

정확히 육십팔 개의 신음이 한 입에서 난 듯 동시에 터졌다. 직후 그들은 동시라 할 만큼 한순간에 썩은 고목처럼 갑판 위로 거꾸러졌다.

"저, 저런……!"

눈을 뜨고도 당최 무슨 일이 일어났는지 모를 정도로 엄청난 속도. 상관기는 손을 내밀고 입을 벌린 자세 그대로 굳어버렸다.

"으음."

내력을 실은 타격이 아니었는지라 단원들은 머리를 흔들며 하나둘씩 일어났다. 그들은 원래 서 있던 그 자리에 팔짱을 끼고 있는 기정풍을 보았다. 시선을 거둔 그들은 다시 자기들끼리 시선을 맞췄다.

"방금 무슨 일이……?"

"낸들 아나?"

뒤통수에 남은 아릿한 통증만이 꿈이 아니었음을 알려줄 뿐.

"전체 집합!"

기정풍의 호통이 또 떨어졌지만 그들은 아직 사태 파악을 하지 못했다. 결국…….

퍼퍼퍽……!

이번에는 턱주가리를 한 방씩 제대로 얻어맞고 쓰러졌다. 그런 일이 두어 차례 더 있었다.

생김생김이 훤칠하고 하나같이 남아(男兒)의 굳건한 기상을 뿜어대던 백호당은 더 이상 없었다. 단지 뒤통수에 큼시막한 혹을 달았으며, 턱은 비뚤어졌고, 한쪽 눈은 커다랗게 부풀어 오른 비루먹은 육십팔 인 만이 우스꽝스러운 모습으로 간신히 서 있을 뿐.

"전체 집합!"

우당탕.

기정풍의 명령은 다섯 번째 만에 제대로 된 효력을 발휘했다.

"자고로 형만 한 아우 없고, 아우라면 응당 형님의 말에 복종……."

기정풍의 아우의 도리에 관한 일장 연설이 시작됐다. 물론 연설 내용은 터무니없었다. 기정풍이 목청껏 외친 연설의 요점은 일명 형사부일체(兄師父一體)였다. 형(兄)과 스승(師)과 아비(父)가 동격이라니? 개가 웃을 일이다.

뭐니 뭐니 떠들어대도 결론은 형은 무조건 왕이고, 아우는 졸이었다.

이들은 모두 훌륭한 가문의 자손들이다. 나름 배운 이들이라 기정풍의 어이없는 연설에 울컥한 마음이 들지 않을 리가 없었다. 시시때때로 칼을 뽑아 휘두르고 싶은 마음이 목구멍을 치받았다. 하지만 끝내 누구도 먼저 나서서 반박하지 못했다.

그들은 오히려 고개를 끄덕여 수긍하는 척했고, 얼굴에는 샤방샤방한 미소를 띠었으며, 절대 졸지 않는 다는 것을 보여주려 금과옥조(金科玉條)를 듣는 양, 눈을 초롱초롱 빛냈다.

기정풍의 손에 들린 무엇 때문이었다.

어느새 꺼내 들었을까. 기정풍은 손잡이부터 날까지 일체로 만들어진 시커먼 날이 유난히 넓은 괭이를 연설 중에 휘둘러 대고 있었다. 그저 생각없이 휘두르는 것 같은데 그 기세가 어찌나 살벌한지 숨이 턱턱 막힐 정도였다.

그러니 어찌 반론을 펼칠 수 있으랴. 반박은 고사하고 무슨 질문이라도 할라치면 실눈을 뜨고 괭이를 휘두르니, 괭이에 찍혀 죽는 살벌한 장면이 떠올라 숨도 크게 쉬지 못했다.

남궁세가의 둘째가라면 서러워할 기재 남궁청환마저 남들과 다르지 않았다. 그는 서늘한 기운을 머금고 이리저리 휘둘러지는 괭이에 눈을 떼지 않고 속으로 조용히 뇌까렸다.

'똥이 무서워서 피하냐? 더러워서 피하지.'

괭이에서 뿜어지는 경기도 무섭다. 괴로움도 물론 무섭다. 하지만 가장 두려운 것은 괭이에 찍혀 죽는 일이다. 죽음 자체가 두려운 것이 아니다. 도, 검, 창, 하다못해 화살이나 암기도 아니고 괭이라니.

괭이에 찍혀 죽으면 그야말로 개망신이다. 자신뿐 아니라 가문은 두고두고 수치로 기억할 것이다. 죽은 후에도 쪽팔려서 조상을 뵐 낯이 없다. 황천에 이르지 못해 구천을 떠돌 것이 뻔하다.

남궁청환은 생각이 여기까지 미치자, 부르르 떨며 이를 바드득 갈았다.

'빌어먹을 악가 놈! 쳐 죽일 상관가의 불한당!'

놈들은 상황을 이렇게 만들어놓고 태평하게 기절해 있다. 물론 그들은 태평이 아니라 갈비 두세 대씩은 나가서 숨도 겨우 쉬고 있었다. 하지만 어쨌든 그의 눈에는 편히 자빠져 자는 것으로밖에 보이지 않았다.

"그러니까 결론은 앞으로 너희들은 이 형님을 하늘처럼……."

연설에 한창이던 기정풍이 갑자기 입을 다물었다. 그 표정이 하도 싸늘해 단원들 중 딸꾹질을 하는 자들도 있었다. 사람들의 시선이 일제히 기정풍의 시선이 머무는 곳을 향했다.

남궁청환은 자신에게 시선이 몰리자 경기를 일으켰다.

"허억! 왜……!"

"왜에? 크큭, 귀여운 아우야. 이리 나오련?"

곧 남궁청환은 그가 욕하던 악화명과 상관가처럼 거품을 물고 뻗었다. 기절할 때까지 흠씬 두드려 맞는 직절한 응징이 기해졌던 탓이다.

2

배를 처음 탔을 때만해도 얼굴에 충만하던 생기가 없었다. 백호당의 누구도 이제는 더 이상 설레지 않았다. 광대(廣大)한 바다를 보고도 경이로움을 느끼지 못했다. 작은 산만 올라도 의례 끓어오르던 호연지기(浩然之氣). 망망한 바다 위를 치솟는 향유고래를 봐도 전혀 일어나지 않았다.

"어휴, 내 팔자야."

진승표는 한숨과 함께 신세를 한탄했다. 근 한 시진 동안 아우의 도리에 대해 강론 받고서야 겨우 얻은 짧은 자유건만 가슴은 돌을 얹은 듯 답답하기만 했다.

좌우를 확인해 기정풍이 선실에 들어가고 없음을 확인한 종리무구가 낮게 말했다.

"끄응, 저런 자를 두들겨 패주겠다고 별렀으니……"

"으휴, 저런 인간 같지도 않은 자가 있을 줄이야."

"어휴."

여기저기 한숨 소리뿐이다. 어찌나 한숨이 잦은지 바람 없이도 한숨만으로 배가 저절로 움직이지 않을까 싶을 정도였다.

"빌어먹을! 날씨까지 궂을 모양이군."

풍랑이 눈에 띄게 세졌다. 덕분에 배는 훨씬 빨라졌고, 밀려드는 바람이 들끓는 화를 식혔다. 하지만 멀리 보이는 먹구름은 사람의 마음을 한층 심란하게 했다.

"어? 저게 뭐지?"

먼 하늘만 바라보던 종리무구는 남궁청환이 가리키는 곳을 보았다. 먹구름 아래 시커먼 점 몇 개가 보였다.

"배?"

"무슨 배지?"

가라앉았던 분위기가 일변해 술렁였다.

그때, 이십여 장쯤 앞서 가던 주작당을 실은 일호선에서 외침이 들려왔다.

"왜적이다! 왜놈이다!"

과연 검은 점은 왜적들이 쓰는 검은색 돛이었다. 외침을 듣고 선실에 들어갔던 상관기와 기정풍 등이 밖으로 나왔다.

"큰 배 한 척에 소선(小船) 열 척이군. 좀처럼 보기 힘든 대규모야."

점차 가까워지자 무면객의 말이 사실이었음이 밝혀졌다. 세 가수호단이 타고 있는 배와 맞먹는 큰 배 한 척과 그 배를 호위하듯 작은 배가 양쪽으로 다섯 척씩 늘어서 있었다.

"이상하군요. 악 누이의 말대로라면 놈들은 악가의 용맹무쌍기를 보면 피해야 정상인데."

피하기는커녕 왜선늘은 순풍을 받고 빠르게 다가있다. 히지만 배에 탄 누구도 놀라거나 당황해하는 자는 없었다. 그저 저런 놈들이 있는가 보다 하고 신기해하는 정도였다.

"화포(火砲)! 놈들의 큰 배에 화포가 있다."

무면객의 말에 상황은 완전히 뒤바뀌었다. 저 야만인들이 어찌 대포를 구했는지는 모르지만 놈들이 거침없이 밀고 들어오는 이유가 있었던 것이다.

일호선에서도 왜선에 장착된 화포를 발견했는지 당황한 외침이 들렸다.

"화포가 있다. 후퇴, 방향을 틀어라!"

산동악가의 배에는 화포가 없다. 돈이 없어서도, 기술이 없어서도 아니다. 군부(軍府)의 군선이 아닌 민간인이 포를 소지하는 날에는 당장에 역적으로 몰리는 때문이었다.

진행 방향이 반대라 양측은 금방 가까워졌다.

꽈광!

난데없는 굉음. 대포 소리 같은 소리가 아니라 진짜 대포 소리다. 말로만 듣던 화포가 불을 뿜자 바다가 쩌렁 울렸다.

푸스스—

포탄은 다행히 배에 맞지 않았다. 일호선 측면에 떨어졌다. 방향을 반쯤 틀던 일호선은 몰아치는 바람과 포로 인한 파도로 넘어질 듯 기우뚱했다. 그리고 이어지는 포성.

"뭐, 뭐야?"

상관기를 비롯한 모든 이의 얼굴에 가득했던 여유와 호기심은 천리만리 달아났다.

꽈광!

첫 포성이 들린지 얼마나 됐다고 두 번째 포성이 하늘을 갈랐다.

쿠쿵! 꽈지직!

이번 포탄은 정확히 돛대에 맞아 어른 허리 둘레가 넘는 범주(帆柱)가 작신 부러져 나갔다.

"피해라. 피해! 돛대가 부러졌다."

일호선은 일대 혼란이 일어났다. 그 속에서 악한영은 목청을 높여 수하들을 안정시켰다.

"배를 속히 돌려라. 궁수는 노궁(弩弓)을 쏴라!"

노를 힘껏 저어 방향을 틀고 이십여 궁수가 어른 키보다 큰 쇠뇌를 쏘아댔다.

하지만 쇠뇌는 중간도 못미처 힘없이 바다에 빠졌다. 삼백 장이 넘는 거리다. 게다가 역풍이 심해 도저히 노궁으로는 어찌해 볼 수 없는 상황이었다.

그 모습을 지켜보던 상관기가 이호선의 선장 악정황에게 소리쳤다.

"전진! 최고 속도로 전진하시오."

놈들이 재장전하는 시간에 최대한 거리를 좁혀야 했다. 악정황도 그의 뜻을 알아채고 전진을 명했다. 그런데.

"전진! 최고 속……."

꽈광!

꽈지직!

"저, 저런!"

"마, 맞았다."

일호선 옆구리에 커다란 포탄 구멍이 생겼다.

"화포가 한 문이 아니다!"

무면객의 말대로다. 한 번 쏘고 다시 재장전하는 데는 최소 일다경은 있어야 하는데 반 다경이 되기도 전에 포탄이 날아들었다. 적에게 최소한 두 문 이상의 포가 있다는 증거다.

구멍으로 물이 차기 시작했는지 일호선은 구멍이 있는 쪽으로 중심을 잃고 치우쳤다. 이제 침몰하는 것은 시간문제다.

"어, 어떻게……."

악정황은 선장임에도 이런 일을 겪어보지 않았는지 창백히 질려서 안절부절못했다.

"삼호선은 뒤로 빠지고 우리가 저들을 구해야 하오!"

상관기가 버럭 소리치자 악정황이 주절주절 답했다.

"하지만 포탄이… 게다가 침몰하는 배에 가까이 가지 않는 건 누구나 아는 상식……."

악정황의 말은 옳았다. 침몰하는 배에 접근하면 같이 쓸려 들어갈 위험이 컸다. 하지만 상관기는 막무가내였다.

"빌어먹을! 그럼 저들이 죽는 것을 지켜보라고? 상관없어. 무조건 붙여!"

상관기가 거품을 물며 악을 쓰는 동안 벌써 일호선은 반이 나 잠겼다. 일호선은 그야말로 아비지옥이었다. 망망대해에 빠지면 곧 죽음이다. 상어도 상어지만 왜선들이 들이닥쳐 배 위에서 활을 쏘면 나는 재주가 없는 이상 죽음을 피할 방법이 없는 것이다.

꽈광!

그런 와중에도 포탄은 반 다경을 주기로 어김없이 하나씩 날아들었다. 이대로라면 이호선도 절대 안전하지 않았다.

무면객은 죽립을 슬쩍 들어 올려 왜선들을 바라보며 말했다.

"아무래도 제가 가봐야겠습니다."

기정풍은 고개를 저었다.

"내가 가지. 아무래도 팔이 두 개인 내가 더 낫지 않겠는가?"

"송구스러워서……."

무면객이 허리를 살짝 굽히며 말했다.

"쯧, 속에 없는 말을 곧잘 하는군. 능청이 늘었어."

기정풍은 웃으며 무면객을 핀잔하고는 상관기를 불러 말했다.

"삼호선을 뒤로 물려. 그리고 이 배는 일호선과 십 장 이내로만 유지해라."

피눈물을 쏟을 듯 눈이 붉게 충혈된 상관기가 반문했다.

"그게 무슨……."

무면객이 일호선을 턱짓으로 가리키며 말했다.

"시키는 대로 해라. 저들을 살리고 싶으면."

"아, 알겠습니다."

상관기는 무면객의 말이라면 믿음이 가는지라 악정황에게

속히 배를 십 장 거리로 좁힐 것을 부탁했다. 그리고 직접 선미로 달려가 고래고래 소리쳐 삼호선을 뒤로 물렸다.

십구 장… 십팔 장…….

바쁠수록 돌아가라는 말을 실행이라도 하듯 이호선은 일호선에 조심스럽게 접근했다.

기정풍은 그동안 선미로 이동하며 다리를 풀었다. 두 배의 간격이 십팔 장쯤 됐을 때 본격적으로 도움닫기 자세를 취했다.

무면객이 고개를 모로 누이며 말했다.

"한번에 되겠습니까?"

그는 배에 올라탈 때 한 번의 도약으로 팔 장을 날았었다. 그런데 아직 남은 거리가 십팔 장이다. 팔 장과 십팔 장은 수치상으로는 고작 십 장 차이다.

하지만 팔 장이 인간이 뛸 수 있는 극한이라고 봤을 때, 팔 장부터는 일 장이 아니라 단 한 치조차 대단한 숫자가 되는 것이다. 그러니 십 장은 덮어놓고 '불가능!' 이라고 선언해도 좋을 거리가 되는 것이다.

그러나 기정풍의 생각은 달랐나 보다.

"늙은 자네와 젊으나 젊은 내가 같은가?"

"……."

기정풍은 가슴을 떡 벌리고 최대한 많은 공기를 흡입했다.

"후우웁!"

공기는 폐부를 가득 채우고 그의 의지가 되어 거대한 힘이 잠든 단전을 깨웠다.

두근, 두근.

진기를 갈무리했던 단전이 풀렸다. 방대한 진기가 잘 닦인 도로처럼 뻥 뚫린 대맥을 따라 미친 듯이 질주했다. 대맥이 가득 채운 진기는 그래도 남아돌아 세맥까지 영역을 넓혔다.

촌각 만에 그의 몸은 진기 자체라 해도 좋을 만큼 기로 충만해졌다.

난간에 기대 일호선을 보며 발을 구르던 기정풍의 아우들. 그들은 전신을 찍어 누르는 압력에 깜짝 놀라 돌아보았다.

"뭐, 뭐야……."

"무, 무슨 눈빛이……."

전신공력을 끌어올린 기정풍이 으스스한 투로 말했다.

"밟혀 피 떡이 되고 싶지 않으면 비켜라."

무슨 소린지는 몰랐지만 기정풍의 시선이 닿는 정면에 섰던 자들은 그의 눈을 피해 전부 양쪽으로 비켜섰다.

전면이 뚫리자 거칠 것이 없었다. 선미에서 단 걸음에 선두(船頭)에 다다른 기정풍은 힘찬 기합과 함께 난간을 박찼다.

"차. 하. 앗!"

꽈지직!

즉시 난간이 작살나 흩어졌고, 기정풍은 창공을 날아올랐다.

"저게 무슨 짓?"

사람들의 시선이 일제히 기정풍의 궤적을 쫓았다. 그들의 눈에는 혈기 넘치는 무모한 자의 최후로밖에 보이지 않았다. 하지만 애초 십팔 장 거리가 십 장이 되었을 때 그들의 표정은 달라지기 시작했다.

일호선에 타고 있던 악한영은 배가 반 이상 침몰하자 절망했다. 허둥대던 전 육조 육십 명 주작대원들도 행동을 멈추고 입을 다물었다. 다만 선실에서 노를 젓던 이십여 일꾼들과 악무한을 비롯한 악가장 소속 이십여 궁수들은 이리저리 뛰어다니며 살 방도를 찾았다.

'어찌 육로를 두고 배편을 택했던가. 또 놈들은 어디서 화포를 구했단 말인가!'

악한영은 아이들에 대한 죄스러움에 고개조차 들지 못했다. 얼굴 볼 낯이 없어 눈조차 감았다. 한데, 그녀를 깨우는 소리가 있었다.

"악 당주님, 저, 저기……."

악한영은 주작당 일조 조장 모용선의 손가락을 따라 시선을 옮겼다.

"아!"

날아온다.

천신(天神)인가? 모두 벗어나지 못해 난리인데 죽음이 예정된 아비지옥을 향해 날아오는 자가 있었다.

모양은 분명 사람인데 새처럼 공중을 훨훨 날았다. 팔 장… 칠 장… 육. 계속 좁혀져 끝내는 배에 무사히 안착했다. 두 배에 타 있던 모든 사람들은 말을 잊었다. 탄성조차 잊었다.

찰싹.

멍해 있던 악한영은 등에 짜릿한 통증을 느끼고 눈에 초점을 잡았다.

"으응?"

손바닥으로 악한영의 등을 후려친 기정풍은 고개를 설레설레 저었다.

"나 참, 뭐가 또 으응 이냐? 시간 없다. 준비해라."

"뭘, 준비하라는……."

"일 번이다. 쯧, 폭삭 삭았으니 어디에 쓸까 만은, 그래도 역시 장유유서(長幼有序)지."

"그게 무슨……."

휙.

"아악!"

악한영은 체면도 잊고 자신도 모르게 찢어지는 비명을 지르고 말았다. 갑자기 숨이 턱 막힌다 싶더니 몸이 붕 떠올랐다. 떠오른 몸이 엄청난 속도로 이호선을 향해 날아가기 시작했기 때문이다.

악한영의 뒷덜미를 잡아 던져 버린 기정풍. 그는 악한영에게 시선을 빼앗긴 모용선의 옆모습을 바라보았다.

"어디서 봤더라? 쯧, 아무튼 네 차례다."

기정풍은 다짜고짜 모용선의 뒷덜미를 잡고 던져 버렸다. 다음, 또 다음, 반항하고 어쩌고 할 틈도 주지 않고 사람들을 공깃돌처럼 잡고 던지기를 반복했다.

3

갑자기 사방이 컴컴해졌다. 하늘을 보니 먹구름이 어느새 머리에 와 있었다.

쫘자작!

기어이 천둥 번개를 시작으로 비바람이 몰아치기 시작했다. 기정풍이 내던지 사람이 이호선에 무사히 도착하는 걸 확인한 사람들은 줄을 서서 차례를 기다렸다.

휙… 휙…….

주작당은 총 육십 명에 여인이 스물이다. 혹독한 훈련을 받았으나 여인들 중 기가 약한 몇몇은 공중에서 정신을 놓았다. 하지만 반대편에서 무면객이라는 절대고수가 받아주니 별 탈은 없었다.

마지막으로 악무한을 구했을 때 배는 다 잠기고 고작 한 평 남짓 떠 있었다. 빗방울도 한층 굵어져 콩알만 해졌고, 풍랑도 점차 수위를 높였다.

기정풍은 탄(彈)의 묘리를 백 번 넘게 시전했다. 기정풍이 폭풍 속에서 잠시 숨을 고르고 있을 때였다.

쫘광!

굉음과 함께 포탄 하나가 이호선을 향해 날아들었다.

꽈지직!

보지 않아도 포탄이 명중했음을 알 수 있었다.

"이런 빌어먹을!"

기정풍은 이를 바드득 갈았다. 기껏 사람들을 이호선으로 옮겨 놓았건만 이호선마저 옆구리에 구멍이 뚫리고 만 것이다.

파팟!

기정풍은 일호선이 물에 잠겨 발끝 하나 디딜 만큼만 남았을 때 힘차게 도약했다. 일호선이 완전히 잠기는 것과 동시에 기정풍은 펄쩍 뛰어 위태롭게 떠다니던 작은 나무판자 위에 올라섰다.

팟, 팟, 팟!

징검다리 삼아 이호선에 접근한 기정풍은 선체에 손을 박아 넣고 몸을 힘껏 솟구쳤다. 그 넓던 갑판이 이백에 달하는 사람들로 가득했다. 물이 들어차자 선실 지하에서 노를 젓던 인부들까지 모두 갑판으로 올라와 있었다.

전원 수장될 위기라 모두 안절부절못하고 있었지만 정작 뾰족한 대책은 없는 상황이었다.

누군가는 헤엄쳐서 왜적들을 쳐 죽여야 한다고 했고, 다른 누구는 삼호선을 향해 헤엄쳐서라도 탈출해야 한다고도 했다.

하지만 얼마 전까지 득실대던 상어 떼를 본 터라 누구도 쉽게 물로 뛰어내릴 생각은 못하고 있었다.

"대체 뭣들 하는 거야?"

기정풍이 갑판에 내려서며 버럭 소리쳤다.

"이 일을 어찌하면 좋소이까. 삼호선은 이미 수백 장 밖에 있을 터인데."

상관기가 침울한 안색으로 말했다. 상관기 말대로 수백 장 밖에 있는지 어쩐지는 알 수 없었지만 폭우가 쏟아져 시야에서 사라지고 없는 건 마찬가지였다.

"둘 중 하나입니다. 삼호선에 옮겨 타던지 왜놈의 배를 빼앗든지."

무면객이 다가와 말했다.

"어떤 것이 쉬울까?"

"전자(前者)가 아무래도 쉽겠지요."

무면객의 말대로다. 왜놈들은 멀리서 포만 쏘아댈 뿐 가까이 오지 않았다. 근 삼백 장 거리에 있는 놈들이니 접근하기도 힘들다. 접근했다 치더라도 놈들을 해치우고 배를 몰아오는 시간 동안 이호선은 침몰해도 열 번은 할 것이다.

기정풍의 생각도 무면객과 다르지 않았다.

"좋아. 그럼, 그렇게 하지. 삼호선의 대가리가 누구냐?"

상관기는 이 괴물 같은 젊은이가 또 무슨 생각인가 싶어 얼른 대답했다.

"청룡당주 남궁설이오."

"모두 고막이 터지고 싶지 않거든 귀를 막아라."

기정풍이 버럭 소리쳐 경고했다. 그렇지 않아도 그리 말하는 기정풍의 목소리가 쇠 긁는 소리만큼이나 거슬려 사람들은 귀를 막았다. 기정풍은 무면객이 옷자락을 찢어 흑운의 귀를 틀어막는 것을 보고서, 두 손을 입가에 모아 진력을 끌어올려 소리쳤다.

한편, 이백여 장 밖에 떨어져 있던 남궁설은 배를 정지시키고 이호선이 오기를 기다렸다. 그런데 상당한 시간이 지나도록 감감무소식이다. 포성도 어김없이 반 다경에 한 차례씩 들리니 점차 불안한 생각이 들기 시작했다.

배를 아주 빼야 하는지 다시 가봐야 하는지 심각하게 고민하고 있을 때였다.

"남궁설! 돌아와라! 이호선이 침몰한다! 들리면 대답해라!"

기정풍이 외치는 소리는 폭우가 쏟아지고 풍랑이 이는 가운데서도 제법 뚜렷하게 들렸다. 남궁설은 이호선이 침몰한다는 소리에 깜짝 놀라 외쳤다.

"배를 돌려라. 속히 돌아간다!"

남궁설의 즉각적인 결정에 청룡단 제일조 조장 종리등천이 만류했다.

"당주님, 아무래도 이상합니다."

"무슨 소리냐?"

"적의 간계인 것 같습니다. 아까 그 목소리는 한번도 들어본 적이 없는 목소립니다."

듣고 보니 그런지라 남궁설은 소리쳤다.

"너는 누구냐! 상관 아우는 어디 있느냐. 그와 얘기하고 싶다."

그의 목소리는 기정풍의 목소리와는 달리 반도 못 가 파도 소리와 폭우에 묻히고 말았다. 이호선의 누구도 남궁설의 외침을 듣지 못했지만 기정풍과 무면객만은 간신히 음성의 끄트머리를 붙잡을 수 있었다.

"저런 멍청한 놈!"

기정풍이 발을 구르며 성냈다. 상관기가 소리쳐서 들릴 것 같으면 하릴없이 왜 자신이 소리 질렀겠는가.

상관기가 시커멓게 죽은 안색으로 말했다.

"역시 너무 멀어 듣지 못한 것 같소."

"아니, 남궁설인가 뭔가 하는 놈은 내 말을 들었다."

남궁청환을 비롯한 몇몇 남궁세가 단원들은 남궁설을 욕하자 얼굴빛이 변했다. 하지만 이것저것 따질 개재가 아니라 억눌러 참는 모습이었다.

"그런데 왜 대답을 하지 않는 것이오?"

상관기의 멍청한 물음에 기정풍이 버럭 소리쳤다.

"하지 않은 것이 아니라 네놈이 듣지 못한 게 아니냐?"

"들었다면 오고 있을 텐데 어째서 그렇게 화를……."

"오지 않으니 성을 내는 것이 아니냐!"

기정풍이 손을 치켜들자 상관기는 목을 움츠리며 무면객을 바라보았다.

"남궁설이란 놈은 주군의 음성이 낯설어 의심하고 있는 모양이다."

"그럼 제가 소리를……."

짜악!

기정풍은 기어이 상관기의 뒤통수를 후려갈겼다.

"네놈도 남궁설의 음성을 듣지 못했는데, 그놈이라도 네놈 음성을 들을 수 있겠느냐?"

상관기는 맞는 순간에 별이 번쩍해 정신이 하나도 없었다.

꽈광!

어김없이 시간만 되면 화포가 날아왔지만 다행히 맞는 건 없었다. 놈들도 이제는 이쪽이 보이지 않으니 그저 대충 포만 쏴대고 있는 것이다.

"아무래도 제가 건너가 봐야겠습니다."

무면객은 남궁설의 음성으로 삼호선의 방향을 파악한지라, 기정풍의 허락을 구했다.

기정풍은 무면객의 말에 고개를 끄덕일 수밖에 없었다. 이미 상당히 침몰이 진행된 상태라 시간이 촉박했다. 다른 수를 생각할 시간도 없었고, 의심하는 놈들을 설득할 시간도 없었다.

"그 방법 말고는 별다른 수가 없겠군. 조심하게."

"상어에게 할 말씀을 이 늙은 것에게 하시는군요. 아무래도 신세를 져야 할 것 같습니다."

기정풍은 무면객의 말을 이해하고 끄덕였다.

"준비하게!"

무면객은 사람들을 양쪽으로 물러 가운데 길을 만들었다. 그리고 배 끄트머리로 이동했다. 무면객이 모용선을 스쳐 지날 때였다.

"할아… 부디 조심하세요."

모용선이 모기 날갯짓 같은 목소리로 속삭였다.

"……."

침묵으로 답을 대신한 무면객은 쏘아지듯 기정풍 쪽으로 달렸다. 무면객이 기정풍 곁을 지날 때였다. 기정풍은 제자리에서 한 바퀴 빙글 돌아 무면객의 등을 힘껏 밀어주었다.

"차핫!"

무면객은 달리는 힘과 기정풍이 밀어준 탄력을 고스란히 품고 난간을 박찼다.

꽈직!

난간이 작신 부서지며 무면객은 시위를 잔뜩 당겨 쏜 화살처럼 눈 깜작할 사이에 시야에서 사라져 버렸다.

무면객은 족히 수십 장을 날아간 후 삼호선을 향해 헤엄쳤다. 그리고 얼마 후.

"갑니다!"

얼마나 기다린 목소린가. 이호선에 있는 모두가 들을 수 있을 정도로 큰 무면객의 음성이었다.

"이쪽이다."

서로 말을 주고받으며, 두 배는 점차 가까워졌다. 그러기를 얼마 후. 이호선은 선체가 반 이상이 물에 잠기자 한층 빠르게 침몰하기 시작했다. 배에 타고 있는 인원이 이백 명이 넘어 침몰 속도가 일호선 때보다 배는 빨랐다.

“삼호선이 근접할 때까지 기다리다가는 모두 물에 빠지고 만다.”

기정풍의 말에 악한영은 입술을 씹으며 굳은 의지를 보였다.

“그럼 어찌하는 것이 좋겠는가. 할 수 있는 일이라면 뭐든 하겠으니 말만하게.”

“아까 그 노친네 하는 것 봤지? 똑같은 방식으로 삼호선을 향해 날아간다. 물론 중간에 거리가 있는 만큼 중간에 바다로 떨어질 것이다.”

상관기가 나섰다.

“하지만 상어가…….”

“먼저 자맥질에 능통한 놈들 먼저 간다. 먼저 가서 상어와 싸우던지, 잡아먹혀서 놈들의 배를 채워주던지 해라. 어찌하든 무슨 수를 써서라도 다음 사람의 안전을 책임진다.”

기정풍의 말의 요지는 상어의 미끼가 되라는 말이었다.

이백이 넘는 사람들이 있었음에도 누구도 입을 열지 않았다. 빗방울 소리와 파도 소리만 요란하다. 그때 숨 막힐 것 같은 정적을 깬 사람이 있었다.

“내가 일 번이오.”

성큼 나서며 용맹을 보인자는 백호당주 상관기였다.

“아니, 사형은 빠져요. 일 번은 접니다.”

악한영은 상관기를 밀어붙이며 일 번을 내줄 수 없다는 의지를 불살랐다.

오늘 같은 일이 일어나게 된 첫 번째 원인은 바닷길을 택한 그녀에게 있었다. 또한 두 번째 원인은 왜놈들이 활개 치도록 방치한 산동악가에 있었다.

악한영은 자신과 자신의 집안 때문에 이런 일이 발생한지라 혀를 깨물고 죽으려고 해도 염치가 없어서 못 죽는 상황이었다. 그러던 중에 때마침 이런 기회가 왔으니 놓칠 수 없다고 생각했다.

"여기 이 번 있습니다."

"삼 번은 접니다."

"사 번은……."

"오 번은……."

순식간에 오십 명이 넘는 지원자가 생겼다. 모두 산동악가에 적을 둔 단원들과 일, 이호선에 타고 있던 악가의 선원들이었다. 그들 또한 악한영과 마찬가지로 산동악가의 무능으로 인해 위험에 처하자 동료들을 볼 면목이 없었던 게다.

악한영은 자원한 모두가 자신의 조카들이라 자랑스러웠다. 한편으론 권력 다툼에 눈이 멀어 조카들을 사지로 내몬 두 오라비가 원망스러웠다. 두 오라비뿐만 아니라 그들 중 한곳에 달라붙어 서로를 견제하기 바쁜 다른 식구들도 마찬가지였다.

악한영은 애잔한 눈길로 가솔들을 바라보다 눈길을 거두었다.

"우리 악가가 먼저 길을 뚫겠네. 다행히 모두 자맥질에는 능통하니 충분히 시간을 끌 수 있겠지. 어쩌면 상어란 놈을 잡을 수도 있겠고."

악한영과 그의 조카들이 보인 의기에 모든 이들의 얼굴이 붉게 물들었다.

"이럴 바에야 그냥 모두 헤엄쳐 갑시다!"

누군가의 말에 여기저기서 소리쳤다.

"옳소. 어찌 누구는 죽고 누구는 산단 말인가?"

"남의 희생을 딛고 살 수 없다!"

모두들 혈기에 휩쓸려 중구난방으로 떠들어댔다.

나름 흐뭇한 광경이었지만 기정풍은 한껏 인상을 찌푸렸다. 의기도 좋고, 동료애도 좋다. 하지만 그런 감정에 치우쳐 모조리 죽는다면 그 무슨 멍청한 짓인가.

"시끄럽다! 이 무슨 개지랄들이냐!"

기정풍은 이들의 숭고한 의기를 한마디 욕설로 깨끗이 잠재웠다.

"……."

"그래, 네가 일 번해라."

기정풍의 손짓에 가장 먼저 악한영이 기정풍 쪽으로 달려왔다.

"하앗!"

무면객이 그랬던 것처럼 기정풍에게 등 떠밀린 악한영은 한 소리 기합을 지르며 창공을 향해 쏘아졌다. 악한영이 물고를 트자 먼저 지원한 이들 순으로 굴비 꿰듯 줄줄이 날아갔다.

악한영은 공중을 날며 등에 메었던 창을 빼 들었다. 그녀의 절기는 쌍창(雙槍), 하지만 아무래도 물에서는 불편한지라 조립해 하나로 만들었다.

풍덩!

악한영은 떨어져 내리는 힘 때문에 바다에 빠져서도 이 장은 족히 잠수해 들어갔다. 그녀는 재빨리 솟구쳐 올라와 참았던 숨을 시원하게 토해냈다.

푸하!

콩알만 한 빗발 사이로 희미하게 삼호선이 보였다. 하지만 그녀는 삼호선 쪽으로 헤엄치는 대신 공력을 잔뜩 끌어올려 감각을 최고조로 끌어올렸다.

풍덩, 풍덩…….

연이어 떨어져 내린 산동악가 단원들도 물 밖으로 얼굴을 내밀었다. 그들도 멀리 삼호선을 확인했지만 누구도 헤엄쳐 가지 않았다. 다들 굳게 입을 다물고 긴장한 표정으로 창을 꼬나 쥐었다.

검게 일렁이는 파도, 그리고…….

"놈이다!"

기정풍은 유난히 시커먼 파도의 한 자락을 가리키며 잠수해 들어갔다. 자맥질에 능통한 악한영은 조카들 중 하나를 물려고 달려드는 상어를 향해 창을 힘차게 내질렀다.

푹!

금세 시커먼 파도에 붉은 피가 섞였다. 등을 뚫린 상어는 사납게 몸부림치며 더욱 거칠게 달려들었다. 첫 희생자는 상대적으로 무공이 약한 일호선의 선원이다.

"아악!"

바닷속에 피 꽃이 뭉클 피어났다. 상어는 사람의 팔을 뭉텅 물어뜯어 먹고는 더욱 미친 듯이 날뛰었다.

"빨리 놈을 처치해라! 피 냄새를 맡고 곧 다른 놈들이 몰려온다."

악한영은 피눈물을 삼키며 독려했다.

상어는 피 냄새를 기막히게 잘 맡는다. 게다가 피 냄새를 맡으면 한층 포악해져 사람이든 동료든 가리지 않는다. 일단 피를 본 이상 속히 죽여야 했다. 그래야 몰려든 상어들이 사람을 공격하는 대신 죽은 제 동료를 뜯어먹을 테니까.

수중에서 악전고투를 치르는 동안 기정풍은 수호단원들을 계속해서 날려 보냈다. 그 큰 배가 다 가라앉아 떠 있는 부분이 채 몇 평 남지 않았을 때쯤 드디어 끝이 보였다.

"뭐 하는 거냐. 서둘러라!"

기정풍은 멀뚱히 서 있는 아리따운 여인을 보며 소리쳤다.

"오랜만… 이군요."

기정풍은 귀에 익은 목소리와 자신을 아는 듯한 태도에 기억을 더듬었다.

"나를 안다? 너는 아까 일호선에서… 아! 모용선?"

모용선은 기정풍이 자신을 알아보자 기쁜 표정을 지었다.

"맞아요. 역시… 사형은 그대로군요."

모용선은 기정풍을 일러 사형이라 했다.

기정풍에게 있어 사형이란 호칭은 특별하다. 단 한 여인에게만 허락됐던 호칭이다.

새까맣고 깊은 눈, 아련히 코끝을 스치는 달콤한 향기. 꼭꼭 묻어놓았던 얼굴이 지난 육 년간의 노력을 비웃기라도 하듯 껍질을 깨고 한순간에 뛰쳐나왔다.

'연의… 너는 정말 그놈을 따라 간 것이냐.'

순식간에 뇌리를 가득 채운 연의의 모습이 기정풍의 머리를 가득 채웠다. 그리고 대설이라 했던가? 애써 겉만 번지르르하다고 깎아내렸지만 더없이 비범해 보였던 사내도 떠올랐다. 소태를 씹은 듯 입맛이 썼다.

모용선은 기정풍의 좋지 않은 표정을 보고 자신이 크게 실수했음을 깨달았다.

"주제넘었군요. 할아버지와 동배의 분인데… 감히 제가 사형이라고……."

"아니다. 사형이면 어떻고 할아버지면 어떠냐. 좋도록 해라."

"정말 연의가 그랬던 것처럼 제가 사형이라고 불러도 될까요?"

모용선이 펄쩍 뛰며 기뻐했다. 그런 그녀의 발은 어느새 차오른 물에 흥건히 젖어 있었다.

"그보다, 서둘러라. 기다리느라 네 조부 목 빠지겠다."

모용선을 날려 보낸 후 남은 것은 기정풍과 흑운뿐이었다.

흑운이 자신도 삼호선으로 날려달라는 듯 쭈뼛거리며 기정풍에게 다가왔다.

기정풍은 힘껏 밀어주는 대신 흑운의 엉덩이를 손바닥으로 찰싹 때렸다.

"이놈아, 너는 안 돼!"

흑운의 퉁방울 같은 눈동자가 파르르 떨렸다.

"훗, 이놈아 네놈이 미워서가 아니다. 상어의 밥으로 만들기 위함은 더더욱 아니고."

히히힝!

흑운의 울음은 대체 왜 자신에게만 그토록 모지냐고 항변이라도 하는 듯했다.

"녀석아, 삼호선에 무사히 간다고 치자. 네놈은 무슨 수로 배에 올라갈 생각이냐?"

흑운은 구슬프게 울며 기정풍의 소맷자락을 물어뜯었다.

히히힝!

"허! 이놈아. 나로서도 어림없다. 어찌 발 디딜 곳 하나 없는 물에서 천오백 근이 넘는 네놈을 이 장 오 척씩이나 되는 갑판 위로 띄워 올리겠느냐."

죽어라 쏟아지던 빗줄기도 점차 가늘어지고 멀리 밝은 햇살이 보이기 시작했다. 폭우에 가려 보이지 않던 삼호선도 반대편에 왜선도 드러났다.

이호선은 완전히 가라앉아 발 디딜 곳조차 없었다. 기정풍은 흑운의 등으로 올라탔다.

“어쨌든 삼호선으로 가보자. 살고 싶으면 서둘러라.”

그동안 흑운의 모습이 아니었다. 기정풍만 태우면 바짝 얼어붙던 흑운은 네 다리를 부산히 놀려 삼호선 쪽으로 헤엄쳤다.

끔찍한 광경이 펼쳐졌다. 흑운만 한 상어의 시체들이 즐비했다. 대부분의 시체들은 다른 상어가 물어뜯어 온전한 것이 별로 없었다. 일대의 바닷물 색이 붉은색이 될 정도였다. 지금도 상어들은 동료의 시체를 뜯어먹느라 정신이 없었다.

상어의 것인지 사람의 것인지 모를 살점들이 여기저기 떠다녔고, 그중 사람의 팔다리 등이 섞여 있었다.

“사람도 꽤 죽은 모양이구나.”

기정풍이 바라보니 삼호선에서 옷을 묶어 만든 줄을 늘어뜨려 사람들을 끌어 올리고 있었다. 간혹 튕기듯 바다에서 갑판 위로 솟구치는 자들도 있었다.

“쯧, 늙은이 오늘 고생깨나 하는군.”

기정풍은 배 위로 집어던지는 자가 무면객임을 알고 중얼거렸다.

무면객은 상어 잡는다, 배 위로 단원들 던진다, 바삐 움직이고 있었다.

기정풍과 흑운이 삼호선으로 채 반도 가기 전이었다. 상어에 희생된 몇몇을 제외한 단원들은 모두 삼호선에 무사히 옮겨 탔다.

정원을 한참이나 초과한 삼호선이 막 기정풍을 향해 다가오려 할 때였다.

쾅광!

잠잠하던 왜적의 화포가 또다시 불을 뿜기 시작했다. 폭풍이 걷힌 것이 오히려 독이었다.

삼호선 근처에 물기둥이 이삼 장 높이로 치솟았다. 천만다행이다. 반 장 차이로 아슬아슬하게 빗겨 맞았다.

기정풍을 향해 다가가던 삼호선은 날아온 포탄으로 인해 잠시 멈췄다. 갑판을 빼곡하게 메우고 있던 사람들은 왜선이 포질을 재개(再開)하자 불안한 시선을 주고받았다.

느리지만 힘차게 헤엄쳐 전진하던 흑운도 화포가 작렬하는 순간 속도를 늦췄다. 화포도 화포지만 멀지 않은 곳에 큼지막한 상어 꼬리지느러미가 보였다. 한두 마리가 아니다.

"쯧, 흑운아, 이놈아. 아무래도 네놈의 운명은 예까진가 보다."

기정풍은 흑운의 갈기를 쓸어주며 삼호선을 향해 소리쳤다.

"물러서라! 배를 물려라!"

"어쩔 수 없습니다. 흑운을 버리고 속히 헤엄쳐 오십시오!"

기정풍은 점점 모여드는 상어를 보며 떨고 있는 흑운을 쓸어주었다.

"이놈아, 네 명이 예까진 걸 어쩌겠느냐. 그래도 살 사람은 살아야 하지 않겠느냐?"

기정풍은 말에서 내려 부지런히 헤엄쳤다.

첨벙, 첨벙.

그런데 아무리 팔다리를 놀려도 물만 튈 뿐 좀처럼 앞으로 나가지 않는다.

"……."

돌아본 기정풍은 어이가 없어서 입을 떡 벌렸다. 흑운이 그의 늘어진 바지자락을 악착같이 물고 있었다. 그 애처로운 눈빛이라니.

시커멓고 커다란 흑운의 눈동자가 마치 연의의 그것 같았다. 한소리 하려던 기정풍은 마음이 짠해 흑운을 달랬다.

"상황이 이리 되었는데 어쩌겠느냐. 그만 놓아라."

흑운은 아무리 달래도 절대로 놓아주지 않았다. 옷을 벗어버리면 그만이지만 보통 옷이 아니라 포기할 수도 없다. 그렇다고 찢어지는 옷도 아니니, 방법은 한 가지다. 흑운의 머리를 쳐서 죽이는 수밖에.

"이놈이?"

기정풍은 팔을 치켜들었다.

"……."

흑운의 눈을 가만히 들여다본 기정풍은 놈이 울고 있음을 알았다. 흑운의 눈 속에는 생에 대한 애착과 슬픔으로 가득했다. 그래봤자 말에 불과한 놈이건만 살고자하는 욕구가 어찌나 간절하던지 기정풍으로서도 평생 처음 보는 것이었다.

"휴, 알았다. 최소한 저놈들에게 뜯겨 죽게 하진 않을 테니 걱정 마라. 하하, 단! 배 터지게 바닷물 먹고 죽는 건 나로서도 책임 못 진다."

기정풍은 다시 흑운의 등에 올라탔다.

"어서! 시간이 없습니다!"

무면객이 어서 오라고 손짓으로 재촉했다.

"이봐, 노친네! 나는 안 간다! 내 걱정은 접어두고 배를 물려."

기정풍은 등에 천으로 칭칭 감아 매고 있던 만년한철 괭이를 손에 쥐며 소리쳤다.

"저분의 말씀대로 일단 배를 물리는 것이 좋겠습니다. 이대로라면 우리도 끝장입니다."

악무한의 말에 상관기가 버럭 소리쳤다.

"이런 배은망덕한! 그게 금방 구명지은을 입은 사람이 할 소린가?"

악무한은 목을 움츠리며 말했다.

"그는 상상도 못할 고수니 필시 다 방법이 있지……."

"아무리 고수라 해도 망망대해에 남아 살아날 자는 아무도 없다. 설마 저 상어 떼가 네 눈에는 보이지 않는단 말이냐?"

이번에는 악한영이 호되게 꾸짖자 악무한은 입을 다물었다.

잠시뿐이었는데도 상어에게 일호와 이호의 선원 대부분이 희생되었다. 부상자는 그 배도 넘었다. 만약 기정풍이 그들을 멀리 던져 주지 않았다면 과연 몇이나 살았을까. 반도 살아남지 못했을 것이다.

또한 무면객이 바다로 뛰어들어 그들을 구하지 않았다면 죽은 자는 열이 아니라, 수십 명은 되었을 것이다. 종복의 공덕은 당연히 주인에게 돌아가는 법. 그들은 기정풍에게 가장 무겁고 갚기 어려운 목숨의 빚을 지고 만 것이다.

구명의 은혜를 받은 주작당 사람들이 악한영을 지지했다. 그들은 포탄이 날아올 것을 뻔히 알면서도 배를 물리는 것을 반대했다. 기정풍의 아우가 된 백호당도 마찬가지였다.

"그를 버릴 수는 없습니다. 그가 아니었다면 지금쯤 우리는……."

종리무구가 생각하기 싫다는 듯 뒷말을 흐렸다. 백호당단원들은 뒷말을 짐작하고 부르르 떨며 고개를 끄덕였다.

그들은 기정풍이 살아 돌아오면 당할 고난 따위는 머리에서 지운지 오래였다. 그들의 기억을 지배하는 것은 십팔 장이 넘는 거리를 단숨에 날던 엄청난 신위. 그리고 수백 명이 넘는 목숨을 구한 협객만 있을 뿐이다.

그렇지 않아도 가족들의 희생으로 눈물 바람이던 주작당의 악설현은 눈물을 훔치며 말했다.

"저분은 정말 대협이군요. 한낱 미물인 말조차 버리지 못하시다니……."

기정풍이라면 이를 갈던 진승표마저 망설임 없이 엄지를 치켜들었다.

"저도 다시 봤습니다. 아무에게나 반말하는 것만 빼면 저분은 정말이지 최곱니다."

하지만 모두 그들과 같은 마음은 아니었다.

"내 생각에는 얼른 배를 물리는 것이 옳다고 보네."

남궁설의 말에 청룡당원 전체가 끄덕였다. 기정풍이 사람들을 어떻게 구했는지 모르는 그들로서는 당연한 행동이었다.

언제나 냉철하고 이성적인 청룡당의 종리등천은 이들의 작태가 우습기만 했다. 대체 저 젊은 사람이 무슨 수로 이 많은 사람들을 구했다는 건지 이해하기 힘들었다. 만약 한가한 상황이었다면 미친 척하고 술 한잔 기울이면서 사연을 들어주겠다. 하지만 지금은 그런 상황이 아니지 않은가.

"주제넘을지 모르지만, 제 생각도 청룡당주님과 같습니다. 이성적인 판단을 하십시오. 현재 이 배에는 근 삼백 명 가까운 인원이 승선한 상태입니다. 정원을 한참 넘어선 상태라 속도가 나지 않습니다. 어서 서두르지 않으면 한 사람 때문에 뒤따르는 놈들의 포에 전원……."

그때, 기정풍의 노(怒)한 음성이 바다를 쩌렁 울렸다.

"다 죽고 싶으냐? 곧 포탄이 날아온다! 서둘러!"

기정풍 쪽을 한참 동안 말없이 바라보던 무면객이 어렵게 결정을 내렸다.

"배를 물린다. 서둘러라."

"어르신, 하지만!"

상관기가 말렸으나 무면객은 단호했다.

"이 정도로 어찌 될 분이 아니다."

풀어놓았던 돛이 팽팽히 당겨지고, 멈췄던 노가 물살을 갈랐다.

꽈광!

　다시 한 번 포성이 들리고 먼저 배가 있던 자리에서 물기둥
이 치솟았다. 그 자리에 있었다면 필시 배에 구멍이 뚫렸을 것
이다.

第九章

등평도수(登萍渡水),
물 위를 달리는 경풍

1

강소성 사홍(泗洪).

사홍은 경관이 빼어난 홍택호와 강소성 전역을 사파 천지로 만든 패도문으로 유명하다.

마도맹의 사패(四霸)라 불리는 네 기둥 중 하나인 패도문.

북으로 산동악가를, 서로는 남궁세가를 끼고 있다. 그리고 도 멸망은커녕 날로 위세를 더하고 있는 바. 이 거대문파는 오늘도 동풍에 넘실대는 홍택호를 오만하게 굽어보고 있었다.

기이화초가 만개한 정원에 한 사내가 서 있다.

구 척에 육박하는 신장에 허벅지는 소림사 대웅전 대들보를 연상시킨다. 수사자의 갈기 같은 머리와 수염은 피로 감은 듯 새빨갛고, 어깨는 곰의 그것 같으며, 허리는 범을 닮았다.

올해로 이른 살이 되는 사패 중 하나, 패도문의 문주 거도신마(巨刀神魔) 팽여휘다.

팽여휘는 한 손을 뒷짐진 채 범 같은 허리를 구부렸다. 곧 솥뚜껑 같은 손에 만개한 수선화 한줄기가 꺾여 들려졌다.

"어떠냐."

"지시대로 화포 두 문을 놈들에게 흘렸습니다. 지금쯤 세가 수호단 애송이들은 전원 물고기 밥이 되었을 것입니다."

팽여휘의 장자(長子) 북패도(北霸刀) 팽진은 극도의 예를 취하며 말했다.

"좋아. 일단 빌미는 만들었으니……. 잠영대(潛影隊) 전원을 투입해 왜놈들의 입을 막아라."

"그렇지 않아도 명을 내려놓았습니다. 저, 그보다……."

팽진이 말끝을 흐리자 팽여휘는 뭔가 느껴지는 바가 있는지 혀를 찼다.

"또 그 아이가 말썽이더냐?"

팽진은 고개를 숙인 채 무언으로 팽여휘의 추측이 맞음을 시인했다.

"으휴, 그래 이번에는 뭐냐. 잠영대주의 수염을 뽑았다더냐? 그도 아니면 패왕대주 아들놈의 하나 남은 눈마저 뽑아놓았더냐?"

"그, 그것이 아니오라……."

좀처럼 말을 못하는 아들을 보던 팽여휘는 적염(赤髥)을 파르르 떨며 고리눈을 떴다.

"휴, 풍운(風雲)을 타고 나갔습니다."

팽진은 아비의 소리없는 호통에 한숨을 폭 쉬며 말했다.

"나갔다? 설마 나들이를 나간 것이겠지?"

"그것이… 서찰을 남겼는데… 아무래도 가출인 것 같습니다."

팽여휘는 꺾어든 수선화를 와락 움켜쥐며 소리쳤다.

"이 중요한 시기에 가출? 가출이라고!"

방금 전만 해도 생기 돌던 수선은 검게 타 재가 되어 흩어졌다.

팽진은 미칠 지경이었다. 하나뿐인 딸년이 아비의 앞길을 막아도 유분수지 숫제 건너지 못할 둑을 쌓고 있지 않은가.

이들이 말하는 사고뭉치는 팽정화였다. 그녀는 팽진이 뒤늦게 얻은 무남독녀(無男獨女) 외동딸이다.

팽정화의 머리칼은 나면서부터 조부인 팽여휘를 빼다 박았다. 타오르는 듯한 적발(赤髮)하며, 무공에 대한 자질하며, 게다가 그 깜찍한 외모라니…….

자신을 쏙 빼닮은 손녀를 누군들 총애하지 않으랴. 팽정화는 너무도 자연스럽게 사촌 오라비들을 제치고 조부 팽여휘의 사랑을 독차지했다. 팽여휘가 그녀를 어찌나 귀여워했던지 코털을 뽑고, 적염을 잡고 매달려도 그저 껄껄 웃을 정도였다.

세 아우들과의 차기 문주 자리를 다투는 팽진에게 있어서 팽정화는 그야말로 보석과도 같은 존재였다. 적어도 오 세 미만까지는 그랬다.

하지만 변치 않는 아름다움이 보석의 조건이라면 팽정화는
일찌감치 기준 미달이었다. 팽정화의 귀엽던 외모는 커갈수록
눈부신 아름다움으로 변했다. 그러나 아쉽게도 깜찍한 짓은
끔찍한 짓거리로 변하고 말았다.

지나친 관심과 사랑이 때로는 아이를 망친다는 격언이 있
다. 팽정화야말로 오냐오냐 키우면 어떻게 되는지 보여주는
대표적인 사례였다.

걸음마를 시작할 때부터 피우기 시작한 말썽은 커갈수록 수
위가 높아져만 갔다. 그러던 것이 오늘날에 와서는 거의 재앙
수준에 이르렀다. 올해로 스물한 살이 된 팽정화의 경력은 너
무나도 화려했다. 자잘한 것은 제쳐두고 굵직한 것만 뽑자면
대충 이랬다.

십이 세에 잠영대주가 애써 기른 석 자나 되는 수염을 모조
리 불살랐다. 십사 세에는 직접 활을 만들어 패왕대주의 외동
아들 나탁의 한쪽 눈을 실명시켰으며, 십오 세에는 적들의 말
을 공격하는 무기를 만들겠다고 며칠을 두문불출하더니, 기어
이 절마겸(切馬鎌)이라는 거대한 낫을 만들었다. 그리고 그것
으로 모두가 보는 앞에서 비마대(飛馬隊)의 준마 서른 필의 다
리를 싹둑 잘랐다. 하나하나가 준마요, 말을 마치 동료를 대하
듯 하는 비마대로서는 상상키도 싫은 끔찍한 일이었다.

이는 약과에 불과하다. 패도문도에게 전설처럼 회자되는 가
장 큰 사고는 따로 있었다.

한 청년의 얼굴에 침을 뱉고 따귀를 때리는 황당한 사건!

팽정화는 패도문에서 조부 말고는 두려울 것이 없었으니 사실상 패도문의 일인지하 만인지상의 위치나 다름 아니었다. 그런 사정을 감안해 '그깟 일로 뭘…' 싶겠지만 천만에 말씀이다.

팽정화가 따귀를 치고 얼굴에 침을 뱉은 청년의 신분. 그것이 문제였다.

월영신마 주창이 육십 세가 넘어서야 간신히 얻은 독자(獨子).

사패의 수좌인 월영마궁(月影魔宮)의 소궁주.

십만 마도인들이 주목하는 사파 최고의 후기지수.

뭇 사파여인들의 선망의 대상이자 신랑감 영순위.

마도 후기지수 중 유일하게 별호에 용을 새긴 자, 마도제일룡(魔道第一龍) 주승이 바로 그 주인공이었다.

하나같이 경악할 만한 이력이니, 이 정도면 정도맹의 맹주라도 감히 그깟 일이라고는 못할 터였다.

정확히 일 년 전에 일으킨 그 사건이 몰고 온 파장은 컸다.

사패 중 패도문을 제외한 나머지 삼패와 마도를 지향하는 중소 사파의 뭇 여인들은 그 소식을 접하고 하나같이 이를 갈았다. 그녀들은 그 일로 주승의 혼담이 깨진 것을 환영하면서도, 마주치면 팽정화의 얼굴을 긁어놓겠다고 벼르고 있으니 참으로 우스운 노릇이었다.

또한 패도문은 그 일로 강호에 큰 비웃음을 샀을 뿐 아니라, 마도제일세(魔道第一勢)인 월영마궁과의 연합이 깨지고 말았다. 정도 입장에서는 가슴을 쓸어내릴 일이었고, 팽여휘는 의형인 월영신마에게 기를 펴지 못하는 건 접어두고라도, 두고두고 아쉬워한 일이었다.

가장 큰일은 그 재앙덩어리를 처분시킬 길이 단단히 틀어막힌 일이다. 혼담이 오가던 사내의 얼굴에 침을 뱉고 따귀를 쳐서 보냈으니, 뉘라서 중매를 설 것인가. 대체 어떤 간 큰 놈이 그녀를 신부로 맞자고 나설 것인가.

그리고 딱 일 년이 지난 오늘.

재해의 원흉, 폭풍의 핵이 문파를 떠나 세상으로 나갔다. 그냥 맨몸으로 나간 것도 아니고, 비마대주의 애마 천총마(千馬) 풍운을 훔쳐서 나갔다. 마지막까지 한 건 하는 건 잊지 않은 팽정화다.

"심려 마십시오. 비마대주가 대원들을 이끌고 추격에 나섰습니다."

팽진은 최선을 다해 아비 팽여휘를 안심시켰지만 씨도 먹히지 않았다.

"인원을 보강해 조금이라도 빨리 잡아들여라! 본문의 전 인원을 풀어서라도 당장!"

"전 인원을 말씀이십니까?"

"하루라도 늦었다간 우리 패도문은 천하에 웃음거리가 되고 말아!"

팽여휘의 호통에 정원 전체가 파르르 떨었다.

집에서 새는 바가지 밖이라고 새지 않을까. 거도신마가 걱정하는 것이 바로 이것이었다. 집에서 사고를 치면 어떻게든 수습이 가능하다. 하지만 밖에서 대형 사고를 쳐버리면 패도문이 강호의 웃음거리가 되는 것은 한순간이다. 수습이고 나발이고 없는 것이다.

"끄응, 명을 받듭니다."

팽진은 결국 하려던 말을 꿀꺽 삼키고 물러 나왔다.

'제길, 풍운을 쫓을 말이 세상에 어디 있냐고……'

2

화포의 위협에서 벗어났지만 갑판에 있는 누구도 기쁜 표정이 아니다. 왜선도 상어 떼도 기정풍도 시야에서 사라졌다. 망망한 바다만 끝없이 펼쳐져 있을 뿐.

무면객과 세 당주는 뭔가 상의할 일이 있는 듯 선실로 들어갔다.

배는 왜선을 피해 순풍을 받아 산동성으로 빠르게 이동하는 중이었다. 삼호선은 완전히 초상집 분위기였다.

"제기랄 날씨 한번 더럽게 좋군."

악화명이 털썩 주저앉으며 뇌까렸다.

"상어가 있었는데… 지금쯤……"

마음 약한 악설현은 또다시 울음을 터뜨렸다. 여기저기서 한숨 소리가 푹푹 터져 나왔다. 전부터 못 마땅히 여기고 있던 종리등천이 기어이 한 소리 내뱉었다.

"대체 그가 뭐라고 이 난리들이냐?"

백호당과 주작당 단원들의 시선이 일제히 종리등천을 향했다. 사람은 각각이었지만 시선 속에 담긴 뜻은 동일했다.

'모르면 닥치고 있으라고.'

종리등천은 울컥해서 소리쳤다.

"사람 한둘 구해준 것이 그리 큰일이더냐? 너희들을 이 배로 끌어올린 사람은 우리 청룡당이다. 게다가 이미 상어 뱃속에 들어가 있는 자를 걱정해서 뭘 하겠다는 거냐!"

꽝!

한쪽에 주저앉아 있던 진승표가 바닥을 후려치며 일어섰다.

"지미, 듣자 듣자 하니까."

진승표의 막말에 종리등천의 안색이 몰라보게 굳어졌다. 연배를 따져도 그가 진승표보다 여섯 살 위다. 게다가 무공도 명실공이 세가수호단의 이인자다. 바닥에서 빌빌거리는 진승표 따위에게 이런 대접을 받을 입장이 아니었다.

종리등천이 사람들을 제치고 진승표에게 달려들었다.

"너 지금 뭐라고 했느냐."

"그만 하십시오!"

종리등천을 막아선 자는 다름 아닌 그의 이복동생 종리무구였다.

"큭, 많이 컸구나. 네놈 따위가 이 형의 앞을 가로막다니."

언제나 형이라면 양보하던 종리무구인데 오늘만은 물러서지 않았다.

"오늘은 형님이 경솔하셨습니다. 그는 혼자의 몸으로 우리를……."

짜악!

종리무구의 얼굴이 반대편으로 힘차게 돌아갔다.

"가문의 수치인 네놈이 감히 종리세가의 소가주인 나를 가르치려 드느냐?"

종리등천은 많은 사람이 보는 가운데 뺨을 치고도 분이 풀리지 않았는지 씩씩거렸다.

금세 종리무구의 얼굴에 손바닥 자국이 선명하게 생겨났다. 종리무구는 한두 번 당하는 것도 아니건만, 수치심에 맞지 않은 얼굴까지 벌겋게 달아올랐다.

"이건 너무 심한 처사가 아닙니까!"

백호당의 대표 격인 일조장 남궁청환이 참지 못하고 언성을 높였다.

"큭, 네놈 부하라 이거냐?"

부하라는 발언에 남궁청환이 얼굴을 구겼다.

"종리무구는 저와 동등한 백호당의 일원이지 제 부하가 아닙니다."

"부하든 형님이든 상관없다. 네놈은 빠져라."

종리등천은 남궁청환을 거칠게 밀어붙였다. 한차례 소란을 일으킨 그는 기어이 진승표의 멱살을 틀어쥐었다.

자연스레 청룡당과 나머지 두 당이 양쪽으로 대립하는 형세가 되었다.

"다시 한 번 아까같이 짖어보아라."

피비린내를 연상케 하는 진득한 살기가 자욱하게 깔렸다.

세가수호단은 쌍압문 잔당을 깨끗이 정리한 후 흑룡강성을 넘어 여진족이 득세한 땅까지 넘어갔었다. 그곳에 숨어 하루 걸러 하루 전투를 벌였다. 상대는 무인이 아닌 군인들. 수많은 여진족 군병들을 죽이며 지독한 훈련을 쌓았다.

종리등천은 그 지독한 훈련을 가장 지독하게 소화한 사람 중 하나였다. 사람을 죽여도 일반 단원들보다 배는 더 죽였고, 그냥도 아니고 끔찍하다 할 만큼 잔인하게 죽인 자가 종리등천이었다.

"이 진가의 똥파리 같은 놈아. 왜 입이 굳었느냐?"

진승표는 자신 때문에 종리무구가 굴욕을 당한 것을 상기하고 입술을 악물었다. 그 분노가 늑대 이빨 같은 종리등천의 사나운 살기마저 이겨냈다.

"늑대 같은 놈! 무구 형님을 때린 것을 사과해라!"

"이런 개종자가……."

사나운 늑대는 말리면 더 포악을 떤다. 백호당 단원들은 이를 악물었다. 하지만 늑대와 다를 바 없는 종리등천의 성정을 익히 아는지라 감히 말릴 엄두를 내지 못했다.

"진가의 똥파리에 개종자라……."

그런 굳은 분위기를 깨고 조롱하는 음성이 들려왔다. 그것도 백호당이나 주작당 쪽이 아니라 같은 청룡당 쪽에서.

병풍처럼 늘어서 있던 청룡당 단원들이 좌우로 갈라졌다. 그리고 그사이에서 다부진 체격을 가진 삼십대 초반의 사내가 걸어나왔다. 그의 표정에는 누구나 알아 볼 수 있을 정도로 짙은 비웃음이 걸려 있어, 방금 말한 자가 그라는 것은 물을 필요도 없었다.

청룡당 제칠조 십호 진강.

나타난 자의 현재 관등성명(官等姓名)이었다.

칠조는 마지막 조다. 게다가 한 조에 열 명이니, 십호면 마지막 번호다. 그런데 일조 조장 종리등천이 칠조 십호를 대하는 태도가 이상했다.

"시, 실수했군. 자네가 진가라는 것을 깜빡 잊었네."

종리등천의 안색이 하얗게 질리나 싶더니 애써 잡은 진승표의 멱살마저 놔주었다. 그는 이제야 진승표가 진강의 동생임을 깨달았다. 둘의 성격이나 재량이 판이하게 다른 데다, 그동안 하도 남처럼 지내기에 잠시 잊고 지냈던 일이었다.

"실수라……. 좋아, 이곳은 전장이 아니니… 하지만……."

진강의 서늘한 동공은 이번은 봐주나 한 번만 더 진가를 모욕하면 피를 보고야 말겠다는 의지로 가득했다.

"그런 일은 두 번 다시 없을 걸세."

진강의 눈빛이 뜻하는 바를 읽은 늑대 종리등천은 호랑이라도 만난 듯 즉각 답하고 뒤로 물러섰나. 돌아선 그의 얼굴은 북해빙궁의 꽁꽁 얼어붙은 한철만큼이나 차디찼다.

늑대를 쫓아 보낸 진강은 멍하게 서 있는 진승표의 어깨를
두드리며 물었다.

"괜찮으냐?"

멍하게 서 있던 진승표는 감격에 겨운 표정으로 끄덕였다.
그는 금방이라도 울 것 같았다. 왜 그렇지 않겠는가. 자그마치
육 년 만에 들은 형의 자상한 음성인데.

"전 괜찮습니다… 형… 님."

오랜만이라 형에게 말하는 진승표의 음성은 어색하기 짝이
없었다. 하지만 그 떨림 속에는 수만 가지 감정이 소용돌이치
고 있었다.

그늘이 너무나 크면 벗어나고픈 욕구가 생기지 않는다. 또
한 상대가 너무나 크면 넘어서고 싶은 의욕도 일지 않는다. 진
승표가 일찍이 경험한 일이다.

작은 잡목(雜木)에 불과한 진승표의 시기심과 질투심마저
꺾어버린 형.

일찌감치 중원팔대고수 중 하나인 황실 최고수 일왕(一王)
조차 인정한 무재(武材).

마도제일룡 주승과 비견되는 정파의 후기지수, 창천비룡
도(蒼天飛龍刀) 진강(眞鋼)이 바로 그였다.

기정풍은 오랜만에 힘을 아끼지 않고 신나게 쏟아냈다.

보통 놈들이 아니다. 다자란 황소조차 한입에 삼킬 것 같은
상어들이 줄을 지어 몰려들었다.

파팟!

피가 튀고 살이 튄다. 억센 내력이 담긴 일격임에도 여간해서는 한 방으로 죽지 않았다. 괭이로 찍고, 떠다니던 창과 노쇠로 찌르고, 장풍을 터뜨리기를 수십 차례.

바닷물이 벌겋게 물들었을 즈음, 꼬리를 물고 나타나던 상어들은 어느 순간 잠잠해졌다. 최소 백 리 인근에 있는 놈들은 모조리 이곳에서 뻗었지 싶었다. 정작 나중에 남은 상어 시체는 얼마 되지 않았다. 놈들이 제 동료들의 시체까지 먹어치운 때문이다.

"휴, 지독한 놈들. 이제는 끝인가?"

기정풍은 한숨을 내쉬며 땀에 젖은 이마를 쓸었다.

히히힝!

흑운은 가라앉지 않기 위해 네 다리를 부지런히 놀리며 길게 울었다.

"훗, 그것도 안도의 한숨이라고 내쉬고 있는 거냐?"

기정풍은 어이없다는 듯 말 머리를 두드렸다.

히히힝!

흑운이 손바닥만 한 혀를 내밀어 기정풍의 얼굴을 핥았다. 흑운은 자신을 지키느라 바닷속을 종횡무진 누비던 기정풍의 모습을 빼놓지 않고 본 터라 상당히 감격한 상태였다.

"이놈아! 더럽다. 하하, 이제야 마음을 여느냐?"

히힝!

흑운은 낮게 울며 콧구멍을 벌름거렸다. 기정풍은 말을 많이 다뤄보지 않았지만 이것이 바로 흑운이 웃는 모습이라는 것을 알 수 있었다.

"아직은 아니다. 안심하기에는 일러. 세상에서 가장 무서운 것이 뭔지 모르느냐?"

다가오는 왜선 열한 척. 기정풍도 흑운도 잠시 풀어놓았던 긴장의 끈을 바짝 쥐었다.

세상에서 가장 무서운 건 사람이다. 그것도 언제고 포탄과 화살을 날릴 수 있는 사람이라면 이곳이 평지가 아닌 바에야 기정풍조차도 두렵다.

"쯧, 설마 화포를 쏴대는 건 아니겠지? 이천 냥을 아직 한 푼도 못 썼는데 죽을 수는…….”

중얼거리던 기정풍은 갑자기 말을 멈추고 다급히 품속을 뒤졌다. 그의 표정은 포탄에 뚫린 배가 침몰할 때보다도 배는 심각했다.

기정풍이 품속에서 물에 흠뻑 젖은 종이 뭉치를 꺼내놓았다.

"으아… 내 전표! 이런 빌어먹을… 글씨가 다 번졌잖아!"

종이뭉치를 든 기정풍의 손이 파르르 떨렸다. 종이뭉치에서 시커먼 먹물이 뚝뚝 떨어졌다. 기정풍이 전표라 소리쳤기에 전표인가 보다 하지, 완전히 번져서 단 한 글자도 알아볼 수 없었다.

이래서야 어디 전표라 할 수 있을까. 이걸 전장에 들고 전표니 은자로 바꿔달라 말하면 개소리 말라며 멱살을 잡고 내동

댕이칠 것이 뻔했다.

"이런 빌어먹을 영감탱이! 그러니까 금이나 은으로 받아야 된다니까!"

기정풍은 빌어먹을 무면객을 생각하니 분통이 터졌다. 애꿎은 물을 주먹으로 내리쳤다. 이제 쓸모없는 종이인데, 기정풍은 차마 버리지 못하고 손에 꼭 쥐고 있었다.

그러는 동안 왜선은 오십 장 안팎까지 다가왔다.

히히힝!

흑운이 낮게 울어 딴 생각에 젖어 있는 기정풍을 깨웠다.

"휴, 그래 네 말이 맞다. 전표고 나발이고 일단 살았을 때 얘기지."

그래도 아쉬운 건 아쉬운 거다. 기정풍은 입맛을 다시며 전표를 바라보았다. 그 상태로 한참을 깊은 생각에 빠져 있던 그는 달라붙은 전표들을 찢어지지 않게 조심스럽게 분리했다. 자신이 처한 상황을 잊기라도 한 것일까?

기정풍은 어렵사리 낱장으로 분리한 전표들을 무슨 생각인지 한 장, 한 장 물에 띄워 보냈다. 그 모습이 어찌나 조심스럽고 경건하던지 마치 사모하는 임의 뼛가루라도 뿌리는 사람 같았다.

이천 냥짜리 전표, 다시 말해 쓸모없는 종이 수십 장이 모두 기정풍의 손을 떠났을 때였다. 어느새 삼십 장까지 접근한 왜선에서 사람 말소리가 들렸다.

"네놈은 뭐냐?"

"……?"

당연히 왜인(倭人)의 말이다. 알아듣지 못한 기정풍은 특이한 행색을 한 왜인들을 바라보았다. 놈들은 머리 가운데를 시원하게 밀고 윗도리를 벗어젖혔다. 거기다가 기저귀로 바짓가랑이만 살짝 가렸으니 하고 있는 꼴이 짐승보다 조금 나은 정도였다.

생긴 것도 어찌 그리 난쟁인지, 하나에서부터 열까지 어설픈 종자들이었다.

"미개한 원숭이야. 대체 뭐라고 지껄이는 것이냐?"

기정풍이 버럭 소리쳤다. 하지만 왜인 또한 기정풍의 말을 알아듣지 못하는 건 마찬가지다. 왜장(倭將) 사와무라가 중얼거렸다.

"전부 상어에 잡아먹힌 모양이군. 그런데 저놈은 어떻게 살아 있지?"

"상어들이 다른 놈들을 다 먹어치우고, 먹이가 하나밖에 남지 않자 서로 차지하겠다고 싸우다 모조리 죽어버린 것이 아닐까요?"

곁에 있던 참모장 격인 다다히토가 기정풍 주위에 떠 있는 상어를 보며 말했다.

"그도 일리가 있구나. 역시 네놈은 똑똑해. 어쨌든 억세게 운 좋은 놈이라 이거군."

"활로 쏴 죽일까요?"

"좋도록 해라."

다다히토가 대장원숭이 사와무라의 명을 받들어 궁수들에게 손짓했다. 궁수들 중 최고의 실력을 가진 하나가 화살을 재는데 왜장이 손을 들어 막았다.

"흐흐, 아니다. 내게 더 좋은 생각이 났다."

"무슨……?"

"포를 장전해라. 놈을 상대로 발포 연습을 한다."

"예에?"

"놈들이 제시한 금액은 한 척 당 은자 천 냥이었다. 재수없게 폭풍우가 몰아치기는 했지만 조금만 더 능숙했더라면 남은 한 척마저 수장(水葬)시킬 수 있었어."

사와무라는 패도문으로부터 화포 두문과 선수금으로 은자 이천 냥을 받았다. 거기다 오늘 두 척을 침몰시켰으니, 이천 냥을 더 받을 수 있었다. 하지만 그는 이미 손에 쥔 화포 두문과 사천 냥이 주는 기쁨보다 천 냥을 눈앞에서 놓친 것이 더욱 아깝고 속이 쓰렸다.

"그 말씀이셨군요."

"속히 시행하라!"

"하이!"

졸병 원숭이들은 신난 몸짓으로 위쪽을 향해 있던 화포의 포신을 기정풍을 향해 기울였다.

기정풍은 원숭이 놈들이 자신을 보고 뭐라 뭐라 지껄이더니 대뜸 대포를 겨누자 자신을 상대로 발포 훈련을 한다는 것을 알았다. 그는 저 미개한 것들이 화포를 어디서 구했는지는 모르지만, 근래에 구한 건 분명하고 생각했다.

삼십 장이다. 기정풍으로서도 감히 피할 수 있다, 자신할 수 없는 근거리다. 게다가 포탄이 날아오는 형태는 포물선이 아니라 직선이다. 그만큼 빠를 것이다. 평지라면 부산하게 움직여 목표 설정 자체를 못하게 하겠지만 이곳은 바다였으니.

아니, 어쩌면 정면으로 오는 것이니 피할 수 있을지도 모른다. 무리하면 포탄 자체를 막을 수 있을지도……. 하지만 피하거나 막는 것 모두가 모험이었고 무엇보다 흑운이 문제였다.

피하면 흑운이 포탄에 직격당할 것이다. 만약 막는다 하더라도 온 힘을 기울여야 한다. 당연히 막는 것에 급급해 사방으로 뻗어나가는 충격을 전혀 해소할 수 없을 것이다. 그리되면 흑운은 포탄이 아니라 자신이 내뿜는 경기로 인해 죽을 것이다.

"역시 그 방법밖에 없는 건가?"

머리통만 한 시커먼 화포 구멍이 기정풍의 얼굴을 향했다. 미치기라도 한 것일까? 기정풍의 얼굴에는 전혀 두려움이나 긴장의 빛이라고는 없었다. 긴장은커녕 히죽 웃으며 흑운의 등에 올랐다.

흑운의 머리를 두드려 준 그는 확신에 찬 한마디를 남기고 몸을 일으켰다.

흑운과 왜장이 탄 배 사이에 띄엄띄엄 일직선으로 떠 있는 전표들. 기정풍이 믿는 것은 물에 젖어 힘없는 전표 쪼가리들이었다.

"잠시 기다려라. 반드시 다시 오마."

기정풍은 한 손에는 창을, 다른 한 손에는 꽹이를 꼬나 쥐고 흑운의 등을 박찼다.

"차핫!"

맨땅이 아닌 흑운의 등을 박찬 만큼 있는 힘을 다하지 못했다. 그랬다가는 흑운의 등뼈가 왕창 부서질 테니까. 그럼에도 불구하고 기정풍의 신영은 일직선으로 쏘아져 나갔다.

"저저, 저것이 뭐냐!"

사… 오… 육… 칠 장. 단숨에 칠 장을 날아오는 기정풍이다. 사와무라는 난생처음 보는 엄청난 경공에 기겁해서 소리쳤다.

"저럴 수가!"

살인과 약탈을 밥 먹듯이 하는 왜인들. 웬만해선 눈썹 하나 깜짝하지 않는 그들인데 기정풍의 모습을 보고 경악하지 않는 자가 없었다.

"무, 무공! 말로만 듣던 무공의 고수인 듯합니다. 하지만 말 등을 찬 힘이 다하면 곧……."

한편 팔 장을 단숨에 날아간 기정풍은 물에 빠질 위기에 처했다.

철석!

기정풍의 발끝에 닿은 물이 작게 출렁였다.

스슷!

이게 어찌 된 일일까. 보고도 믿지 못할 장면이 연출되었다.

기정풍은 물에 빠지지 않았다. 빠지는 것은 고사하고 발끝이 물에 닿은 즉시 앞으로 빠르게 쏘아졌다. 그리고 다시 일장을 날아 발끝이 바닷물에 닿았다. 정확히 말하면 발끝에 먼저 닿은 것은 부초처럼 떠다니는 전표였다.

물에 젖은 얇은 종이가 힘이 있으면 얼마나 있겠는가. 하지만 그 미세한 차이는 환마절영공이 십일성에 이른 기정풍에게 넘을 수 없는 벽을 넘게 해주었다.

왜선이 다가오는 와중에도 전표를 물에 띄운 것이 바로 이때를 위함이었던 것이다.

철석!

스슷!

기정풍은 그렇게 물 위를 거침없이 달렸다. 달마가 가랑잎 하나로 강을 건넜다는 일위도강과 맞먹는 신위. 이천 냥짜리 전표들에 의지한 전설의 등평도수(登萍渡水)다.

꿈에서조차 떠올리지 않은 광경이 펼쳐지자 사와무라는 간이 콩알만 해졌다. 예상과는 달리 놈은 물에 빠지기는커녕 더욱 빨리 달려오고 있지 않은가.

"뭐, 뭐냐! 놈이 왜 물에 빠지지 않잖느냐. 이 무슨 도깨비 장난 같은 일이야!"

참모장 다다히토는 놀란 중에도 정신을 수습해 조언했다.

"이러실 때가 아닙니다. 놈이 오기 전에……."

다다히토의 말을 즉시 알아들은 사와무라는 자신의 키보다 큰 대검(大劍)을 치켜들고 목이 터져라 외쳤다.

"뭣들 하느냐, 이놈들아! 화살을 쏴라! 화포를 쏘란 말이다!"

찌지직!

화포 두 문의 심지가 한꺼번에 불타올랐고, 궁수들은 일제히 화살을 날렸다.

슈슈슉!

거선 한 척, 소선 열 척에서 동시에 날아오는 화살들.

정, 기, 신(精, 氣, 身)의 완벽한 일체.

기정풍은 자신의 모든 것을 통제해 완벽한 균형을 유지하고 있는 상태였다. 호흡이 찰나간 흐트러져도 물에 빠지고 만다. 또한 전표가 없는 곳에 발을 디뎌도 마찬가지다.

'보의를 믿고 안면(顔面)만 막는다.'

방어 범위가 좁아지자 한결 여유가 있었다. 말이 수십 발의 화살이지 얼굴로 날아드는 화살은 몇 개 없다. 그를 여유롭게 하는 건 단연 속도다. 그가 워낙 빠른 탓에 정확한 조준이 불가능한 때문이다. 또한 놈들에게는 일인 당 두어 발 이상의 화살을 쏠 시간이 없다.

이제 십 장! 단 열 걸음이면 입장은 뒤바뀐다.

두어 개의 화살이 얼굴을 향해 급히 쳐냈다. 십여 발의 화살이 몸에 맞았다. 하지만 내공이 전혀 없는 화살은 옷도 뚫지 못했으니 전혀 위협이 되지 않았다.

꽈앙! 꽈앙!

화포 두 문이 굉음을 내며 불을 뿜었다.

펑! 펑!

기정풍 뒤쪽으로 커다란 두 개의 물기둥이 생겨났다. 이제 포탄의 위협마저 벗어났다.

슝!

기정풍은 들고 있던 창을 배를 향해 힘껏 내던졌다.

쿵!

창은 바다에서 반 장 떨어진 뱃머리에 깊숙이 박혀 바르르 떨었다. 마지막 전표를 밟아 도약력을 얻은 기정풍은 앞서 박아놓았던 창대 위로 정확히 한 발 걸쳤다. 기정풍은 발을 창에 얹자마자 몸을 한없이 가볍게 만들었던 공력을 변화시켰다.

흔히 천근추라 부르는 기술, 순간적으로 전신을 휘돌던 진기가 한없이 무거워졌다.

빠드득!

창이 앓는 소리를 내며 부러질 듯 휘어졌을 때, 기정풍은 천군추의 공력을 풀어버렸다. 휘어졌던 창대가 원래대로 돌아오며 기정풍을 밀어 올렸다.

물 위에 뜬 종이 쪼가리를 밟고도 일 장을 난 기정풍이다. 창대가 밀어내는 힘은 그에 비할 바가 아니다. 기정풍의 신영이 쏜살이 무색할 정도로 솟구쳐 올랐다.

"활을 쏴라. 활을!"

사와무라가 고래고래 악을 써대자, 곁에 있던 다다히토가 말했다.

"걱정 마십시오. 놈은 절대 배 위로는 올라오지 못할……."

다다히토와 뱃전으로 날아오르던 기정풍의 시선이 정면으

로 마주쳤다. 마치 흐르는 시간을 몇 배나 빨리 돌린 듯 굼벵이 같은 왜인들 속에서 기정풍은 혼자만 빠른 시간 속을 자유로이 유영했다. 그만큼 그의 속도는 압도적이었다.

배 높이 삼 장을 지나고도 한참이나 더 솟아오른 기정풍은 사와무라를 향해 억눌러 왔던 분노를 쏟아냈다.

"가라! 원숭이."

부웅!

퍽!

산산이 부서진다는 말은 이런 것을 두고 한 말일 것이다. 대장원숭이 사와무라는 자신이 어떻게 죽었는지도 모르고 머리가 터져 즉사했다.

퍼퍼퍽!

기정풍이 던진 괭이는 대장원숭이의 뇌수를 먹고 힘이 나는지 엄청난 기세로 날아갔다. 풍차처럼 빙글빙글 돌며 뒤에 서 있던 왜적들을 한바탕 휩쓸었다. 피와 살점이 어지러이 허공을 비산했다.

"케헥!"

"으아악!"

꽈직!

이십여 명을 한번에 쓸어버린 괭이는 반대편 선실 벽에 꽂혔다. 괭이가 지난 궤적에 곤죽이 된 살덩이만 즐비했다. 눈뜨고도 믿지 못할 광경이었다.

"으어어……."

사와무라의 뇌수를 뒤집어쓴 다다히토. 그는 멍한 눈으로 방금 전까지 활을 쏘라고 악써대던 머리 없는 상관(上官)을 바라보았다.

쿵!

그제야 머리를 잃은 사와무라의 몸통이 바닥으로 쓰러졌다.

다다히토는 천천히 뒤를 돌아보았다. 죽은 자는 시체도 온전치 못했다. 산 자도 그와 마찬가지로 넋을 놓고 있었다.

"믿을 수 없어. 이건 꿈이야."

쫘드득!

벽에 깊숙이 박혀 있던 괭이가 저절로 빠져서 왔던 길을 따라 날아갔다. 다다히토의 시선이 절로 괭이를 따라 움직였다.

턱!

공중에서 괭이를 받아 든 기정풍은 수장 높이에서 천천히 내려섰다. 대체 인간이기는 한 걸까? 육중한 몸이 떨어지는데 바늘 떨어지는 소리조차 없었다.

"괴물……!"

공포를 견디지 못한 다다히토는 자신보다 큰 대검을 치켜들고 휘둘렀다.

쩌정!

백 번이나 단련한 대검은 만년한철 괭이와 부딪쳐 속절없이 부러졌다. 검을 부러뜨린 괭이는 그 기세 그대로 다다히토의 머리와 반갑게 인사했다.

퍽!

다다히토 또한 왜장이 그랬듯 머리와 몸이 분리되어 명부(冥府)에 입적했다.

"으아아! 괴물을 죽여라!"

"죽여라!"

지휘관을 잃은 왜인들이 악써대며 달려들었다.

문답무용(問答無用). 아니, 말이 통하지 않으니 문답불가(問答不可)다. 기정풍은 불나방처럼 달려드는 놈들을 죽이고 또 죽였다. 갑판이 점점 피바다로 변해갔다. 일수에 어김없이 하나 이상씩 죽어나갔다.

"놈들은 살인 방화를 업으로 하는 자들이다."

거선에 있던 칠팔십여 명을 눈 깜짝할 사이에 몰살시킨 기정풍이 중얼거렸다. 기정풍은 바다가 가까운 대련에서 육 년 가까이 살았기에 놈들의 만행을 잘 알고 있었다. 놈들은 대련까지는 오지 않았지만, 산동 이남으로는 그 피해가 말로 형용할 수 없을 지경이었다.

육 년 만에 피를 보자 살인에 대한 역겨움이 밀려들었다. 하지만 기정풍은 약해지려는 마음을 다잡고 소선으로 몸을 날렸다.

'기왕 죽일 바에야!'

무자비한 손속, 기정풍은 왜적들을 처리함에 있어 인정을 배제했다.

챙강, 챙강!

쇠 부딪치는 소리가 아니라 부러지는 소리만 요란했다.

“아악!”

“이, 인간이 아니다.”

“커헉!”

바다 한가운데 지독한 참상이 펼쳐졌다. 공포에 절어 똥오줌을 지리는 것은 기본이었고, 공포를 이기다 못해 할복하는 자들이 속출했다.

여섯 척을 깨끗이 쓸었을 때였다. 나머지 네 척의 배가 도주하기 시작했다.

꽝!

기정풍은 강하게 발을 굴렀다. 단단한 갑판을 우지끈 소리를 내며 부서졌다. 기정풍은 서둘러 판자를 뜯어내 물에 던졌다. 물에 뜬 종이를 밟고 삼십 장을 달려온 그였으니 판자를 밟고 달리는 것은 일도 아니었다.

퍼펑!

기정풍은 득달같이 달려가 도주하던 배의 돛을 장풍으로 작신 부러뜨렸다. 범선이니만큼 돛은 기동성에 있어서 생명이다. 일단 한 척의 도주를 막은 그는 같은 방법으로 다른 배도 붙들었다.

그러나 그사이 나머지 두 척은 각기 다른 방향으로 도주해 이미 상당히 멀어진 상태였다. 하나를 쫓아가면 나머지 하나는 반듯이 놓치게 될 형국이었다.

기정풍은 주먹을 으스러져라 쥐었다. 살아가면 틀림없이 놈들로 인해 수많은 사람들이 다시 해악을 입을 것이다.

"단 한 놈도 살아갈 수 없다!"

기정풍은 절대로, 단 한 놈도 살려 보내지 않겠다는 의지를 불태웠다.

쿵!

기정풍은 무슨 생각인지 다시 큰 배에 올랐다. 헤엄쳐 뒤쫓아가거나 그도 아니면 판자를 던져 달려가도 시원찮을 판인데 대체 무슨 일인가.

거선에 오른 기정풍이 급히 달려간 곳은 화포가 있는 선두(船頭)였다. 가운데 화포가 있고 좌측에 화약으로 보이는 가루들이, 우측에는 새까만 포탄이 여러 개 있었다.

기정풍은 화포를 어떻게 쏘는 건지 알 수 없었다. 다루는 건 고사하고 보기도 처음이었다. 하지만 기정풍의 몸짓에는 당황의 빛이라고는 없었다. 원래 포를 쏘고자 했던 것이 아니었던 것이다.

기정풍은 화포와 화약은 신경도 쓰지 않았다. 다만 그가 관심을 보인 것은 새까만 탄알이었다. 그는 포탄이 든 나무통을 들고 선미로 달려갔다. 화포는 없어도 된다. 또한 화약도 필요 없다. 그의 팔이 화포가 되고, 들끓는 단심기가 화약이 될 테니까.

기정풍은 어린아이 머리통만 한 포탄을 양손에 하나씩 들었다. 그리고는 맹룡승천(猛龍昇天)의 기세로 갑판을 박차고 하늘로 치솟았다. 단숨에 삼 장을 솟아오르며 단심기를 순간적으로 극성으로 인도했다.

엄청난 열기가 뿜어졌다. 새하얗던 보의가 붉게 물들고, 가죽신은 재가 되어 흩어졌다. 푸른 겁화가 일렁이는 손, 그 손에 들린 탄알도 열기에 붉게 달아올랐다.

삼 장을 지나 사 장 높이에 이르렀을 즈음. 도약하는 힘과 중력이 같아져 공중에 촌각 정도 정지한 순간이었다.

섬혼 구십일기 섬광탄!

허리를 활처럼 구부린 기정풍이 펴는 동작과 함께 붉은 탄알을 힘껏 던졌다.

"가라!"

우웅!

기정풍은 하나의 포탄을 던진 즉시 공중에서 방향을 틀었다. 그는 단숨에 다른 한 척의 위치를 가늠했다. 그리고 몸이 떨어져 내리는 순간 다시 한 번 섬광탄을 시전했다.

우웅!

떠올랐던 기정풍이 허공에서 아래로 내려올수록 엄청난 열기가 배 갑판에 전해졌다.

꽈드득!

갑판에서 바짝 말라 뒤틀리는 소리가 났다. 불이 붙는 건 시간문제!

기정풍은 단심기를 완전히 풀고 갑판에 발을 디뎠다.

처척! 지지직!

꽈광! 꽈광!

멀리서 연이어 두 차례 굉음이 울렸다.

포탄은 오십 장이 넘게 벗어난 두 배에 보기 좋게 명중했다. 오히려 포로 쏜 것보다 위력이 더해 배 위에 떨어진 포탄은 갑판을 그대로 뚫고 들어가 선실 바닥에 큼지막한 구멍을 만들었다. 그뿐 아니다. 뜨거운 포탄 때문에 불이 붙었는지 연기까지 피어올랐다.

당장은 아니지만 불에 타든 가라앉든, 언젠가는 죽을 놈들이다. 더 이상 움직이지 않는 두 배를 한동안 바라보던 기정풍은 자리를 떴다.

기정풍이 떠난 자리에 발바닥 모양의 새까맣게 탄 자국이 생겼다. 채 식지 않은 열기로 인해 발바닥에 닿은 갑판이 타버렸던 것이다.

기정풍은 돛대를 부리뜨려 잡아 놓았던 두 배 중 하나에 옮겨 탔다. 남은 놈들을 마저 정리하려는 생각이었다.

"허……."

그런데 배에 오르자마자 진한 혈향(血香)이 코를 자극했다. 똑같은 자세로 수십 명이 죽어 있었다. 놈들은 하나같이 무릎 꿇고 동쪽을 바라보며 대검의 중단을 두 손으로 움켜쥐고, 검을 배에 깊숙이 꽂아 넣은 상태로 숨이 끊어져 있었다. 끔찍하게도 그저 찔러 넣은 선에서 그치지 않고 복부가 가로로 길게 갈라져 내장이 비칠 정도였다.

이것까지만 보면 명백한 자살이다. 그런데 바닥을 굴러다니는 머리들은 뭔가. 머리 없는 놈들이 자신의 배에 검을 꽂아 넣을 리 없다. 즉, 배를 찌른 것이 먼저고 다음에 머리를 친 것이다.

할복이라 이름 붙여진 자살 수법.

죄를 짓거나 죽을 수밖에 없는 상황에 처했을 때, 배를 가르면 동료나 상관이 고통을 덜어주기 위해 할복한 자의 목을 친다. 왜국(倭國)의 무사들 사이에서 흔히 볼 수 있는 이 수법은 한없이 잔인하지만 그네들은 명예로운 죽음이라 말한다.

기정풍은 배 안을 자세히 둘러보았다. 선실에 들어가 보니 머리가 제자리에 붙어 있는 놈이 하나 있었다.

"자살 도우미라……. 지독한 놈들이군."

기정풍은 놈들의 잔인한 행태에 혀를 내둘렀다.

혹시나 했는데 남은 한 척의 배에도 숨 쉬는 자는 단 한 명도 없었다. 놈들도 약속한 것처럼 먼저 번 배에 있던 자들과 똑같은 방식으로 죽어 있었다. 자신에게조차 이 정도로 독한 놈들이니, 남의 목숨인들 소중히 여기겠는가.

"이런! 이래서야 어떻게 뭍으로 나가지?"

다만 몇 놈이라도 살아 있기를 바랐던 기정풍은 난감한 표정을 지었다.

히히힝!

흑운의 울음소리다. 기정풍은 퍼뜩 정신을 차렸다. 급히 나가 보니 흑운이 헤엄쳐서 배 곁에 와 있었다.

"하하, 내 잠시 널 잊었구나."

바다에 뛰어든 기정풍은 흑운을 작은 배로 올려주었다. 다행스럽게도 갑판까지의 높이가 채 일 장도 되지 않은 작은 배라 어렵지 않게 흑운을 태울 수 있었다.

그러는 사이 중천에 떴던 해는 서서히 기울어 어둠이 찾아 들었다. 흑운을 배에 실은 기정풍은 자살한 시체들을 모두 바다에 던지고 배를 샅샅이 뒤졌다. 어쨌든 천하무적인 그로서도 먹지 않고는 살지 방법이 없는 것이다.

작은 배에 식량은 없었다. 큰 배로 올라 여기저기 찾아다니던 기정풍은 뜻밖의 수확을 얻었다. 그것은 뜻밖에도 은덩어리였다. 공교롭게도 그가 바다에 띄운 전표 금액과 같은 이천 냥이었다. 종이 쪼가리 따위가 아닌, 진짜 말굽 은자였다.

기정풍은 희색이 만면한 얼굴로 식량을 찾아 허기진 배를 채웠다. 배가 부르니 졸린다. 사공도 없이 끝없이 푸르기만 한 바다를 어떻게 벗어날 것인가 하는 걱정은 쏟아지는 잠 앞에 힘도 쓰지 못했다. 그렇지 않아도 온종일 동분서주하느라 지친 흑운과 기정풍은 눕자마자 금방 골아 떨어졌다.

기정풍의 사고와 움직임은 멈췄으나, 시간은 물처럼 쉬지 않고 흘렀다. 거선 한 척에 소선 여덟 척, 주인 잃은 왜선들은 바람과 조류를 따라 남쪽으로 천천히 이동했다. 그러기를 수시진.

깊은 밤, 고요에 잠든 왜선들에게 유등을 밝힌 거선 한 척이 천천히 다가왔다. 왜선의 가장 큰 배보다 족히 두 배는 됨직한 거선 중에 거선이었다.

거선의 선실, 도를 찬 건장한 두 사내가 심각한 얼굴을 마주하고 있었다.

패도문의 삼대 중 잠영대를 이끄는 대주 문정과 부대주 갈청이었다.

"밤이 늦어 모두 쉬라 일렀습니다."

"잘했네. 괜한 힘을 낭비할 필요는 없지."

잠영대주 문정은 애써 잘했노라 끄덕였지만 속이 좋지 않았다.

잠영대에게 내려진 임무는 화포의 회수와 왜인들의 섬멸(殲滅)이었다. 반드시 실행해야 하는 문주 팽여휘의 특급 명령이었다.

문정은 처음 왜적에게 화포를 건넸을 때, 무인도의 한곳을 접선 장소로 정했다. 거기서 세가수호단을 수장시킨 후 다시 만나 약속한 은자를 지불하기로 했었다.

늦은 낮 시간.

잠영대는 악가 진영을 떠났던 세 척 중 단 한 척만 돌아왔다는 보고를 들었다. 이상하게도 세가수호단의 단원들은 대부분 살아 있었다. 하지만 왜적들과 사람이 아니라 배를 침몰시키는 것으로 계약했으니, 그들은 왜적에게 이천 냥을 추가로 지불해야 했다.

물론 왜적을 만나면 약속한 은자 대신 칼침을 놔줄 생각이었다. 입을 틀어막아야 했으니까. 한데 수 시진을 기다려도 왜놈들은 나타나지 않았다.

이천 냥이 뉘 집 개 이름도 아닐 진데, 놈들이 그걸 포기했단 말인가?

이번 작전에 잠영대 전 인원을 동원했다. 만나기만 하면 놈들을 처리하는 것은 그야말로 누워서 떡먹기요, 여반장(如反掌)이다. 그런데 목표물이 좀처럼 나타나지 않았다.

그들은 인근의 무인도 주변을 샅샅이 수색했다. 인근의 중소방파에게도 명령을 내려 왜선을 수배했다. 그러나 왜선은 그림자도 보이지 않았다.

"놈들이 아무래도 우리의 의도를 눈치 챈 것 같습니다."

부대주 갈청의 말에 대부 문정은 고개를 끄덕일 수밖에 없었다. 놈들이 어떤 경로로 알게 됐는지는 모르지만 이천 냥이라는 유혹에도 불구하고 나타나지 않는 원인은 아무리 생각해도 그것밖에는 없었다.

"날이 밝으면 한 번 더 수색해 보세."

잠영대주는 대주직을 맡은 이래 처음으로 문주의 명을 이행치 못할 것 같은 불길한 예감이 들었다. 일에 관한한 결벽증 환자처럼 철두철미한 그는 이마를 짚으며 길게 한숨을 내쉬었다.

그 시각, 잠영 일백오호는 요의(尿意)를 느껴 배 갑판으로 나왔다. 바지를 까 내리고 시원하게 볼일을 보던 그는 졸린 눈을 크게 떴다. 그는 소변을 다 보고도 그 자리에서 안력을 돋워 한참을 주시했다. 짙은 음영에 가려진 희미한 굴곡은 아무리 봐도 배 같았다.

일백오호는 급히 선실 안으로 뛰어들어 갔다.

"대주님, 소인 일백오호입니다. 앞에 배가 있는 것 같습니다. 어두워서 잘 보이지는…….”

잠영대주 문정과 부대주 갈청은 수하의 말이 끝나기도 전에 선실문을 박차고 뛰어나갔다.

일백오호에게는 검은 그림자로 보였던 그것이 문정과 갈청에게는 제법 선명하게 비쳤다. 과연 어둠 속에 웅크린 괴물처럼 큰 배 한 척과 소선 여덟 척이 무질서하게 엉켜 있었다. 중원의 것과는 사뭇 다른 양식으로 지어든 배, 틀림없이 왜선이다.

갈청은 웃어도 시원찮을 판에 어둠에 잠긴 왜선을 바라보며 얼굴을 찡그렸다. 그는 문정을 보며 말했다.

“대주님, 이상합니다. 아무리 오합지졸이라 해도 그렇지요. 경계서는 자 하나 없고 불빛조차 없다는 것은…….”

대주 문정 또한 굳어진 얼굴로 고개를 끄덕였다.

“으음, 뭔가 정상이 아닌 것만은 분명하군.”

“놈들이 무슨 계략을 꾸민 것일지도 모르니 배를 잠시 물리는 것이 좋겠습니다. 우선 제가 먼저 소선을 타고 가까이 가보겠습니다.”

잠시 후 잠영대가 탄 배에서 작은 배 한 척이 내려와 왜선으로 천천히 접근했다. 왜선 중 가장 큰 배의 갑판 위에 올라선 갈청. 그는 온 신경을 오감에 집중했다.

극도로 끌어올린 후각을 자극하는 기분 나쁜 냄새, 짙은 혈향이다. 청각에 잡힌 건 낮은 파도 소리뿐이었고, 시각에 잡힌 것은 잘 다져진 시체들이었다.

살인을 결코 꺼려 하지 않는 갈청임에도 배에 펼쳐진 풍경은 두 번 보기 싫었다.

예상대로 샅샅이 뒤졌으나 살아 있는 자는 하나도 없었다. 갈청은 나머지 여덟 척의 소선도 이곳과 다르지 않을 거라는 예감이 들었다. 몰살이었다.

"쯧, 이야말로 예상 밖이군. 세가수호단의 짓인가?"

대주 문정이 갑판에 발을 내디디며 말했다.

"오셨습니까."

고개를 작게 끄덕인 문정은 갑판 곳곳에 널린 시체들을 세심히 살폈다. 그는 곤죽이 된 시체들이 더럽지도 않는지 이곳저곳 옮겨 다니며 손으로 터진 내장을 이리저리 뒤집었다.

"으음, 전부 일격이군. 세가수호단이 아니야."

대주가 시체를 분석한 결과를 내놓았다.

"일격인 것은 알겠습니다. 한데, 세가수호단이 아니라니요. 어찌 그렇게 생각하시는지……."

문정이 박살난 두개골을 헤집으며 말했다.

"곤죽이 된 시체들은 장력에 의한 것이고 이것들은… 음, 검이나 도가 아니라 둔기 종류의 무기에 찍힌 흔적이군."

손을 털고 일어서던 문정은 뭔가를 발견하고 선실 벽으로 걸어갔다. 문정이 벽의 한쪽을 손으로 쓸었다. 그의 손끝에 가로로 반 뼘쯤 되는 깊게 파인 자국이 있었다. 자국을 매만지던 문정은 갑자기 반대로 돌아섰다.

"이쪽으로 와서 저쪽을 보게."

문정이 화포가 있는 뱃머리 쪽을 가리켰다. 뱃전에서 선실 벽의 자국을 잇는 선을 중심으로 좌우에 짓이겨진 시체들이 널려 있었다.

"으음, 뭔가를 저쪽에서 던졌군요."

"맞네. 누군가가 뱃머리에서 뭔가를 던졌네. 그 뭔가는 놈들을 저 꼴로 만들고도 힘이 남아 여기 박힌 거야. 자네라면 어떨 것 같나. 가능하겠나?"

갈청은 생각할 것도 없이 고개를 가로저었다.

"저로서는 불가능한 일 같습니다."

문정은 별로 심각하게 생각하지 않는 갈청을 보며 말했다.

"날카로움이 없는 둔탁한 무기네. 대체 얼마의 힘으로 던져야 일렬로 서 있는 사람 십여 명을 저토록 철저하게 짓이길 수 있을까? 그러고도 힘이 남아 벽에 박히기까지 했어. 정말이지 생각할수록 소름끼치는 거력이군."

문정의 분석은 갈청을 놀라게 하기에 충분했다. 대주는 이미 초절정의 경지에 오른 무인인데 그런 그조차 흔적만 보고 치를 떨 정도라니.

"그 정도입니까? 대주님조차도 불가능한?"

갈청이 토끼 눈을 뜨고 묻자, 문정은 무겁게 끄덕였다.

"이것은 결코 단순한 문제가 아니네. 문주님 정도나 돼야 가능한 일일세."

"허! 그럼 이 배에 강호팔대고수급의… 휴, 괴물이 다녀갔군요."

"괴물이지. 세가수호단에는 없는…….”

문정은 강호팔대고수라 불리는 자들의 면면을 상기했다.

일제라 불리는 검제(劍帝) 사공휴는 검을 쓴다. 일왕은 포승줄, 굳이 분류하자면 편(鞭)이라 할 수 있다. 둘 모두 벽에 남은 무기의 흔적과는 거리가 먼 사람들이다.

일선은 죽었다고 알려졌으니 접어두고, 남은 것은 오대신마인데…….

“오대신마님 중에 이런 흔적을 남길 만한 분이 계신가?”

갈청은 문정의 물음에 오대신마 하나하나를 되짚었다.

“문주님의 두 의형이신 월영신마님은 한 쌍의 반월륜(半月輪)을, 남해신마(南海神魔)님은 청죽(靑竹)을 쓰십니다. 강호에 얼굴을 비치지 않은지 오래된 음영신마께서는 기다란 쇠꼬챙이를 사용한다고 들었습니다.”

문정이 고개를 끄덕였다.

“그렇지. 문주님은 거도를 사용하시고 기갑신마(機甲神魔)님은 따로 무기가 없으니 해당되는 분이 아무도 없군. 참으로 모를 일일세.”

흔적은 가히 강호팔대고수급인데, 정작 여덟 중 하나도 없었다.

“어찌 되었든 화포도 그대로 있고, 놈들은 손을 더럽힐 것도 없이 모두 죽었습니다. 우리에게는 득만 있지 손해는 없는 일입니다.”

갈청의 말대로 여러 의문은 남지만 결과는 최상이었다.

"쯧, 그도 그렇군. 일단 전리품은 챙겨야겠지."

거선 한 척과 소선 여덟 척이 공으로 들어왔다. 게다가 왜적은 관아에 신고하면 두 당 은자 닷 냥이고, 왜적을 섬멸한 패도문의 입지는 더욱 공고해질 것이다.

잠영대원들은 이 인 일 조로 어두운 바다를 능숙하게 헤엄쳤다. 소선으로 다가간 대원들은 선두에 쇠고리를 박고, 고리에 쇠줄을 끼워 거선과 연결시켰다.

기정풍과 흑운이 배에도 어김없이 두 명이 물살을 가르며 헤엄쳐 왔다.

출렁, 첨벙.

"으슬으슬하군. 이 배 위에도 왜놈들 시체로 가득하겠지?"

잠영 구십오호가 진저리치며 말했다.

"왜 아니겠나. 지금도 혈향이 진동을 하는군."

탕, 탕.

나머지 넷이 거선과 연결된 쇠줄을 잡고 구십육호가 준비한 쇠고리를 배에 박아 넣었다.

깊은 잠에 빠졌던 기정풍은 망치질 소리와 도란거리는 사람 소리에 깨어났다. 흑운도 인기척에 깨어났다.

"쉿!"

기정풍은 흑운에게 조용히 시키고, 귀를 기울였다.

"이 배 위에도 시체가 가득하겠지? 어디선가 괴물이라도 튀어나올 것 같아서 꺼림칙하군."

"사람 참, 어디 시체 한두 번 보나? 그나저나 어떤 놈들인지는 몰라도 우리 대신 왜놈들을 싹 쓸어주다니 고맙지 뭔가.”

“그런데 말일세. 왜 우리가 이리 늦은 시간까지 왜놈들을 찾아다녔지? 자네는 뭘 좀 아는 것이 있겠지?”

패도문의 잠영대는 그동안 왜구를 격퇴하기는 했었다. 하지만 그것도 어디까지나 눈에 띄는 놈들만 제거했을 뿐이지 이렇게 적극적이었던 적은 한 번도 없었다.

구십육호가 주위를 살피며 낮은 목소리로 말했다.

“아까 왜놈들 배에서 화포 두문을 옮겨 싣는 것을 보지 못했는가?”

“천에 싼 그게 화포였나?”

구십육호는 확신하는 듯 크게 끄덕였다.

“크기하며 천에 감싸인 윤곽하며, 틀림없네.”

“왜놈들에게 화포가 있었다? 그 귀한 것이 어떻게 놈들 손에 있었지?”

“나야 모르지. 하지만 윗선에서는 이미 알고 있었던 것 같네. 이번 작전은 화포 때문인 것이 분명해.”

기정풍은 두 사내의 도란거리는 소리를 빼놓지 않고 들었다. 그렇지 않아도 왜놈들이 어찌 화포를 소지하고 있었는지 의문이던 차에 놈들이 하나의 실마리를 제공해 준 셈이다.

“들어가서는 화포에 화도 꺼내지 말게. 위에서 비밀로 한 데는 그만한 이유가 있는 거니까.”

“자네도 참, 내가 앤가? 나도 내 목숨 중한 줄은 아니 걱정 말게.”

철그럭, 철컹.

"됐네. 가세."

쇠사슬 거는 소리가 들리고, 급히 물질하는 소리가 뒤를 이었다. 잠영대원들이 떠나고 나서도 생각에 빠진 기정풍은 한동안 그대로 있었다.

"이 밤중에 왜구들을 치러왔다? 아까 그놈 말대로 화포가 있는 줄 미리 알고 온 것이 분명한데… 어떻게 알았을까?"

생각할수록 구린내가 풍긴다. 기정풍의 직감은 놈들이 왜놈들에게 화포를 제공한 놈이라고 말하고 있었다.

털커덩.

잠영대원들이 물러 간지 반 각 정도 지났을 때였다. 쇠사슬이 팽팽하게 당겨지는 소리와 함께 배가 천천히 전진하기 시작했다.

생각에서 깨어난 기정풍은 선실문을 열고 밖으로 나갔다. 공력을 끌어올려 안계(眼界)를 넓혔다. 새까만 어둠이 거짓말같이 밀려났고, 수십 장 앞까지 환히 보였다.

소선 여덟 척 중 네 척은 왜장이 탔던 배와 연결되어 있었고, 나머지 네 척은 그보다 더욱 큰 배에 연결되어 끌려가고 있었다.

큰 배의 돛과 선기(船旗)에 거대한 청도(靑刀)가 그려져 있었다. 표식으로 청색 거도(巨刀)를 쓰는 방파는 중원 전역을 뒤져도 단 하나뿐이다. 강소성의 패주 패도문! 하지만 세상 물정에 어두운 기정풍은 패도문이라는 곳이 있는지조차 몰랐다.

"청색 거도라… 뭐, 이 정도 배를 운영할 정도의 방파니…
알아내는 것은 어렵지 않겠지."

또각, 또각.

푸후후!

곁으로 다가온 흑운이 넓적한 혀를 내밀어 기정풍의 얼굴을
핥았다. 몇 시진 전까지만 해도 기정풍과 눈도 마주치지 못했
던 것과 비교하면 하늘과 땅 차이다.

"으윽, 더럽다, 이놈아. 하하, 그나저나 어떤 놈들인지는 몰라
도 덕분에 편하게 가게 생겼구나. 뭍에 닿으면 질 좋은 건초(乾
草)들을 양껏 먹여주마."

기정풍은 흑운을 한번 쓰다듬고는 선실로 들어가 못 다잔
잠을 청했다.

천하무림평정지대계(天下武林評定之大計).

늦은 시각 일렁이는 촛불에 비친 얇은 서책의 제목이었다.
광오한 제목을 가진 책은 곧 굵고 투박한 손에 의해 첫 장이 넘
어갔다. 넓은 종이에 달랑 한 줄이 적혀 있었다.

대계 제일장. 혼란(混亂)의 조성(造成).

호피를 씌운 태사의, 특이한 복장의 사내가 앉아 있었다. 사
내는 흑색 포로 전신을 가린 것도 모자라 역시 같은 색 천으로
얼굴까지 가렸다. 신체 중 보이는 것이라고는 먹처럼 검은 눈

과 책이 들린 투박한 손뿐이었다.

"혼란을 일으켜라?"

흑포를 입은 사내의 맞은편에 있던 자가 고개를 숙였다. 그는 흑포인과는 대조적으로 백의(白衣)에 역시 백색 면포로 얼굴을 가리고 있었다.

"그렇습니다. 현 강호는 고요한 연못 같아 보이지만 절대 그렇지 않습니다. 주먹만 한 돌을 던져 작은 파문만 일으켜도 절로 혼란에 빠져들 것입니다."

흑색 포로 전신을 감은 사내가 고개를 미미하게 끄덕였다.

"주먹만 한 돌이라… 돌을 던질 곳은?"

"산동악가를 향하고 있는 세가수호단입니다."

"세 당주가 있다 들었는데… 그들 중 하나인가? 아니면 전부?"

백의 사내는 접었던 허리를 펴며 고개를 저었다.

"그들은 적당한 자들이 아닙니다. 단숨에 정파의 공분을 일으킬 만한 자가 하나 있습니다. 그는 바로 정파의 용이라 불리는……."

백의 사내의 음성은 갈수록 낮아져 뒷말은 잘 들리지 않았다.

"용이라 봤자 애송이니, 이살(二殺)이면 충분하겠지?"

흑포인 말에 백의 사내는 다시 고개를 저었다.

"놈은 다른 애송이들과는 격이 다릅니다. 조사에 의하면 사년 전 수호단 입단 얼마 전 정도맹 총단에서 놈에게 정무대(靜武隊) 부대주 직책을 내렸었다고 합니다."

정무대는 사십대 이상의 절정무인들만 모아놓은 조직으로 정도맹 최대의 무력 집단이다.

"그런데 지금 수호단에 있다……?"

"놈은 무슨 바람이 불었는지 일언지하에 거절하고 세가수호단에 입단했습니다. 수룡(水龍)이 대해(大海)를 두고 작은 우물로 들어간 꼴이지요."

"쯧, 자고 이래 천재란 놈들은 가끔 범인들이 이해 못할 행동을 하곤 하지."

"어쨌든 놈은 쉬이 볼 녀석이 아닙니다. 게다가 시체에 만력패왕기(滿力霸王氣)의 독특한 표식을 남기기 위해서는……."

"좋아, 내 직접 하지. 언제가 좋겠는가."

백의 사내는 품속에서 비단 천에 쌓인 작은 물건을 내밀며 말했다.

"빠를수록 좋습니다. 놈을 지울 때 이것을 반드시 사용하십시오."

흑포인은 비단천을 조심스럽게 펼쳤다. 암기로나 쓸법한 은빛 도는 작은 화살이 있었다.

"용케도 구했군."

"진품은 아닙니다. 제가 설명을 듣고 만들어본 것입니다. 완전히 같지는 않겠지만 아마 열에 아홉은 비슷할 겁니다. 그 정도만으로도 놈들의 눈을 속이기에는 충분하지요."

"어쨌든 대단하군."

스륵.

비단 천을 품속에 갈무리한 흑포인은 옷자락 스치는 소리와 함께 거짓말처럼 사라져 버렸다. 혼자 남겨진 백의 사내는 흑포인이 사라진 방향을 가늠하고 낮게 웃었다.

"후, 일살(一殺), 아니, 천군 오십일좌……. 극도로 약은 자니 필시 성공하겠지. 정파의 젊은 용을 죽이고, 패도문의 비밀을 폭로한다. 그거면 충분하겠지. 이로써 대계(大計)의 첫발은 디딘 셈인가."

백의 사내는 얼굴에 드리웠던 답답한 면포를 걷어냈다. 드러난 얼굴! 놀랍게도 백의인은 지난날 기정풍의 손에서 탈출한 현자였다.

현자는 본래 혼란의 장은 펼치지 않으려 했다. 패도문의 동태가 심상치 않았기 때문이다. 아니나 다를까, 반 시진 전, 산동성 연태(煙台) 선착장에 도착한 산동악가의 배는 단 한 척뿐이었다. 선착장에 깔아놓은 밀정들의 보고에 의하면 세가수호단은 화포를 소지한 왜구에게 당했다고 했다.

현자는 전서에 적힌 화포라는 글자를 보자마자 곧바로 패도문을 떠올렸다. 화포를 제공한 자들은 필시 패도문이다. 이 사실을 악가장에게 은밀히 푼다면 힘쓸 것도 없이 싸움은 절로 일어날 것이다.

육대세가 중 하나인 산동악가와 마도 사패 중 하나인 패도문의 싸움. 일단 불씨만 지펴놓으면 정사대전이 되는 것은 시간문제다. 하지만 아쉽게도 그로인한 사망자가 얼마 없었다. 그랬기에 이번 혼란의 장이 필요했던 것이다.

"무공이라면 일초 반식조차 모르던 지난날과는 다르다. 시작은 하찮은 살문(殺門)에 불과할지나……."

현자는 걷었던 면포를 다시 쓰고 천천히 일어섰다. 그와 동시에 촛불이 꺼져 버렸다. 내실이 어둠에 잠기기도 전, 현자는 흑포인이 그랬던 것처럼 한순간에 사라졌다. 육 년이라는 시간은 무공이라고는 일초반식조차 펼치지 못했던 현자를 이토록 새롭게 변모시켰다.

『섬혼』 3권 끝

입소문을 통해 아는 분은 다 알고 계십니다!
올 한해 공인중개사 최고의 화제작!

1~2권 합본 | 이용훈 지음
3~4권 합본 | 이용훈 지음
5~6권 합본 | 이용훈 지음
용어해설 | 이용훈 지음

수험생 기본 필독서
만화 공인중개사

제목 : 만화공인중개사 쓰신 분에게 감사드립니다.

학원을 두 달 다녔어요. 근데 과연 그 숫자 외우기 그런 게 몇 문제나 나올까 생각을 했어요.
아니라는 생각이 드네요. 학원강의를 뒤로하고 서점을 갔어요. 내 머리에 가장 이해될 수 있는
책이 없나 하구요. 거기서 만화를 발견했어요. 무조건 세 번 봤어요. 3개월 걸렸어요. 문제집을 보라고
했는데 그건 시행을 못했어요. 근데 합격을 했네요.
어떻게 감사의 말을 해야 될지……
도서관에서 만화책 들고 다니니까 사람들이 비웃더라구요. 만화책으로 공인중개사를 공부한다고
미친 사람처럼 보더라구요. 근데 그거 다 감수하고 했던 내가 자랑스럽습니다.
어떻게 감사의 말을 해야 할지… 정말 감사합니다.
부디 행복하세요. 제 나이 41살에 좋은 스승을 만난 것 같습니다.
엎드려 감사드립니다.

―본사 홈페이지에 독자분이 올린 메일 中 에서 발췌―